Gisela Elsner

Die Zähmung

Chronik einer Ehe

Rowohlt

Schutzumschlag und Einbandgestaltung Klaus Detjen

Die Arbeit der Autorin an diesem Text
wurde durch den Deutschen Literaturfonds e. V. gefördert.

1. Auflage März 1984

Printed in Germany
Gesamtherstellung Clausen & Bosse, Leck
Satz Garamond 10 p Linotron 404
ISBN 3 498 01632 6

Die Zähmung

I

Mit einer gekünstelten Munterkeit begrüßte Alfred Giggenbacher, ein nahezu hünenhafter, zur Korpulenz neigender Mann, seine Frau, die mit zwei Tragtaschen hinauf zum dritten Stockwerk stieg. Obwohl es ihm mittlerweile schwergefallen wäre, auf den Lebensstandard zu verzichten, den Bettina finanzierte, empfand er bei ihrem Anblick plötzlich Gewissensbisse, weil sie sich auch im neunten Monat ihrer Schwangerschaft nicht schonen konnte. Zu seiner Beunruhigung war sie an diesem Abend dermaßen blaß, daß die aufgeplatzten Äderchen, die in den letzten Wochen auf ihren Wangen aufgetaucht waren, auf eine unschöne Weise zur Geltung kamen. Unter ihren Augen, die sie mit einem Kajalstift umrandet hatte, waren dunkle Ringe sichtbar. Selbst ihr dichtes, flammend rotes Haar, das vorn über ihre zwar üppigen, aber ein wenig schlaffen Brüste herabhing und hinten ihre Schulterblätter bedeckte, war strähnig und glanzlos. Nur ihr gedrungener Körper, dem ihr sich weit vorwölbender Bauch ein groteskes Aussehen verlieh, schien vor Energie zu strotzen. Hart stießen die Absätze der zinnobergrünen Sandalen, die sie zu ihrem fliederfarbenen Umstandskleid zu tragen wagte, gegen die Treppenstufen. Ihr Kinn hatte sie vorgestreckt.

Hast du geraucht, erkundigte sie sich und sie sah Giggenbacher, dessen weiche Gesichtszüge ohne seinen buschigen Schnauzbart zweifellos recht feminin gewirkt hätten, prüfend an.

Er überlegte, ob er sie anlügen sollte. Doch ehe er auch nur die Zeit dazu fand, den Mund aufzumachen, gab sie ihm zu verstehen, daß er sich nicht mit einer Lüge aus der Affäre ziehen konnte.

Man riecht, daß du geraucht hast, sagte sie, nachdem

sie die Diele betreten hatte, die auf ihren Wunsch hin ganz im rustikalen Stil eingerichtet war. Um diese rustikale Note zu betonen, hatte sie die Wände mit Fischernetzen dekorieren lassen, in denen Seesterne und Muschelschalen hingen, die sie gemeinsam mit Giggenbacher auf diversen Urlaubsreisen gesammelt hatte. Noch rustikaler als die Fischernetze waren ein klobiger Bauerntisch mit sechs handgeschnitzten Stühlen sowie ein altes Spinnrad und ein vierbeiniges Gestell mit einer drehbaren Trommel, in der man eigenhändig Butter hätte herstellen können, wenn sie nicht mit Blumenerde gefüllt gewesen wäre, in die Bettina einen schiefgewachsenen Kaktus gepflanzt hatte.

Man riecht, daß du geraucht hast, wiederholte sie jetzt, während sie die beiden Tragtaschen in die Küche trug, die ganz in Apfelgrün gehalten war. Ohne Giggenbacher, der mit hängenden Armen hinter ihr her schlurfte, die geringste Beachtung zu schenken, packte sie die Gurken, Paprikaschoten, Tomaten und Filetsteaks aus, die sie gekauft hatte, obwohl sie den ganzen Tag über damit beschäftigt gewesen war, für das Kulturmagazin einer Fernsehanstalt einen jener Kurzfilme zu drehen, die ihr zu ihrem Leidwesen bislang Geld, aber keinen Ruhm eingebracht hatten.

Nach wie vor war ihr Name hauptsächlich jenen Personen ein Begriff, die sie, nachdem sie von ihnen Frau Giggenbacher genannt worden war, in einem scharfen Tonfall darauf hingewiesen hatte, daß sie die Filmemacherin Bettina Begemann sei. Weil sie sich für wesentlich bekannter hielt, als sie es tatsächlich war, unterstellte sie jedem, der sie mit Frau Giggenbacher anredete, die Absicht, sie und ihre Kurzfilme herabzusetzen. Wenn es jemand wagte, sie als Frau Giggenbacher zu bezeichnen, sprang sie ihm förmlich ins Gesicht. Mit einer schrillen

Stimme stellte sie sich selber vor. Ja, in ihrer Erregung erschien es ihr obendrein angebracht, ihren Gesprächspartnern sämtliche Kurzfilme aufzuzählen, die sie bereits gedreht hatte.

Daß sie sich damit eine große Blöße gab, merkte sie erst im nachhinein. Im nachhinein merkte sie auch, daß man sich hinter ihrem Rücken über sie lustig machte oder ihr aus dem Wege ging. Trotzdem geriet sie immer wieder außer sich, wenn nur der leiseste Verdacht bestand, daß man sie unterschätzte. In dieser Hinsicht war sie überempfindlich. Sie neigte dazu, sich angefeindet zu fühlen. Ständig argwöhnte sie, daß in der Redaktion der Fernsehanstalt, für die sie die meisten Kurzfilme drehte, Intrigen gegen sie im Gange seien. Weitaus ausgiebiger als mit Giggenbacher beschäftigte sie sich mit der Redakteurin des Kulturmagazins, einer gewissen Frau Mötzlich, die ebenfalls ständig argwöhnte, daß Intrigen gegen sie im Gange seien. Ungeachtet der Tatsache, daß sie Frau Mötzlich, die pedantisch und rechthaberisch war und zudem sehr reaktionäre Ansichten hatte, im Lauf der Zeit hassen gelernt hatte, war sie ohne Unterlaß in Sorge, daß sie bei ihr in Ungnade fallen könnte. Denn letztenendes war es Frau Mötzlich, von der sie die meisten Aufträge bekam.

Ich habe heute mit Frau Mötzlich gesprochen, sagte sie jetzt und sie drehte den Kopf in die Richtung Giggenbachers, der ihr dabei zusah, wie sie die Gurken, Paprikaschoten und Tomaten mit geschickten Handbewegungen über einer großen Glasschüssel zerkleinerte, in der sich bereits Öl, Essig und Zwiebeln befanden.

Worüber hast du mit ihr gesprochen, fragte er.

Es interessiert dich ja doch nicht, worüber ich mit ihr gesprochen habe, erwiderte Bettina. Du hast zwar nichts dagegen, von dem Geld zu leben, das ich verdiene. Aber du weigerst dich, dich mit den Bedingungen auseinanderzusetzen, unter denen ich es verdienen muß.

Seit wir verheiratet sind, setze ich mich mit diesen Bedingungen auseinander, meinte Giggenbacher. Ich weiß mittlerweile über Frau Mötzlich so gut Bescheid, als würde ich ebenfalls Kurzfilme für ihr Kulturmagazin drehen. Ihre Ansichten, ihre Redensarten und ihre Marotten könnten mir nicht vertrauter sein, wenn sie meine Chefin wäre. Obwohl ich sie nicht persönlich kenne, hasse ich sie möglicherweise noch mehr als du, weil du mich dazu zwingst, daß ich mich fortwährend mit ihr beschäftige. Ich gebe zu, daß ich dies nicht gerne tue. Vielmehr finde ich, daß es unter unserer Würde ist, daß wir uns dauernd über sie Gedanken machen.

Sie ist doch eine durch und durch unbedeutende Person, fügte er hinzu.

Trotzdem liegt es in ihrer Hand, uns dadurch finanziell zu ruinieren, daß sie mir plötzlich keine Aufträge mehr zukommen läßt, entgegnete Bettina, ehe sie Öl in eine Eisenpfanne goß, die sie gerade auf den Herd gestellt hatte, und die Filetsteaks in diese Eisenpfanne legte.

Nach drei Minuten spießte sie die beiden Filetsteaks mit einer Gabel auf, legte sie auf eine Platte und pfefferte sie, aber sie salzte sie ebensowenig wie den Salat. Denn seit sie in einem Buch mit dem Titel DIE WERDENDE MUTTER gelesen hatte, daß Salz für Mutter und Kind schädlich sei, verwendete sie es nicht mehr beim Kochen. Zwar hinderte sie Giggenbacher nicht daran, daß er sich die fade Kost nachsalzte, die sie ihm vorsetzte. Doch enervierte sie ihn mit den langatmigen Vorträgen über die Schädlichkeit des Salzes, die sie ihm, kaum daß er zum Salzfaß griff, zu halten pflegte, dermaßen, daß er in ihrer Anwesenheit ebenfalls auf das Salz verzichtete.

Damit sie ihn nicht fortwährend darauf hinwies, daß

er seine Vaterpflichten schon vor der Geburt des Kindes vernachlässigte, wenn er seine Gesundheit durch Salzgenuß aufs Spiel setzte, ernährte er sich so, als sei er eine werdende Mutter. Mit dem Gefühl, sein Menschenmögliches für das Kind zu tun, verzehrte er ungesalzte Suppen, ungesalzte Salate, ungesalztes Fleisch, ungesalzte Saucen, ungesalztes Gemüse und ungesalzte Salzkartoffeln, ohne sich mit dem faden Geschmack abfinden zu können. Statt das Salz endgültig zu vergessen, dachte er beim Essen ineinemfort an dieses Gewürz. Auch jetzt warf er, nachdem er an dem klobigen Bauerntisch in der Diele Platz genommen hatte, begehrliche Blicke auf das kleine Salzfaß, das Bettina auf den Tisch gestellt hatte, um ihm zu demonstrieren, daß sie nicht beabsichtigte, seine Freiheiten zu beschneiden.

Während er sich ein Filetsteak und eine Portion Salat auf den Teller lud, fragte er sich, ob Salz tatsächlich so schädlich sei, wie es der Verfasser des Buches über die werdende Mutter, ein gewisser Professor Rülzheim, behauptete. Daß Herzinfarkte auf Salzgenuß zurückzuführen seien, konnte er nicht recht glauben. Er konnte auch nicht recht glauben, daß sein Übergewicht von den winzigen Salzmengen herrühren sollte, die er sich, sobald Bettina außerhauses war, auf Spiegeleier, Bratkartoffeln oder Schmalzbrote zu streuen pflegte.

Voller Widerwillen schob er sich ein Stück Filetsteak in den Mund, das so aasig schmeckte, daß er es am liebsten wieder auf den Teller gespuckt hätte. Nachdem er es mit einem Schluck Rotwein hinuntergespült hatte, musterte er Bettina, der das ungesalzte Fleisch zu munden schien.

Schmeckt dir das Filetsteak nicht, erkundigte sie sich.

Mit etwas Salz würde es mir besser schmecken, erwiderte Giggenbacher.

Niemand hindert dich daran, es zu salzen, meinte Bettina und sie schob das Salzfaß mit einer resoluten Gebärde in seine Richtung.

Ich habe nicht gesagt, daß mich jemand daran hindern würde, es zu salzen, entgegnete Giggenbacher.

Warum salzt du es dir denn nicht, fragte Bettina.

Weil du sonst behauptest, daß ich mir durch leichtfertiges Salzen einen schweren organischen Schaden zuziehen würde, erwiderte Giggenbacher.

Das behaupte nicht ich, rief Bettina. Das behauptet Professor Rülzheim, der das Buch über die werdende Mutter geschrieben hat.

Auch Kapazitäten können sich irren, meinte Giggenbacher.

Das bestreite ich nicht, erwiderte Bettina. Trotzdem bin ich überzeugt davon, daß Professor Rülzheim recht hat. Er hat nämlich in seinem Buch über die werdende Mutter mehrere namhafte Internisten zitiert, die über die Schädlichkeit des Salzes für Mutter und Kind der selben Ansicht sind wie er.

Bei mir handelt es sich weder um die Mutter noch um das Kind, sondern lediglich um den Vater, über den dein Professor Rülzheim und die von ihm zitierten Internisten in dem Buch über die werdende Mutter kein Wort verloren haben, rief Giggenbacher.

Wenn Salz für Mutter und Kind schädlich ist, kann es auch für den Vater nicht gesund sein, entgegnete Bettina.

Mein Großvater ist dreiundneunzig Jahre alt geworden, obwohl er seiner Lebzeit lang Salz gegessen hat, sagte Giggenbacher.

Vielleicht wäre er hundert Jahre alt geworden, wenn er ungesalzte Kost zu sich genommen hätte, erwiderte Bettina.

So alt möchte ich gar nicht werden, meinte Giggenbacher.

Wenn du jung sterben willst, kann ich dir nur raten, dein Filetsteak zu salzen, entgegnete Bettina.

Vergiß dabei aber bitte nicht, daß nicht allein du für deinen Leichtsinn wirst büßen müssen, fügte sie hinzu und sie preßte, um ihn darauf hinzuweisen, wer außerdem für seinen Leichtsinn würde büßen müssen, beide Hände auf ihren sich weit vorwölbenden Bauch.

Obwohl es Giggenbacher falsch erschien, daß er sich wieder einmal nachgiebig zeigte, salzte er sich sein Filetsteak nicht. Nicht zum ersten Mal hatte er allerdings das Gefühl, daß zwischen ihm und Bettina ein unterschwelliger Machtkampf im Gange war, den er nicht vom Zaun gebrochen hatte. Daß ihn Bettina in diesen Machtkampf verwickelte, bedauerte er. Doch fand er es zugleich gefährlich, daß er ihr, indem er ihr aus Lethargie und Gleichgültigkeit immerzu die Rolle der Siegerin überließ, den Eindruck vermittelte, daß sie die Stärkere sei.

Er nahm sich vor, nach ihrer Niederkunft mehr darauf zu achten, daß auch er seinen Willen durchsetzte. Nachdenklich schob er sich ein weiteres Stück Filetsteak in den Mund und spülte es fast unzerkaut mit einem Schluck Rotwein hinunter. Dabei musterte er von neuem Bettina, die ebenfalls wieder zu essen begann. Aber er konnte in ihrem Gesicht keinerlei Anzeichen von Genugtuung oder Triumph entdecken. Sie schien ausschließlich damit beschäftigt zu sein, ihren Teller zu leeren. Trotz des Widerwillens, den ihm das inzwischen kalt gewordene Filetsteak einflößte, folgte er ihrem Beispiel.

Minutenlang war außer dem Kratzen und Schaben der Bestecke nur das Ticken der alten Standuhr zu hören, die Bettina kürzlich in einem Antiquitätengeschäft gekauft hatte. Sie erwarb des öfteren irgendwelche Gegenstände zur Verschönerung der Wohnung, zu deren Ausstattung Giggenbacher lediglich eine Zimmerpalme zugesteuert hatte, die seit einiger Zeit im Absterben begriffen war. Wenn es ums Geldausgeben ging, war sie weitaus großzügiger als Giggenbacher, der immer erst gebeten werden mußte, ehe er den Vorschuß für sein erstes Theaterstück antastete, das demnächst in einem Provinztheater uraufgeführt werden sollte.

Hast du das Gefühl, daß ich dich mithilfe des Kindes unter Druck setzen würde, sagte Bettina.

Können wir nicht endlich das Thema wechseln, meinte Giggenbacher.

Das ist wieder einmal typisch für dich, daß du das Thema wechseln willst, ehe wir alle Probleme bereinigt haben, rief Bettina. Mir geht es um unsere Ehe. Ich fände es entsetzlich, wenn einer von uns beiden den anderen unterdrücken würde.

Hast du denn das Gefühl, daß ich versuche, dich zu unterdrücken, erkundigte sich Giggenbacher voller Verwunderung.

Ich habe nicht das Gefühl, daß du versuchst, mich zu unterdrücken, erwiderte Bettina. Aber ich habe das Gefühl, daß du das Gefühl hast, daß ich versuchen würde, dich zu unterdrücken.

Siehst du nicht ein, daß ich das Salzfaß nicht auf den Tisch gestellt hätte, wenn ich vorgehabt hätte, dich daran zu hindern, daß du dir dein Filetsteak salzt, fragte sie.

Du würdest mir, offen gesagt, einen Gefallen tun, wenn du dieses Salzfaß in Zukunft nicht mehr auf den Tisch stellen würdest, entgegnete Giggenbacher.

Warum soll ich es denn nicht mehr auf den Tisch stellen, fragte Bettina.

Weil es ganz einfach qualvoll ist, ungesalzte Kost verzehren zu müssen, wenn ein Salzfaß in Reichweite steht, erwiderte Giggenbacher.

Mir macht es nichts aus, ein Opfer für mein Kind zu bringen, sagte Bettina.

Mir würde es weniger ausmachen, wenn ich wüßte, daß das Opfer sinnvoll wäre, entgegnete Giggenbacher.

Du stellst den Sinn dieses Opfers doch nur infrage, damit du dir künftig dein Essen ohne Gewissensbisse wieder salzen kannst, meinte Bettina.

Ich stelle den Sinn dieses Opfers lediglich infrage, weil Millionen und Abermillionen Menschen tagtäglich Salz zu sich nehmen, ohne daran zugrunde zu gehen, erwiderte Giggenbacher.

Woher willst du wissen, daß es nicht das Salz ist, an dem diese Menschen letztenendes zugrunde gehen werden, erkundigte sich Bettina, ehe sie aufstand und das schmutzige Geschirr zur Küche trug, ohne Giggenbacher Gelegenheit zu einer Erwiderung zu geben.

Während sie in der Küche herumhantierte, hatte er plötzlich das unbezähmbare Verlangen, sich im nachhinein für den Ekel zu entschädigen, den er beim Verzehren des Filetsteaks verspürt hatte. Aufhorchend hielt er für einen Augenblick inne. Als er feststellte, daß sich Bettina nach wie vor in der Küche befand, ergriff er hastig das Salzfaß, legte den Kopf in den Nacken und streute sich mit dem Gefühl, ein unverbesserlicher Schurke zu sein, Salz auf seine weit herausgestreckte Zunge.

2

Trotz der herabgelassenen Sonnenrouleaus war die Hitze, die im Krankenzimmer herrschte, so unerträglich, daß sich Giggenbacher immer wieder mit einem feuchten Waschlappen den Schweiß von seiner Stirn, von seinem Hals und von seinen Handflächen wischen mußte. Obwohl er dieses stickige Krankenzimmer liebendgern verlassen hätte, blieb er auf dem Besuchersessel sitzen, dessen Kunstlederbezug an seinem Gesäß klebte. Denn er fürchtete, daß es Bettina, die von der Geburt ihres Töchterchens noch zu geschwächt war, um zu der Grünanlage zu gehen, die das riesige Krankenhaus umgab, auf einen Mangel an Vaterliebe zurückführen würde, wenn er nicht wartete, bis die kleine Josephine, die man ihm bereits hinter einer Glaswand vorgeführt hatte, zum Stillen hereingebracht wurde.

Verstohlen schaute er auf seine Armbanduhr, ehe er mit dem Gefühl, daß die Zeit lähmend langsam verstrich, einen Schluck des dünnen lauwarmen Kaffees trank, den eine schlitzäugige Schwester vor einer Weile zusammen mit einem Stück Napfkuchen auf den Nachttisch gestellt hatte, auf dem drei Bücher lagen, deren Titel DIE PSYCHE DES SÄUGLINGS, DAS KLEINKIND ALS GLEICHBERECHTIGTER PARTNER und DAS KIND ALS ERZIEHER SEINER ELTERN lauteten. Er wagte es nicht, sich einzugestehen, daß er nicht das Bedürfnis hatte, sein Töchterchen an diesem Tag noch einmal zu sehen. Er wagte es auch nicht, sich einzugestehen, daß es ihn enervierte, beim Anblick der kahlköpfigen, zahnlosen kleinen Josephine, die wie die übrigen Säuglinge im Säuglingszimmer etwas Greisenhaftes an sich hatte, Entzücken heucheln zu müssen, um Bettina nicht zu enttäuschen, deren Glückseligkeit von einer Hysterie beeinträchtigt wurde, die er beunruhigend fand. Während er sie stirnrunzelnd musterte, stellte er fest, daß ihre Miene schon wieder einen ängstlichen Ausdruck angenommen hatte.

Ich hätte unser Kind nicht in diesem Krankenhaus zur Welt bringen dürfen, sagte sie.

Bist du mit den Schwestern nicht zufrieden, erkundigte sich Giggenbacher.

Ich bin entsetzt über sie, entgegnete Bettina. Ihr Verhalten ist so unpersönlich, daß es auf mich beängstigend wirkt.

Möglicherweise ist dieser Krankenhausaufenthalt für Josephine eine traumatische Erfahrung, unter der sie ihr Leben lang zu leiden hat, fügte sie hinzu.

In einer Woche kannst du sie deine ganze Liebe fühlen lassen, entgegnete Giggenbacher.

In einer Woche ist der seelische Schaden, der durch einen siebentägigen Liebesentzug angerichtet worden ist, womöglich schon irreparabel, meinte Bettina. Ich werde es mir nie verzeihen, daß ich Josephine in einem Krankenhaus zur Welt gebracht habe, in dem eine Horde gefühlskalter Schwestern, deren Gesichter von der Niedertracht gezeichnet sind, ihr Unwesen treibt.

Die Schwestern haben doch keine niederträchtigen Gesichter, meinte Giggenbacher.

Warum nimmst du sie eigentlich fortwährend in Schutz, erkundigte sich Bettina mit einer schrillen Stimme, ehe sie den Kopf ruckartig zur Tür drehte, die in diesem Augenblick geöffnet wurde. Zu Giggenbachers Erleichterung brachte die schlitzäugige Schwester, die den Kaffee auf den Nachttisch gestellt hatte, die kleine Josephine herein und legte sie Bettina in den Arm.

Diese knöpfte unverzüglich ihr Nachthemd auf und schob ihre rechte Brustwarze in den Mund des Kindes. Während die Schwester die beiden Kaffeetassen und den Kuchenteller ergriff und das Zimmer verließ, beugte sie sich über Josephine, die gierig an ihrer Brust saugte, und betrachtete sie voller Besorgtheit.

Findest du nicht auch, daß sie ein auffallend rotes Köpfchen hat, erkundigte sie sich bei Giggenbacher.

Bei dieser Hitze ist es doch kein Wunder, daß das Köpfchen gerötet ist, entgegnete er.

Kinder bekommen auch vom Schreien rote Köpfe, meinte Bettina.

Ich glaube nicht, daß man die kleine Josephine hat schreien lassen, sagte Giggenbacher.

Es paßt zu dir, daß du das nicht glaubst, obwohl dir ihr knallrotes Köpfchen eigentlich zu denken geben müßte, rief Bettina.

Es paßt auch zu dir, daß du die Rötung ihres Köpfchens auf das Schreien zurückführst, obwohl derzeit eine unerträgliche Hitze herrscht, rief Giggenbacher.

Wie kannst du so herumbrüllen, während Josephine im Zimmer ist, sagte Bettina in einem vorwurfsvollen Tonfall.

Nun behaupte bloß nicht, daß ich ihr einen seelischen Schaden zugefügt hätte, weil ich in ihrer Anwesenheit nicht geflüstert habe, erwiderte Giggenbacher.

Jeder elterliche Streit ist für die kindliche Psyche schädlich, meinte Bettina.

Es wäre besser, wenn du mich jetzt mit dem Kind allein lassen würdest, fügte sie hinzu.

Soll ich wirklich gehen, fragte Giggenbacher, dem es miteinemmal leid tat, daß dieses Beisammensein nicht harmonischer verlaufen war. Ich bin so ungern allein in unserer großen Wohnung.

Bevor du nachhause fährst, kannst du ja noch deinen Freund Florian Ode besuchen, entgegnete Bettina.

Vielleicht tue ich das tatsächlich, meinte Giggenbacher und er küßte Bettina auf die Stirn, ehe er das Krankenzimmer verließ.

Im Korridor begegnete er drei Schwestern, die übereinandergestapelte Damenbinden trugen. Obwohl er ihre Gesichter eingehend musterte, konnte er darin nichts entdecken, was auf Niederträchtigkeit hingewiesen hätte. Vielmehr wirkten sie auf ihn so nichtssagend, daß er ihre Züge bereits vergessen hatte, als er mit dem Fahrstuhl zum Erdgeschoß fuhr.

Während er die Eingangshalle des Krankenhauses durchquerte, fragte er sich, aus welchem Grund Bettina die Gesichter der Schwestern als niederträchtig bezeichnet hatte. Ratlos trat er ins Freie, wo es fast genauso heiß war wie im Krankenzimmer. Beim Passieren der Grünanlage, die das Krankenhaus umgab, stellte er fest, daß die Birken, die dort gepflanzt waren, nur lächerlich kleine Schatten warfen. Ohne die Patienten, die sich auf den zinnobergrünen Bänken schicksalsergeben der Sonne aussetzten, durch mitleidige Blicke zu irritieren, näherte er sich mit eiligen Schritten der Telephonzelle, die vor der Umzäunung der Grünanlage stand.

Nachdem er seinem Freund Florian Ode telephonisch seinen Besuch angekündigt hatte, stieg er in seinen Wagen und kurbelte sämtliche Fenster herunter. Trotzdem war er völlig verschwitzt, als er das Mietshaus erreichte, in dessen Erdgeschoß sich die Altbauwohnung befand, in der Florian Ode und dessen Frau Heidemarie wohnten.

Obwohl die Haustür nicht geschlossen war, läutete er dreimal, ehe er das türkisfarben gekachelte Treppenhaus betrat, in dem es angenehm kühl war. Er stieg gerade die fünf Stufen zum Erdgeschoß hinauf, als ihm Ode, ein stattlicher, breitschultriger Mann, der mit seinen tiefliegenden blaugrünen Augen, seiner markanten Nase, seinen sandfarbenen Koteletten und seinem buschigen Schnauzbart sehr männlich aussah und nicht zuunrecht den Ruf hatte, ein unverbesserlicher Herzensbrecher zu sein, mit einer Pfeife in der Hand entgegenkam. Auch an diesem Tag verriet seine Kleidung, daß er offensichtlich wieder einmal zu schwach gewesen war, um den Überredungskünsten seiner Frau zu widerstehen, die nach einer zehnjährigen, kinderlos gebliebenen Ehe noch immer dermaßen vernarrt in ihn war, daß sie seiner Eitelkeit in jeder erdenklichen Weise Vorschub leistete und ihren ganzen Stolz darein setzte, ihn wie einen Gecken auszustaffieren. Wie er so stand im Treppenhaus, wirkte er in seinem ockerfarbenen Nappalederanzug, zu dem er ein schieferfarbenes Seidenhemd und ein schieferfarbenes Halstuch trug, trotz seines sich über seiner Stirn merklich lichtenden Haars und trotz seines immer unübersehbarer werdenden Doppelkinns wie ein Dressman vor seinem Auftritt.

Ohne Giggenbacher die Hand zu geben, führte er ihn in sein geräumiges, aber nicht sehr helles Wohnzimmer, dessen Wände von eigens für diesen Raum angefertigten, karamelfarbenen Bücherregalen eingenommen wurden, die bis zur Stuckdecke reichten und unter anderem die gesammelten Werke von Marx, Engels und Lenin enthielten. In der Mitte des Zimmers standen außer mehreren dezent gemusterten Sesseln ein Rauchtisch und ein zu den Sesseln passendes Sofa, auf dem zu Giggenbachers Überraschung zwei weitere Besucher saßen.

Es handelte sich dabei um seinen Kollegen Guido Ibscher, einen jungen Lyriker, um dessen Hals stets ein altes Medaillon hing, und um die seit ein paar Wochen mit ihm liierte Photographin Lea Perzheim, die mit ihren kunstvoll gekräuselten Haaren und mit den violetten Lidschatten über ihren schwarzumrandeten Augen den Eindruck erweckte, im Showgeschäft tätig zu sein. Lächelnd streckte sie Giggenbacher ihre Hände entgegen, die dieser wegen der großen Ringe, die sie sich an sämtliche Finger gesteckt hatte, nicht herzlich zu drücken wagte. Sie erkundigte sich gerade bei ihm nach Bettinas Befinden, als Heidemarie Ode aus dem Nebenzimmer, das sie als ihr Studio bezeichnete, hereinkam.

Sie war eine kurzbeinige, kurzsichtige Person mit drallen Schenkeln und einem drallen Gesäß, der man es anmerkte, wie sehr sie sich mühte, trotz ihrer körperlichen Mängel möglichst reizvoll zu wirken. Doch obwohl die modegerechte Art und Weise, in der sie geschminkt, frisiert und gekleidet war, darauf hinwies, daß sie die Ratschläge, die in Frauenzeitschriften zu lesen sind, mit einer geradezu sklavischen Ängstlichkeit befolgte, haftete ihr etwas durch und durch Hausbackenes an. Sie war ihrem Mann, sowohl das Äußere als auch die Intelligenz betreffend, so wenig gewachsen, daß ihre gemeinsamen Freunde zu verstehen meinten, warum Ode eine Liebschaft nach der anderen hatte. Allerdings war es ihnen unklar, aus welchen Gründen er nach wie vor weit davon entfernt war, sich von Heidemarie zu trennen, die ihm trotz ihrer Eifersucht und ihres Argwohns bislang noch keinen einzigen Seitensprung hatte nachweisen können. Weil sie dennoch ständig fürchtete, ihn zu verlieren, tat sie alles Erdenkliche, um für ihn unentbehrlich zu sein.

Während er grundsätzlich nur dann an einem seiner Essays arbeitete, wenn er Lust dazu hatte, saß sie oft genug von frühmorgens bis tief in die Nacht hinein in ihrem Studio. Offensichtlich war sie auch gerade damit beschäftigt gewesen, für eine von den Werbeagenturen, die ihr regelmäßig Aufträge zukommen ließen, einen jener Werbetexte zu verfassen, mit denen sie so viel Geld verdiente, daß Ode, der wie sie aus kleinen Verhältnissen stammte, seit er mit ihr verheiratet war, keine materiellen Sorgen mehr kannte. Denn sie trug, wie immer, wenn sie arbeitete, statt ihrer Haftschalen eine entstellend aufwendige Brille mit einem wuchtigen, himbeerroten Gestell, das ihre ohnehin ein wenig klein geratenen Augen noch kleiner wirken ließ.

Allem Anschein nach war sie nicht nur hereingekommen, um Giggenbacher zu begrüßen. Sie küßte ihn zwar auf beide Wangen und fragte ihn, wie er sich als frischgebackener Vater fühle. Aber während er ihr antwortete, beobachtete sie mit einer mißtrauischen Miene erst ihren Mann, der kurz vor ihrem Auftauchen mit seiner Schuhspitze die Zehen von Lea Perzheim gestreichelt hatte, und darauf die Photographin, die auf Odes Annäherungsversuch mit einem lasziven Lächeln reagiert hatte. Als sie im Verhalten der beiden, die jetzt ihre Wodkagläser an die Lippen hoben, nichts Verdächtiges entdecken konnte, wendete sie sich von neuem Giggenbacher zu.

Ist Bettina glücklich, erkundigte sie sich.

Bettina fehlt ganz einfach das Talent, glücklich zu sein, entgegnete Giggenbacher. Seit dem Beginn ihrer Schwangerschaft hat sie sich sehr verändert.

Sie ist unausgeglichen, reizbar und mitunter sogar richtig hysterisch, fügte er hinzu.

Sie war schon immer unausgeglichen, reizbar und hysterisch, sagte Guido Ibscher, der vor ein paar Jahren eine Affäre mit Bettina gehabt hatte und seither nicht sonderlich gut auf sie zu sprechen war.

Geht sie immer noch zu ihrer Psychoanalytikerin, erkundigte sich Lea Perzheim.

Glücklicherweise habe ich sie davon abgebracht, entgegnete Giggenbacher. Es hat ihr nämlich gar nicht gut getan, daß sie sich so exzessiv mit sich selbst beschäftigte. Nach jeder Sitzung kam sie mit verschwollenen Augen nachhause. Sie strotzte förmlich vor Selbstmitleid. Tagelang war sie überzeugt davon, daß kein Mensch auf dieser Erde eine so entsetzliche Kindheit und Jugend hinter sich hat wie sie. Dabei stammt sie aus einem gutbürgerlichen Haus.

Sie hat niemals Hunger oder Not leiden müssen, fügte er hinzu, ehe er abrupt verstummte. Denn er hatte das Gefühl, daß er die übrigen Anwesenden zu langweilen begann.

Ode stocherte mit einem Pfeifenreiniger in seiner Pfeife herum. Guido Ibscher spielte mit seinem Medaillon. Lea Perzheim drehte die Ringe an ihren Fingern hin und her. Und Heidemarie Ode, die die ganze Zeit über stehen geblieben war, ging auf die Tür ihres Studios zu.

Ich muß weitermachen, sagte sie.

Für welche Produkte mußt du denn gerade Werbetexte verfassen, erkundigte sich Lea Perzheim.

Für ein Hundefutter und für eine Damenbinde, erwiderte Heidemarie mit einem spitzen Auflachen, ehe sie in ihrem Studio verschwand.

Heidemarie ist beängstigend fleißig, meinte Guido Ibscher und er sah Ode stirnrunzelnd an.

Sie ist nun einmal ein Arbeitstier, entgegnete der, während er erneut seine Schuhspitze den Zehen von Lea Perzheim näherte.

Wenn sie nichts zu tun hätte, wäre sie todunglücklich, fügte er hinzu.

Es könnte auch sein, daß ihr die Arbeit ihr Unglück vergessen hilft, erwiderte Guido Ibscher und er starrte mit einer ärgerlichen Miene unter den Rauchtisch, wo Ode wiederum ganz unbekümmert mit seiner Schuhspitze die Zehen von Lea Perzheim streichelte, die hiervon recht angetan zu sein schien.

Ist Heidemarie eifersüchtig, erkundigte sie sich.

Sie ist die eifersüchtigste Frau, die ich kenne, entgegnete Ode.

Ich habe mich damit abgefunden, daß mich meine Liebhaber betrügen, meinte Lea Perzheim.

Ich erwarte von ihnen lediglich, daß sie mir nicht die Geschlechtskrankheiten aufhalsen, die sie sich bei anderen Frauen zuziehen, fügte sie hinzu und sie lächelte Guido Ibscher spöttisch an.

Doch der junge Lyriker zeigte keinerlei Anzeichen von Verlegenheit. Schweigend zündete er sich eine Zigarette an, ehe er sich Giggenbacher zuwendete, der gedankenverloren vor sich hinstarrte.

Man sieht es dir an, daß dich unser Gesprächsthema langweilt, meinte er.

Mit Geschlechtskrankheiten habe ich keine Erfahrung, erwiderte Giggenbacher.

Du bist ja auch ein mustergültiger Ehemann, sagte Lea Perzheim. Ich gehe jede Wette ein, daß du Bettina noch nie betrogen hast.

Seit ich sie kennengelernt habe, habe ich tatsächlich noch kein einziges Mal das Verlangen verspürt, mit einer anderen Frau zu schlafen, entgegnete Giggenbacher mit einer gewissen Verschämtheit.

Hat Bettina ebenfalls, seit sie dich kennengelernt hat, noch kein einziges Mal das Verlangen verspürt, mit einem anderen Mann zu schlafen, erkundigte sich Lea Perzheim.

Das kann ich dir nicht sagen, erwiderte Giggenbacher.

Auf Parties pflegt sie jedenfalls recht hemmungslos zu flirten, meinte Guido Ibscher.

Ich glaube, daß sie das lediglich tut, um ihr Selbstgefühl zu stärken, entgegnete Giggenbacher.

Wer wird sich denn um euere kleine Tochter kümmern, wenn Bettina wieder ihre Filme dreht, erkundigte sich Ode.

Ich werde mich um sie kümmern, sagte Giggenbacher.

Da wirst du kaum zum Arbeiten kommen, meinte Guido Ibscher.

Bettina wird schließlich nicht pausenlos Filme drehen, erwiderte Giggenbacher.

Sie schreibt doch auch Gedichte, sagte Lea Perzheim.

Sie wird auch nicht pausenlos Gedichte schreiben, entgegnete Giggenbacher.

Sie ist eine ehrgeizige Frau, meinte Lea Perzheim. Ich kann mir nicht vorstellen, daß sie wegen des Kindes auf ihre Karriere verzichten wird.

Es ist ganz in meinem Sinn, daß sie beruflich weiterkommt, erwiderte Giggenbacher.

Ist es auch ganz in ihrem Sinn, daß du beruflich weiterkommst, fragte Guido Ibscher.

Das nehme ich an, sagte Giggenbacher.

Er wies die Anwesenden darauf hin, daß in vier Wochen die Premiere seines Theaterstücks stattfand.

Sie versprachen alle, zur Premiere zu kommen.

Wird Bettina auch kommen, fragte Lea Perzheim.

Wenn ich sie dazu überreden kann, daß sie das Kind für einen Abend meiner Mutter überläßt, werdet ihr sie begrüßen können, erwiderte Giggenbacher.

Warum habt ihr euch eigentlich ein Kind angeschafft, erkundigte sich Guido Ibscher.

Weil Bettina plötzlich das Gefühl hatte, es entginge ihr etwas ganz Wesentliches, wenn sie nicht Mutter würde, entgegnete Giggenbacher. Es hat mich selber überrascht, daß sie sich ganz spontan dazu entschlossen hat, ein Kind zu bekommen. Denn sie hatte immer eine entsetzliche Angst davor, schwanger zu werden.

Sobald sich ihre Periode um ein paar Tage verzögert hatte, geriet sie außer Rand und Band, fügte er hinzu.

In diesem Augenblick kam Heidemarie Ode ins Zimmer. Wiederum musterte sie mißtrauisch ihren Mann, der hastig seinen Fuß von Lea Perzheims Zehen entfernte, und daraufhin die Photographin, die sich bei ihr mit einem charmanten Lächeln erkundigte, ob sie mit ihrer Arbeit fertig sei.

Heidemarie Ode schüttelte den Kopf.

Willst du nicht eine kurze Pause einlegen, erkundigte sich Ode.

Ich wollte eigentlich für euch ein Abendessen zubereiten, sagte Heidemarie und sie sah die Anwesenden der Reihe nach erwartungsvoll an.

Aber zu ihrer sichtlichen Enttäuschung behaupteten nicht nur Guido Ibscher und Lea Perzheim, daß sie aufbrechen müßten. Auch Giggenbacher tat miteinemmal so, als sei er in Eile. Er hatte nicht vergessen, daß Heidemarie, die sich für eine raffinierte Köchin hielt, es nicht über sich brachte, jemandem ein ganz gewöhnliches Wienerschnitzel oder ein ganz gewöhnliches Wurstbrot aufzutischen. Sie hatte den unglückseligen Ehrgeiz, ihren Gästen und ihrem Mann nur Gerichte vorzusetzen, die in keinem Kochbuch und auf keiner Speisekarte zu finden waren. Sie betrachtete sich als eine Pionierin unter den Köchen und Köchinnen dieser Erde. In ihrer Neuerungssucht hatte sie für althergebrachte Rezepte nichts als Verachtung übrig. Ihr ging es darum, Novitäten auszuklügeln, wobei es für sie von untergeordneter Bedeutung war, wie diese Novitäten schmeckten. Das einzige, was sich mit ihrem Pioniergeist nicht vereinbaren ließ, war ihre Unfähigkeit, sich mit den Anfechtungen abzufinden, denen Pioniere seit eh und je ausgesetzt gewesen sind.

Wenn irgendwer außerstande war, ihren Heringssalat mit Himbeeren, ihre Rosenkohltorte oder ihr Nugateis mit heißen Muscheln zu würdigen, reagierte sie, als hätte er den Stab über sie gebrochen. Das Bewußtsein, daß sie sich beim Kochen in Neuland wagte, verleitete sie dazu, diejenigen, die beispielsweise ihre Seezunge mit Zimtsauce nicht goutierten, als böswillige Ignoranten und als stumpfe, rückständige Gewohnheitsmenschen abzustempeln, die nichts mehr aufzurütteln vermochte. Ihre Gerichte waren für sie Creationen, die über Lob und Tadel erhaben waren. Nur allzu gut erinnerte sich Giggenbacher daran, daß er im Heim der Odes um des lieben Friedens willen unter anderem schon Hirn mit Heidelbeeren hinuntergewürgt hatte. Hastig stand er auf und küßte Heidemarie, die nach einem süßlichen Parfum roch, auf ihre mit einem rostbraunen Rouge bedeckten, fleischigen Wangen.

Es ist jammerschade, daß du nicht zum Abendessen bleiben kannst, meinte sie, während sie ihn gemeinsam mit ihrem Mann zur Wohnungstür begleitete. Ich wollte nämlich kandierten Kabeljau zubereiten.

Ich werde deinen kandierten Kabeljau ein andermal probieren, erwiderte Giggenbacher, ehe er hastig ins Treppenhaus trat.

3

Als Giggenbacher die Mitte der Bühne erreicht hatte, applaudierten die Zuschauer so begeistert, daß er sich wie ein Erfolgsautor fühlte. Obwohl es sich bei diesen Zuschauern hauptsächlich um Provinzler handelte, für die die Premieren des Schauspielhauses von A. ein willkommener Anlaß waren, um ihre Abendgarderoben und ihren Schmuck vorzuführen, machten sich in ihm Hochgefühle breit. Es fiel ihm schwer, Gelassenheit zur Schau zu stellen. Sein Gesichtsausdruck verriet, daß ihm der Beifall nicht gleichgültig war.

Aus Furcht, devot zu erscheinen, verbeugte er sich lediglich andeutungsweise, ehe er hinunter zum Zuschauerraum stieg und mit eiligen Schritten auf Bettina zuging, die die kleine Josephine an diesem Abend mit den größten Skrupeln der Obhut seiner Mutter anvertraut hatte. Er fand, daß sie sich inmitten der in Duftwolken gehüllten, aufgetakelten Kleinstädter, die jetzt zu den Ausgängen drängten, wie eine Exotin ausnahm. Sie trug eine ungewöhnlich weite, auberginenfarbene Pluderhose aus Satin, die die Gedrungenheit ihrer Gestalt eher betonte, und einen seitlich geschlitzten, auberginenfarbenen Satinkittel, der keineswegs mit ihrem gelben Lidschatten und mit ihren roten Haaren harmonierte. Ohne sich durch die spöttischen Blicke und die halblauten, abfälligen Bemerkungen irritieren zu lassen, mit denen einige Theaterbesucher auf ihre Aufmachung reagierten, ergriff sie Giggenbachers Hand.

Du kannst mit dir zufrieden sein, flüsterte sie ihm zu, während sie ihn in die Richtung des Foyers zog.

Bedauerst du es, daß du mitgekommen bist, erkundigte er sich.

Das kann ich dir erst sagen, wenn ich wieder zuhause bin, entgegnete Bettina.

Ich bin überzeugt davon, daß meine Mutter Josephine so gut versorgt, als wäre sie ihr eigenes Kind, sagte Giggenbacher.

Seit deine Mutter zum letzten Mal ein Kind versorgt hat, sind Jahrzehnte verstrichen, erwiderte Bettina.

Sie blieb vor der Garderobe stehen und sah Giggenbacher prüfend an.

Wärst du mir böse, wenn ich dich bitten würde, allein zu der Premierenfeier zu gehen, erkundigte sie sich.

Vergiß nicht, daß wir nur ein Auto zur Verfügung haben, sagte Giggenbacher.

Ich kann ja mit dem Zug nachhause fahren, entgegnete Bettina, deren Gesicht plötzlich einen entsagungsvollen Ausdruck angenommen hatte, der Giggenbacher zu denken gab.

Er hatte das Gefühl, daß sie ihm nachträglich eine Szene machen würde, wenn er sie mit dem Zug nachhause fahren ließ und allein zu der Premierenfeier ging. Wortlos streckte er der Garderobenfrau seine Garderobenmarke hin, ehe er Bettina in ihren Mantel half. Während er mit ihr das Theater verließ, fragte er sich, ob ihre Sorge um das Kind wohl berechtigt war. Er bezweifelte es. Trotzdem beschleunigte er seine Schritte dermaßen, daß Bettina, die Schuhe mit hohen Absätzen trug, Mühe hatte, ihm zu dem Parkplatz zu folgen, auf dem er seinen Wagen abgestellt hatte. Es fiel ihm auf, daß sie nicht einmal versuchte, ihn dazu zu überreden, daß er allein zu der Premierenfeier ging. Sie schien es für selbstverständlich zu halten, daß er darauf verzichtete.

Verbittert stieg er in den Wagen und fuhr, ohne die Geschwindigkeitsbegrenzung zu beachten, zum östlichen Stadtrand von A. Er sagte sich, daß der Regisseur und die Schauspieler es ihm vermutlich übelnehmen würden, daß er sich nicht auf der Premierenfeier blicken ließ. Auch war er überzeugt davon, daß den Kritikern seine Abwesenheit, die möglicherweise allgemein als eine Protestaktion aufgefaßt wurde, zu denken geben würde. Zudem tat es ihm leid, daß er sich nicht von seinen Freunden und Kollegen verabschiedet hatte, die eigens nach A. gefahren waren, um ihm während der Premiere seines Stücks eine seelische Stütze zu sein.

Mit einer verkniffenen Miene bog er in die Autobahn nach M. ein. Er bedauerte, daß er seinen Erfolg nicht doch noch auf der Premierenfeier ein wenig ausgekostet hatte. Zu gerne hätte er erfahren, wie seine Freunde sein

Stück beurteilten. Er dachte auch daran, daß er den einen oder anderen Kritiker im persönlichen Gespräch vielleicht zu seinen Gunsten hätte beeinflussen können. Ganz unvermittelt kam eine beträchtliche Gereiztheit in ihm auf. Er fand, daß Bettina zu viel Aufhebens um das Kind machte. Er fühlte sich von ihr zurückgesetzt. Argwöhnisch musterte er sie von der Seite.

Obwohl er nur feststellte, daß sie gedankenverloren auf die Fahrbahn starrte, hatte er plötzlich den Verdacht, daß ihre Sorge um das Kind lediglich ein Vorwand war, um ihn daran zu hindern, daß er sich an diesem Abend feiern ließ. Er fragte sich, woran sie augenblicklich dachte.

Um sie aus ihren Gedanken zu reißen, erhöhte er jäh die Geschwindigkeit. Aber zu seiner Überraschung bat sie ihn nicht, langsamer zu fahren. Sie starrte weiterhin gedankenverloren auf die Fahrbahn. Erst als er den Stadtrand von M. erreichte und sich dem Viertel näherte, in dem sie wohnten, richtete sie sich auf in ihrem Sitz und wendete sich ihm zu.

Glaubst du, daß meine Sorge um das Kind unbegründet ist, fragte sie.

Davon bin ich überzeugt, sagte Giggenbacher.

Warum bist du dann nicht zu der Premierenfeier gegangen, erkundigte sich Bettina.

Das frage ich mich auch, meinte Giggenbacher bitter.

Behaupte jetzt bloß nicht, daß ich dich daran gehindert hätte, erwiderte Bettina.

Man muß einen Menschen nicht unbedingt an einem Vorhaben hindern, wenn man ihn davon abbringen will, sagte Giggenbacher.

Schweigend bog er in die Nebenstraße ein, in der sich das Haus befand, in dem sie eine Wohnung gemietet hatten. Nachdem er den Wagen vor diesem Haus geparkt hatte, stieg er dicht hinter Bettina hinauf zum dritten Stockwerk, wo er die Wohnungstür aufschloß. Während Bettina unverzüglich zu dem kleinen Kinderzimmer stürzte, begrüßte er seine Mutter und seinen um zehn Jahre jüngeren Stiefvater, die an dem Bauerntisch in der Diele saßen und Canasta spielten. Beide waren über seine frühe Rückkehr verwundert.

Hat es Ärger gegeben, erkundigte sich seine Mutter, deren Gesicht durch die neue, silberblonde Lockenperücke noch aufgedunsener wirkte als gewöhnlich.

Giggenbacher schüttelte den Kopf.

Wenn es keinen Ärger gegeben hätte, wärt ihr doch nicht schon jetzt zurückgekommen, sagte sein Stiefvater, der sich bei jeder Gelegenheit damit zu brüsten pflegte, daß er es vom Friseurlehrling bis zum Inhaber eines Friseursalons mit vier Angestellten gebracht hatte.

Wir sind nur so früh zurückgekommen, weil sich Bettina Sorgen um das Kind gemacht hat, sagte Giggenbacher.

Sie hat wohl kein Vertrauen zu mir, erkundigte sich seine Mutter, deren Gesicht plötzlich einen beleidigten Ausdruck angenommen hatte.

Nun sei doch nicht gleich gekränkt, entgegnete Giggenbacher und er tätschelte beschwichtigend ihren Arm.

Sie hat allen Grund, gekränkt zu sein, nachdem sie euere Tochter wie ihren Augapfel behandelt hat, sagte sein Stiefvater, während Bettina glückstrahlend aus dem Kinderzimmer kam.

Ich kann dir nicht sagen, wie dankbar ich dir dafür bin, daß du so gut auf Josephine aufgepaßt hast, meinte sie und sie versuchte, ihre Schwiegermutter auf die Wange zu küssen.

Doch diese wich ruckartig vor ihr zurück.

Ich werde es nie wieder tun, erwiderte sie, indem sie

sich erhob und auf die Garderobe zuging, wo ihr viel zu jugendlicher, quittengelber Mantel hing. Ehe ihr jemand helfen konnte, schlüpfte sie in den Mantel und trat ins Treppenhaus. Giggenbachers Stiefvater knöpfte sich das Jackett seines hellblauen Seidenanzugs zu, in dem er wie ein kleiner Ganove wirkte, dem vor kurzem ein Coup geglückt war, und folgte ihr, ohne sich von Giggenbacher und Bettina zu verabschieden, die sich ratlos ansahen.

Was ist denn passiert, fragte Bettina.

Meine Mutter ist gekränkt, weil du dir Sorgen um Josephine gemacht hast, erwiderte Giggenbacher.

Sie meint, daß du kein Vertrauen zu ihr hättest, fügte er hinzu.

Ich habe auch kein Vertrauen zu ihr, sagte Bettina, ehe sie in die Küche ging.

Mit einer Flasche Champagner und zwei Gläsern tauchte sie wieder auf. Lächelnd gab sie Giggenbacher zu verstehen, daß sie mit ihm auf seinen Erfolg trinken wolle.

Obwohl dieser lieber gleich ins Bett gegangen wäre, folgte er ihr widerspruchslos ins Wohnzimmer. Nachdem er in einem der sienafarbenen Sessel Platz genommen hatte, die so niedrig waren, daß das Sitzen zu einer Strapaze ausartete, beobachtete er, wie Bettina die Champagnerflasche öffnete und die Gläser füllte. Dabei entging es ihm nicht, daß sie miteinemmal verlegen war. Er fragte sich, ob es ihr leid tat, daß sie ihm den Abend verdorben hatte. Mit einem lauernden Gesichtsausdruck prostete er ihr zu. Er wartete darauf, daß sie ihn wenigstens um Verzeihung bat.

Doch zu seiner Enttäuschung redete sie über die Aufführung seines Stückes, die ihrer Meinung nach einiges zu wünschen übrig gelassen hatte.

Ohne ihr richtig zuzuhören, trank er einen Schluck

Champagner. Er hatte das Gefühl, daß ihn Bettina mithilfe dieses kostspieligen Getränks dazu zwingen wollte, ein Wohlverhalten an den Tag zu legen, das ihm unter den gegebenen Umständen völlig unangebracht erschien. Mit einer sichtlichen Verdrossenheit starrte er auf das Ölbild über dem sienafarbenen Sofa, auf dem eine nackte Frau mit langen, brennenden Haaren dargestellt war, die zwischen zwei Tigerdoggen eine in Nebelschwaden gehüllte Pappelallee entlanglief.

Nicht zum ersten Mal fand er es bezeichnend, daß Bettina dieses ebenso geschmäcklerische wie bedeutungsträchtige Bild gekauft hatte. Stirnrunzelnd musterte er sie. Er stellte fest, daß sie ihr Champagnerglas mit jener lächerlichen Andacht und Feierlichkeit, die man in bürgerlichen Kreisen beim Champagnertrinken für gegeben hielt, an ihre Lippen hob. Voller Widerwillen betrachtete er die Champagnerflasche. Es kam ihm wie eine Zumutung vor, sie austrinken zu müssen. Champagner hatte ihm noch nie geschmeckt. Er fragte sich, warum Bettina dies einfach nicht zur Kenntnis nehmen wollte.

Daß sie ihm bei jeder Gelegenheit mit einer Gönnerhaftigkeit, die ihn dazu verleitete, sich dankbar zu zeigen, Champagner vorzusetzen pflegte, war ihm unbegreiflich. Von neuem musterte er sie stirnrunzelnd. Sie lächelte ihn an. Doch er lächelte nicht zurück. Plötzlich meinte er, die abgeschmackte Harmonie, die sie verbissen aufrechtzuerhalten suchte, keinen Augenblick länger ertragen zu können. Abrupt setzte er sein Champagnerglas auf den quadratischen, weißen Rauchtisch ab, auf dem eine Jugendstillampe stand, an deren Ständer sich vier Schlangen hochringelten.

Ich kann keinen Tropfen Champagner mehr trinken, sagte er, indem er sich erhob und auf die Schlafzimmertür zuging.

Gähnend klappte er das taubenblaue Doppelbett auseinander, das sich tagsüber in ein Sofa verwandeln ließ, und entnahm der taubenblauen Holztruhe, die zwischen zwei Schaukelstühlen stand, das Bettzeug. Während er das Laken und die beiden Daunendecken über das Bett breitete, hörte er, daß Bettina die Champagnerflasche und die Gläser wegräumte. Eilig entkleidete er sich und schlüpfte unter seine Daunendecke.

Er versuchte einzuschlafen, bevor sich Bettina abgeschminkt und gewaschen hatte. Doch als sie ins Schlafzimmer kam, war er trotz seiner geschlossenen Augen noch hellwach. Dennoch ahmte er die regelmäßigen Atemzüge eines Schlafenden nach. Mit einiger Genugtuung registrierte er, daß sie darauf hereinzufallen schien. Sie fragte ihn nicht einmal, ob er schon schlafe. Reglos lag sie neben ihm. Nur ein gelegentliches unterdrücktes Räuspern verriet ihm, daß sie ebenso wach war wie er.

4

Am darauffolgenden Wochenende wurde Giggenbacher durch die Rezensionen seines Theaterstücks, die in mehreren Zeitungen erschienen waren, jäh aus seinem seelischen Gleichgewicht gerissen. Nachdem ihn eine Begriffsstutzigkeit, die auf seine Erregung zurückzuführen war, daran gehindert hatte, den Inhalt dieser Rezensionen zu erfassen, die nicht nur ausführlicher, sondern auch positiver waren, als er es vermutet hatte, las er sie ein zweites Mal mit einer wachsenden Euphorie. Daß sie allesamt von Kritikern verfaßt worden waren, denen er bislang nichts als Hohn und Verachtung entgegengebracht hatte, gab ihm dabei nicht zu denken. Im Handumdrehen revidierte er seine Meinung über diese Kritiker. Er verstand nicht mehr, daß er ihnen bislang jegliche Urteilsfähigkeit abgesprochen hatte.

Obwohl er glaubte, daß er ihnen aus einem Ressentiment, das durch den Mißerfolg seines vor ein paar Jahren publizierten Gedichtbands hervorgerufen worden war, bitter unrecht getan hatte, setzte er nicht einmal Bettina von seiner Meinungsänderung in Kenntnis. Er hatte nämlich den Verdacht, daß er bei ihr mit einer solchen Vertrauensseligkeit seinerseits nur Hohn und Verachtung einheimsen würde.

Ohnehin empfand er die Art und Weise, in der sie auf seinen Erfolg reagiert hatte, als befremdend. Trotz seines Überschwangs war es ihm nicht entgangen, daß sie bei der Lektüre der Rezensionen so blaß geworden war, als sei ihr eine Hiobsbotschaft überbracht worden. Zwar sagte er sich, daß sie ihm letztlich um den Hals gefallen war und ihn in aller Form beglückwünscht hatte. Er konnte sich jedoch des Eindrucks nicht erwehren, daß ihre Umarmung jeglicher Spontaneität entbehrte. Ja, es kam ihm so vor, als hätte sie sich lediglich zu dieser Umarmung aufgerafft, um ihn von ihrer sonderbaren Fassungslosigkeit abzulenken.

Nachdenklich beobachtete er, wie sie die Rezensionen aus den Zeitungen ausschnitt, auf Papierbögen klebte, diese Papierbögen mit dem Erscheinungsdatum versah und sie in einen Ordner einheftete. Obwohl ihn der Eifer, den sie dabei an den Tag legte, rührte, fragte er sich, ob ihre Betätigung nicht ebenfalls ein Ablenkungsmanöver sei. Als sie die letzte Rezension eingeheftet hatte, klappte sie den Ordner zu und schob ihn über den Tisch in seine Richtung.

Jetzt bist du bekannter als ich, sagte sie und sie lächelte ihn so unaufrichtig an, daß es ihm kalt den Rücken herunterlief.

Das bezweifle ich, erwiderte er mit der gleichen Unaufrichtigkeit.

Nun tu doch nicht so, als würdest du das bezweifeln, rief Bettina, deren Gesicht sich jäh zu röten begann.

Schließlich hast du dir mit deinen Filmen ebenfalls einen Namen gemacht, meinte Giggenbacher.

Wenn ich genau so bekannt wäre wie du, würde man mich nicht immer wieder statt Frau Begemann Frau Giggenbacher nennen, sagte Bettina.

Das geschieht doch aus purer Gedankenlosigkeit, erwiderte Giggenbacher, ehe er abrupt verstummte.

Denn in diesem Augenblick läutete das Telephon.

Weil Bettina keine Anstalten traf aufzustehen, ging er eilig zu ihrem Arbeitszimmer, wo sich der Apparat befand. Zu seiner Freude rief Florian Ode an, um ihm zum Erfolg seines Stücks zu gratulieren. Er unterhielt sich mit ihm fast eine Viertelstunde lang, bevor er aufhängte. Doch kaum daß er dies getan hatte, läutete das Telephon von neuem. Diesmal waren es Guido Ibscher und Lea Perzheim, die ihn beglückwünschen wollten. Nach ihnen riefen ihn weitere Freunde und Bekannte an, um ihrer Begeisterung über die Rezensionen Ausdruck zu verleihen.

Erst gegen Mittag konnte er sich wieder um Bettina kümmern, die inzwischen das Kind versorgt und das Mittagessen zubereitet hatte. Aber gleich nach dem Mittagessen meldeten sich weitere Anrufer, die die unterschiedlichsten Anliegen hatten.

So rief ihn die Redakteurin eines Boulevardblatts an, um ihn um ein Interview zu bitten. So rief ihn seine Mutter an, um ihm auseinanderzusetzen, daß sie schon immer gewußt habe, daß er es weiter bringen würde als sein Vater, der derzeit seinen Lebensunterhalt als Nachtwächter verdiente, nachdem er unter anderem als Barkeeper, Waschmaschinenvertreter, Reiseleiter, Conférencier, Statist, Spieler und Hausierer tätig gewesen war. So rief ihn eine Mitarbeiterin von WHO IS WHO an, um mit ihm einen Termin für ein Gespräch zu vereinbaren. So rief ihn ein Schulfreund, mit dem er seit fast zwanzig Jahren keinen Kontakt mehr gehabt hatte, an, um ihn zum Kauf einer Segeljacht zu überreden. Schließlich rief ihn sein Verleger an, um sich bei ihm zu erkundigen, wann er den Roman, den er, Giggenbacher, erst vor kurzem begonnen hatte, publizieren könne.

Obwohl ihm einige Anrufe eher lästig waren, genoß Giggenbacher die Aufmerksamkeit, die ihm miteinemmal zuteil wurde. Zumal der Anruf seines Verlegers, der bislang kein allzu großes Interesse für seinen Roman gezeigt hatte, erfüllte ihn mit Genugtuung. Plötzlich packte ihn jener bedenkenlose Ehrgeiz, den er bei anderen stets als abstoßend empfunden hatte. Um seinen Roman so rasch wie möglich abzuschließen, zog er sich in den darauffolgenden Wochen früher als gewöhnlich in sein Arbeitszimmer zurück. Auch verließ er dieses Arbeitszimmer später als gewöhnlich. Zudem verzichtete er auf das Mittagessen, weil er seine Arbeit nicht unterbrechen wollte. Gegen seine Hungergefühle ging er dadurch an, daß er sich mit Süßigkeiten vollstopfte. Erst beim Abendessen widmete er sich Bettina, die zu seiner Beunruhigung immer einsilbiger wurde.

Mit einer Leidensmiene saß sie am Tisch und aß so wenig, daß er sie fragte, ob sie sich nicht wohl fühle. Doch sie antwortete ihm mit einem Achselzucken. Noch mehr als ihre Einsilbigkeit machte ihm allerdings die Tatsache zu schaffen, daß sie sich neuerdings nach dem Abendessen, statt ihm wie sonst Gesellschaft zu leisten, in ihr Arbeitszimmer zurückzog und erst wieder auftauchte, wenn es Zeit war, zu Bett zu gehen. Er war es nicht gewohnt, die Abende ohne sie zu verbringen. Das Alleinsein bedrückte ihn so sehr, daß er außerstande war, sich in ein Buch zu vertiefen. Rastlos wanderte er durch die Wohnung. Daß ihm Bettina verschwieg, was sie allabendlich trieb, irritierte ihn. Bald hörte er ihre Schreibmaschine klappern. Bald drang kein Geräusch aus ihrem Arbeitszimmer. Immer wieder sah er auf seine Armbanduhr. Nicht selten ließ er sich durch seine Ungeduld dazu verleiten, daß er an ihre Tür klopfte und sich bei ihr erkundigte, wann sie fertig sei. Trotzdem gelang es ihm nie, sie vorzeitig aus ihrem Zimmer zu locken.

Er fühlte sich von Bettina vernachlässigt. Auch litt er unsäglich darunter, daß sie, wenn sie endlich in dem taubenblauen Doppelbett neben ihm lag, auf seine zärtlichen Annäherungsversuche wie auf eine Belästigung reagierte. Für ihr Verhalten gab sie ihm trotz seiner Bitten keine Erklärung. Dennoch hatte er den Verdacht, daß sie ihn für irgendetwas bestrafen wollte. Es fiel ihm tagtäglich schwerer, sich auf die Arbeit an seinem Roman zu konzentrieren.

Während er an dem eleganten, weißen Schreibtisch saß, den ihm Bettina gekauft hatte, sagte er sich, daß sie sich nicht dermaßen abweisend verhalten würde, wenn er sich nichts zuschulden hätte kommen lassen. Obwohl er es bislang als peinigend empfunden hatte, wenn sie ihn ankeifte, wünschte er sich, sie hätte es diesmal ebenfalls getan. Vergebens suchte er die Distanz, die sie zwischen sich und ihm zu schaffen verstand, zu verringern. Er kam sich von Tag zu Tag verlorener vor. Eines Morgens, als er wieder an seinem Schreibtisch saß, hatte er plötzlich entsetzliche Angst, Bettina zu verlieren. Ohne lange zu überlegen, sprang er auf und stürzte in die Diele. Bettina saß mit einem verhärmten Gesicht am Bauerntisch und schälte eine Orange.

Du willst mich doch nicht etwa verlassen, erkundigte er sich atemlos.

Ich weiß eigentlich nicht, warum ich bei dir bleiben soll, sagte Bettina.

Was habe ich dir denn angetan, fragte Giggenbacher.

Angetan hast du mir nichts, erwiderte Bettina.

Ich kann ganz einfach nicht mit einem Mann zusammen leben, dem sein Erfolg wichtiger ist als seine Familie, fügte sie hinzu.

Du irrst dich, rief Giggenbacher. Meine Familie ist mir wichtiger als mein Erfolg.

Wenn dir deine Familie wichtiger wäre als dein Erfolg, würdest du nicht tagtäglich von früh bis spät an deinem Roman arbeiten, meinte Bettina.

Warum hast du mir nicht gesagt, daß dich das stört, fragte Giggenbacher.

Weil du mir sonst vorgeworfen hättest, daß ich dich von deiner Arbeit abhielte, sagte Bettina.

Das hätte ich niemals getan, rief Giggenbacher. Ich hätte meine Arbeit sofort unterbrochen, wenn du mich darum gebeten hättest, daß ich mich um dich und Josephine kümmere.

Ich finde es bezeichnend, daß man dich darum bitten muß, erwiderte Bettina. Du hättest es von dir aus tun müssen.

Es ist mir unbegreiflich, daß ich es nicht von mir aus getan habe, meinte Giggenbacher voller Ratlosigkeit.

Du hast ganz offensichtlich nicht das Bedürfnis, mit mir und dem Kind zusammenzusein, erwiderte Bettina. Sie wollte wohl noch etwas hinzufügen. Weil jedoch in diesem Augenblick Josephine zu schreien begann, ging sie wortlos zu dem kleinen Kinderzimmer, das ganz in Pink gehalten war.

Giggenbacher folgte ihr voller Beflissenheit. Mit einem anbiederischen Lächeln sah er ihr zu, wie sie das Kind aus dem pinkfarbenen Gitterbettchen hob und auf der pinkfarbenen Wickelkommode wickelte, über der buntbemalte, hölzerne Märchenfiguren hingen. Ja, um ihr zu beweisen, daß er das Bedürfnis hatte, mit seiner Familie zusammenzusein, sah er ihr auch zu, wie sie das Kind auf einem pinkfarbenen Korbsessel sitzend stillte.

Obwohl er das ungute Gefühl hatte, hier völlig überflüssig zu sein, verließ er das Kinderzimmer nicht. Ungelenk stand er gegen die Wand gelehnt und mühte sich ungeachtet der Tatsache, daß ihn Bettina ignorierte, einen interessierten Eindruck zu machen. Dabei wurde ihm immer klarer, daß sie sich nicht so leicht besänftigen lassen würde. Als sie sich letztlich doch entschloß, seine Anwesenheit zur Kenntnis zu nehmen, empfand er dies bereits als einen winzigen Fortschritt.

Laß dich nicht von deiner Arbeit abhalten, sagte sie und sie musterte ihn so höhnisch, daß er sich schon wieder entmutigt fühlte.

Meine Arbeit hat Zeit, erwiderte er, weil er schlagartig begriff, daß er einen schweren Fehler begehen würde, wenn er sich jetzt in sein Zimmer zurückzog. Er wartete, bis Bettina das Kind in das Gitterbettchen gelegt hatte, und leistete ihr daraufhin in der Küche beim Zubereiten des Mittagessens Gesellschaft. Er begleitete sie auch auf dem Spaziergang, den sie, damit das Kind frische Luft bekam, tagtäglich durch die Grünanlagen an den Ufern eines Teichs machte, dem die Bewohner des Stadtviertels die hohen Mieten zu verdanken hatten. Zudem kaufte er mit ihr im Anschluß an den Spaziergang ein. Damit erreichte er zwar, daß Bettina zumindest wieder mit ihm über Belanglosigkeiten redete. Doch er erreichte damit nicht, daß sie den Abend mit ihm verbrachte. Sie zog sich erneut in ihr Zimmer zurück.

Am nächsten Morgen zeigte sie ihm beim Frühstück ein Gedicht, das sie tags zuvor verfaßt hatte. Zu seiner Bestürzung handelte es von einer Frau, die ihren ehrgeizigen Mann verlassen hatte. Er konnte nicht umhin, das Gedicht als eine Drohung zu betrachten. Wortlos gab er es ihr zurück. Daß sie ihn auf eine dermaßen abgeschmackte Art und Weise einzuschüchtern suchte, empfand er als deprimierend. Er fragte sich, ob er sich von ihr so etwas bieten lassen durfte.

Mit einer finsteren Miene verzehrte er sein drittes Marmeladebrötchen. Miteinemmal erschien es ihm nicht nur absurd, daß sie auf seinen Arbeitseifer wie auf einen Ehebruch reagierte. Es erschien ihm auch absurd, daß er sich von ihr wegen dieses Arbeitseifers wie wegen eines Ehebruchs bestrafen ließ. Trotzdem wagte er es nicht, gleich nach dem Frühstück in sein Zimmer zu gehen. Er blieb am Bauerntisch sitzen und wartete darauf, daß ihn Bettina dazu aufforderte, sich an die Arbeit zu machen. Daß sie sich diesbezüglich Zeit ließ, erboste ihn insgeheim. Während er ihr erst beim Häkeln eines Babyjäckchens und dann beim Baden des Kindes zuschaute, nahm er sich vor, es ihr heimzuzahlen. Als sie ihm schließlich beim Stillen des Kindes mit der Frage, ob er denn heute nichts tun wolle, zu verstehen gab, daß sie nichts dagegen hätte, wenn er jetzt ein wenig arbeitete, war er völlig zermürbt.

Obwohl er von vornherein wußte, daß er an diesem Tag mit seiner Arbeit nicht weiterkommen würde, setzte er sich so lange an seinen Schreibtisch, bis ihm Bettina mitteilte, daß das Mittagessen fertig sei. Nach dem Mittagessen versuchte er, sich auf seinen Roman zu konzentrieren. Aber dies gelang ihm nicht. Statt sich mit seinen Romanfiguren zu beschäftigen, überlegte er, wie er sich davor drücken konnte, Bettina beim Spazierengehen und beim Einkaufen zu begleiten. Bald nahm er sich vor, ihr gegenüber eine leichte Übelkeit vorzuschützen. Bald nahm er sich vor, über Migräne zu klagen. Als ihn Bettina jedoch fragte, ob er mitkommen wolle, hatte er nicht den Mut, sie anzulügen.

Trotz des Widerwillens, den er in Anbetracht seiner Feigheit verspürte, schlüpfte er in seinen Mantel und verließ mit ihr und dem Kind das Haus. Während er mißmutig neben ihr am Teich entlangging, in dessen grünlich schillerndem Wasser Enten und Schwäne schwammen, fragte er sich, ob er seinen Roman wohl jemals würde abschließen können, wenn er sich auch in Zukunft dermaßen nachgiebig zeigte. Schaudernd dachte er an die zahllosen Redakteure, Lektoren, Journalisten und Publizisten, die bis ins hohe Alter hinein von den Büchern redeten, die sie als junge Männer begonnen, aber nie fertiggestellt hatten.

Doch nicht nur am nächsten Tag hielt ihn seine Zaghaftigkeit davon ab, Bettina zu enttäuschen. Auch in den darauffolgenden Wochen veranlaßte ihn die Zuneigung, die sie ihm wieder entgegenbrachte, dazu, kleinbeizugeben. Und je häufiger er kleinbeigab, umso schwieriger erschien es ihm, seinen Willen durchzusetzen. Er merkte nämlich sehr wohl, daß es Bettina längst nicht mehr als ein Zugeständnis betrachtete, daß er sein Arbeitszimmer erst am späten Vormittag, nachdem das Kind gebadet worden war, betrat. Er merkte auch, daß sie es mittlerweile für selbstverständlich hielt, daß er seine Arbeit, mit der er ohnehin viel zu spät zu beginnen pflegte, erst wegen des Mittagessens und kurz darauf wegen des Spaziergangs unterbrach.

Um sie auf die Unerträglichkeit solcher Arbeitsbedingungen hinzuweisen, ließ er sie wissen, daß er, weil er zum Arbeiten eine Anlaufzeit brauchte, in der kurzen

Zeit, die ihm vor dem Mittagessen zur Verfügung stand, bestenfalls ein paar Sätze zu Papier bringen konnte, die wegen der Hast, in der er sie niederschreiben mußte, so unanschaulich und so stümperhaft waren, daß er sie in der Zeit, die ihm zwischen dem Mittagessen und dem Spaziergang zur Verfügung stand, vergebens zu korrigieren suchte, ehe er sie in den Papierkorb warf.

Mit dieser Mitteilung erreichte er jedoch bei Bettina nicht das geringste. Sie bezeichnete es zwar als bedauerlich, daß er mit seiner Arbeit nicht vorankam. Statt ihn indes entweder vom Zuschauen beim Baden des Kindes oder vom Verzehren des Mittagessens oder vom Spaziergang durch die Grünanlagen an den Ufern des Teichs zu dispensieren, schilderte sie ihm die Schwierigkeiten, unter denen große Dichter Werke der Weltliteratur verfaßt hatten.

Betroffen hörte er ihr zu. Er kam sich plötzlich klein und unbedeutend vor. In der Tatsache, daß er sich durch die häuslichen Umstände am Schreiben hindern ließ, sah er einen Beweis für seine Unzulänglichkeit. Er meinte zu begreifen, daß ihm diese häuslichen Umstände bislang als Vorwand gedient hatten, um sein Scheitern zu bemänteln. Er wagte es nicht mehr, sich darüber zu beklagen.

Wenn ihn Bettina nach seiner Arbeit fragte, erwähnte er lediglich mit einem wehmütigen Lächeln, daß er wieder nicht weitergekommen sei. Zunächst tröstete sie ihn und sprach ihm Mut zu. Doch bald merkte er, daß sie sein Scheitern zu langweilen begann. Daß sie es alles andere als tragisch zu finden schien, verletzte ihn zutiefst. Es verletzte ihn auch, daß sie es offensichtlich nicht mehr für nötig hielt, Rücksicht auf ihn zu nehmen. Ohne sich etwas dabei zu denken, ging sie mit Josephine im Arm vor seiner Zimmertür auf und ab und redete so laut auf sie ein, daß er jedes Wort verstand. Zudem kam sie in der kurzen Zeit, in der er sich mit seinem Roman beschäftigen konnte, immer häufiger wegen Lappalien in sein Zimmer. Bald führte sie ihm Josephine in einem neuen Strampelhöschen vor. Bald fragte sie ihn, ob er ihr rasch eine Tube Senf besorgen könne. Bald informierte sie ihn über ein Telephongespräch, das sie soeben mit einer Freundin geführt hatte.

Er hatte den Eindruck, daß ihr jeder Vorwand recht war, ihn von der Arbeit abzulenken. Aber er wußte nicht, mit welcher Begründung er sich derartige Störungen verbitten wollte. Er fürchtete, sich lächerlich zu machen, wenn er zu seiner Rechtfertigung die wenigen fragwürdigen Sätze vorwies, die er tagtäglich in der Überzeugung, daß er sie später doch in den Papierkorb werfen würde, voller Hektik niederschrieb.

5

Mit einer verkniffenen Miene ging Giggenbacher mit Josephine im Arm in der Wohnung auf und ab. Den ganzen Tag über hatte er nichts anderes getan, als für ihre Unterhaltung zu sorgen. Er hatte ihr Kinderlieder vorgesungen. Er hatte mit ihr Hoppe-Hoppe-Reiter gespielt. Er hatte ihr abwechselnd Milch, Fruchtsaft und Tee vorgesetzt. Sobald er sie jedoch in ihr pinkfarbenes Gitterbettchen gelegt hatte, hatte sie so laut geschrien, daß Bettina, die von Frau Mötzlich den Auftrag bekommen hatte, für das Kulturmagazin einen Film über den Autor Felix Beese zu drehen, aus ihrem Zimmer gestürzt war und ihm Vorhaltungen gemacht hatte.

Mittlerweile betrachtete er es als eine Zumutung, daß er Josephine herumtragen mußte. Er kochte vor Wut, weil er ihretwegen nicht zum Schreiben gekommen war. Auch wurmte es ihn, daß sich Bettina, während er von seinem Kind daran gehindert wurde, die Arbeit an seinem Roman fortzusetzen, ausschließlich mit dem neuen Roman von Felix Beese beschäftigte. Wenn sie diesen Roman, dessen Titel SCHLANGENBRUT lautete, langweilig oder mittelmäßig gefunden hätte, wäre er nicht so erbost gewesen. Doch zu seinem Ärger war sie von Beeses Prosa hellauf begeistert. Schon mehrfach hatte sie ihr Zimmer verlassen, um ihm, Giggenbacher, mit leuchtenden Augen Passagen aus Beeses Roman vorzulesen, die nach ihrem Dafürhalten von Beeses Originalität, Beeses Einfallsreichtum, Beeses Fabulierkunst und Beeses Mutterwitz zeugten. Jetzt kam sie mit einem geröteten Gesicht und zerrauften Haaren in die Diele. Beeses Buch hielt sie noch immer in den Händen.

Ich habe gerade mit Beese telephoniert, sagte sie, indem sie das Buch, auf dessen honiggelbem Schutzumschlag sich ein Photo von Beese befand, gegen ihre Brust preßte.

Wann hast du dich mit ihm verabredet, fragte Giggenbacher und er betrachtete das Photo auf dem Schutzumschlag, das einen vergleichsweise jungen, bärtigen Mann mit einer breiten, niedrigen Stirn, mit kleinen, hellen, verschmitzten Augen und einem unübersehbaren Hökker auf dem Nasenrücken zeigte, der möglicherweise bei einer Schlägerei entstanden war.

Er hat mich morgen zum Frühschoppen eingeladen, sagte Bettina, indem sie ihm Beeses Buch hinstreckte.

Du mußt es unbedingt lesen, meinte sie, nachdem sie ihm das Kind abgenommen hatte.

Offen gesagt, interessiert es mich nicht sonderlich, erwiderte Giggenbacher.

Es ist ein Meisterwerk, rief Bettina.

Das bezweifle ich, sagte Giggenbacher.

Daß du das bezweifelst, zeugt nur von deiner Voreingenommenheit, rief Bettina. Was hast du eigentlich gegen Felix Beese.

Ich habe nichts gegen ihn, erwiderte Giggenbacher, während er die biographischen und bibliographischen Angaben überflog, die unter dem Photo von Beese auf dem Schutzumschlag zu lesen standen. Er entnahm diesen Angaben nicht nur, daß Beese zehn Jahre später als er selbst als Sohn eines Dorfdrogisten in einem fränkischen Ort namens Hundshaupten geboren war, daß er als Vierzehnjähriger seinen Eltern davongelaufen war und daß er sich, ehe er sich schriftstellerisch zu betätigen begann, unter anderem als Matrose, Losverkäufer, Bänkelsänger, Wahrsager, Zuhälter, Astrologe und Leichenwäscher durchgeschlagen hatte. Er entnahm den Angaben auch, daß Beese ungeachtet der Tatsache, daß er außer seinem Roman lediglich ein dünnes Gedichtbändchen veröffentlicht hatte, bereits ein Literaturstipendium, einen Lyrikpreis und zwei Förderpreise erhalten hatte.

Allein wegen der Vergünstigungen, die der Kulturbetrieb diesem Autor hatte zuteil werden lassen, wurde er ihm immer suspekter. Er fragte sich, was Beese wohl alles unternommen haben mochte, um sich die Juroren geneigt zu machen. Für einen Augenblick war er dicht daran, Beese der Geschäftstüchtigkeit zu bezichtigen. Weil er jedoch fürchtete, daß Bettina in einer solchen Bezichtigung nur ein Zeichen von Neid sehen könnte, verkniff er sich dies.

Ich habe wirklich nichts gegen ihn, wiederholte er, obwohl er Beese mittlerweile zu hassen begann, und er zwang sich dazu, das honiggelbe Buch behutsam auf den Bauerntisch zu legen.

Würdest du seinen Roman lesen, wenn ich dich darum bitten würde, fragte Bettina.

Warum liegt dir denn so viel daran, erkundigte sich Giggenbacher.

Weil du ohne Zweifel eine Menge von Felix Beese lernen könntest, sagte Bettina und sie wollte offensichtlich noch etwas hinzufügen.

Aber Giggenbacher, dessen Gesicht miteinemmal hochrot geworden war, ließ sie nicht ausreden.

Ich habe nicht das Ziel, als ein Beese-Epigone zu enden, brüllte er, ehe er in sein Arbeitszimmer stürzte und die Tür hinter sich zuschlug.

Voller Empörung setzte er sich auf seinen Schreibtischsessel, der genau so umbrafarben war wie die Couch in der Nische neben der Tür und die Samtvorhänge rechterhand und linkerhand des Fensters. Minutenlang starrte er auf die entlaubte Krone eines Ahornbaums, hinter dem die Fenster des gegenüberliegenden Hauses sichtbar waren. Schließlich fiel sein Blick auf den weißen Ordner mit seinem Romanmanuskript, der vor ihm auf dem Schreibtisch lag. Doch statt ihn aufzuklappen, wartete er darauf, daß Bettina an seine Tür klopfte.

Zunächst rechnete er fest damit, daß sie ihn um Verzeihung bitten würde. Er nahm an, daß sie inzwischen begriffen hatte, daß sie ihn mit ihrer Behauptung, er könnte von Beese, der zehn Jahre jünger war als er, eine Menge lernen, gekränkt hatte. Ein paarmal hatte er den Eindruck, sie nähere sich seiner Zimmertür. Aber die Zeit verstrich, ohne daß ihn ein Klopfen erlöste. Liebendgern hätte er gewußt, was sie trieb. Er sagte sich jedoch, daß er sein Zimmer, in dem er so aufwendig Zuflucht gesucht hatte, nicht so rasch wieder verlassen durfte. Plötzlich kam er sich wie eingesperrt vor. Zudem ging ihm die Behauptung, daß er von Beese eine Menge lernen könne, ständig durch den Kopf. In seiner Verbitterung rauchte er eine Zigarette nach der anderen. Auch verzehrte er, um sich zu trösten, die drei Tafeln Schokolade, die er sich tags zuvor gekauft hatte, damit es ihm leichter fiel, sich das Rauchen abzugewöhnen.

Er hatte das Gefühl, daß sich Bettina, während er ohne Unterlaß an sie dachte, seinetwegen keine Gedanken machte. Mehrmals hörte er sie durch die Diele gehen. Sie summte dabei so unbeschwert vor sich hin, daß es ihm einen Stich versetzte. Obwohl er sich mittlerweile darüber im klaren war, daß er damit bei ihr nichts erreichte, verließ er sein Zimmer erst, als es Zeit zum Schlafengehen war. Im Vorbeigehen stellte er fest, daß Bettina mit Beeses Roman auf dem Schoß im Wohnzimmer saß und sich Notizen machte. Ohne ihm den Kopf zuzudrehen, erkundigte sie sich, ob er noch immer gekränkt sei. Die belustigte Art und Weise, in der sie dies tat, ließ es ihm geboten erscheinen, ihr keine Antwort zu geben. Wortlos machte er das Bett und legte sich, weinerlich vor Selbstmitleid, schlafen.

Am nächsten Tag hatte er keine andere Wahl, als erneut das Kind zu hüten. Denn Bettina brach, nachdem sie über zwei Stunden lang damit beschäftigt gewesen war, sich zu schminken, am späten Vormittag auf, um mit Beese über den geplanten Fernsehfilm zu sprechen. Obwohl sie Giggenbacher wohlweislich nicht versprochen hatte, daß sie bald zurück sein würde, war er überaus erbost darüber, daß sie erst nach fünf Stunden wieder auftauchte. Wenn sie zumindest einen schuldbewußten Eindruck gemacht hätte, wäre er möglicherweise bereit gewesen, ihr zu verzeihen. Aber zu seiner Entrüstung strahlte sie über das ganze Gesicht. Zudem war sie so beschwipst, daß ihr seine indignierte Miene entging.

Hast du dich amüsiert, erkundigte er sich mit einer Schroffheit, die sie hätte aufhorchen lassen müssen.

Aber sie war viel zu aufgekratzt, um stutzig zu werden.

Wenn du Felix Beese kennen würdest, würdest du mich das nicht fragen, sagte sie kichernd. Ich habe in meinem ganzen Leben noch keinen Menschen getroffen, der so witzig gewesen wäre wie er.

Bislang hast du notorische Spaßmacher doch immer abstoßend gefunden, erwiderte Giggenbacher.

Felix Beese zählt nicht zu den notorischen Spaßmachern, die um jeden Preis Witze reißen müssen, meinte Bettina. Er kann auch so ernst sein wie ein alttestamentarischer Prophet. Wenn er über Literatur oder Politik redet, ist in seinen Augen ein merkwürdiges, fast fanatisches Funkeln. Er ist ein gefährlicher Mann. Was mich unter anderem an ihm fasziniert, ist die Tatsache, daß er auf Komfort und Bequemlichkeit überhaupt keinen Wert zu legen scheint. Als ich seine Wohnung betreten habe, bin ich mir wie eine Spießerin vorgekommen. Er haust in riesigen, dunklen Souterrain-Räumen, die fast noch kärglicher möbliert sind als Gefängniszellen. Von den Zimmerdecken hängen nackte Glühbirnen herab. Die kahlen, weißgetünchten Wände sind mit Wörtern, Sätzen oder Versen vollgekritzelt. Denn Felix Beese schreibt auf alles, worauf man schreiben kann. Er schreibt auf Taschentücher, Pappkartons und Tüten. Er schreibt auf die Manschetten seiner Oberhemden. Er schreibt auf Tischtücher und Fahrkarten. Er schreibt sogar auf Geldscheine. In seiner Behausung herrscht eine Unordnung, die Krämerseelen erschüttern würde, obwohl sie eine befreiende Wirkung ausübt. Überall auf dem Fußboden stehen Futternäpfe mit blutigen Innereien für seine sieben schwarzen Katzen, die er nach seinen sieben unehelichen Kindern benannt hat. Die Katzen inspirieren ihn. Was ihn übrigens ebenfalls inspiriert, ist ein Totenschädel, den er vor Jahren aus dem Gebeinhaus seines Geburtsorts entwendet hat. Er liegt inmitten von Manuskripten, alten Zeitungen, leeren Zigarettenschachteln und Orangenschalen auf dem Pingpongtisch, an dem er seine Bücher schreibt. Noch makabrer als dieser Totenschädel wirkt allerdings der Dolch, der über dem Kopfende seines Bettes hängt. An diesem Dolch soll nämlich schon einmal menschliches Blut geklebt haben.

Felix Beese hat mir erzählt, er hätte ihn einem Mörder abgekauft, fügte sie mit einem backfischhaften Kichern hinzu, das Giggenbacher aufbrachte.

Du scheinst tatsächlich alles zu glauben, was dir dieser Beese weismacht, erwiderte er.

Ich habe nicht behauptet, daß ich glauben würde, daß Felix Beese diesen Dolch einem Mörder abgekauft hat, rief Bettina. Trotzdem bin ich weit davon entfernt, ihn als einen Lügner zu bezeichnen. Menschen, die so leidenschaftlich gerne fabulieren wie er, ziehen nun einmal zwischen Dichtung und Wahrheit keine klare Trennungslinie. Wahrhaftigkeit kann man von Journalisten oder Politikern verlangen. Wer sie von den Dichtern fordert, mißversteht die Aufgabe der Literatur.

Deshalb werde ich auch seinen Dolch filmen, gleichgültig, ob er ihn von einem Mörder gekauft hat oder nicht, fügte sie hinzu.

Er hat ihn wohl auch in der Hoffnung, daß du ihn filmen würdest, über sein Bett gehängt, sagte Giggenbacher mit einem bösen Auflachen.

Nun behaupte bloß nicht noch, er hätte auch den Totenschädel auf dem Pingpongtisch plaziert, um sich interessant zu machen, rief Bettina.

Ich traue es ihm sogar zu, daß er eigens Wörter, Sätze und Verse auf seine Wände gekritzelt hat, um in deinem Fernsehfilm möglichst genial zu wirken, erwiderte Giggenbacher.

Wie kannst du ihm so etwas unterstellen, obwohl du ihn nicht einmal kennst, stieß Bettina hervor und sie starrte Giggenbacher wütend an.

Mir sind schon viel zu viele Scharlatane seiner Art über den Weg gelaufen, die so raffiniert Genies nachahmen, daß sie zeitweilig tatsächlich mit solchen verwechselt werden, entgegnete Giggenbacher.

Aber Felix Beese ist nicht raffiniert, sagte Bettina. Er zählt nicht einmal zu den Menschen, die ihr Leben zu meistern verstehen. Vielmehr scheint ihm alles über den Kopf zu wachsen, was nichts mit dem Schreiben zu schaffen hat. Während ich mit ihm zusammen war, kam bei ihm immer wieder eine Hilflosigkeit zum Durchbruch, die mich gerührt hat. Weil er todunglücklich darüber war, daß er keinen einzigen sauberen Teller mehr hatte, bin ich in seine Küche gegangen und habe das ganze schmutzige Geschirr abgespült, das schon seit Wochen dort herumstand.

Du hast allenernstes bei ihm abgespült, fragte Giggenbacher entgeistert.

Wer hätte es denn sonst tun sollen, erkundigte sich Bettina.

Beese zum Beispiel, erwiderte Giggenbacher.

Das kann man wirklich nicht von ihm verlangen, meinte Bettina. Es widert ihn so an, die Hände in das fettige Abspülwasser zu tauchen, daß er einen Teil seines schmutzigen Geschirrs schon in der letzten Woche in die Mülltonne geworfen hat. Weil er das häufig tut, muß er sich ständig neue Teller, Tassen, Töpfe und Pfannen kaufen.

Trotzdem ist es eine Unverfrorenheit, dich zum Abspülen zu mißbrauchen, erwiderte Giggenbacher.

Aber das Abspülen hat mir zum ersten Mal richtigen Spaß gemacht, rief Bettina. Felix Beese hat mir dabei Gesellschaft geleistet. Er hat mir Anekdoten aus seinem Leben erzählt. Wir haben abwechselnd Wodka mit Orangensaft und Coca-Cola mit Rum getrunken. Und zwischendurch hat Felix Beese schmutzige Teller, Tassen und Schüsseln auf dem Fußboden zertrümmert, damit ich sie nicht abzuspülen brauchte.

Allerdings hatte das den Nachteil, daß ich hinterher den Küchenboden wischen mußte, fügte sie hinzu.

Den Küchenboden hast du ihm also auch gewischt, murmelte Giggenbacher.

Wer außer mir hätte es denn sonst tun sollen, fragte Bettina.

Beese zum Beispiel, sagte Giggenbacher.

Dazu ist Felix Beese viel zu ungeschickt, entgegnete Bettina. Die Gewandtheit, die er beim Schreiben zeigt, schlägt ins Gegenteil um, wenn es gilt, Handfertigkeit zu demonstrieren.

Bei dir ist das umgekehrt, fügte sie hinzu.

Willst du damit sagen, daß ich beim Staubwischen weitaus geschickter sei als beim Formulieren meiner Gedanken und Vorstellungen, erkundigte sich Giggenbacher, dessen Hände plötzlich zu zittern begannen.

Warum bist du denn so verbittert, rief Bettina. Es ist doch keine Schande, wenn ein Mann Staub wischen kann. Felix Beese beispielsweise würde mit einem Staubtuch in der Hand nur Schaden stiften. Man muß ihm einfach helfen, wenn man verhindern will, daß ein Unglück geschieht.

Du hast wohl auch bei ihm Staub gewischt, fragte Giggenbacher mit einer bebenden Stimme.

Ich habe nicht nur bei ihm Staub gewischt, erwiderte Bettina. Ich habe ihm auch seine Pullover und seine Sokken gewaschen, weil er fürchtet, daß seine empfindliche Haut allergisch reagieren könnte, wenn sie mit einem Waschmittel in Berührung kommt. Außerdem habe ich ihm Knöpfe an seinen Wintermantel und an diverse Jakken und Hemden genäht.

Hast du mit ihm eigentlich auch über den geplanten Fernsehfilm gesprochen, erkundigte sich Giggenbacher.

Dazu bin ich nicht gekommen, entgegnete Bettina lachend.

Ich finde es nicht komisch, daß du dich bei ihm als Putzfrau und Dienstmädchen betätigt hast, während ich das Kind hüten mußte, stieß Giggenbacher hervor.

Warum ereiferst du dich denn dermaßen, rief Bettina.

Ich möchte wissen, wie Beese reagieren würde, wenn ihm zu Ohren käme, daß sich eine Frau, die er liebt, hinter seinem Rücken dazu hergegeben hat, bei mir Hausarbeiten zu verrichten, während er die undankbare Aufgabe hat, ihr Kind zu unterhalten, rief Giggenbacher.

Wahrscheinlich würde er sich vor Lachen biegen, entgegnete Bettina.

Ich habe vermutet, daß du so etwas behaupten würdest, meinte Giggenbacher.

Warum hast du das vermutet, fragte Bettina.

Weil du Beese offensichtlich vergötterst, erwiderte Giggenbacher und starrte Bettina finster an.

Sie betrachtete gedankenverloren ihre gespreizten Fingerspitzen.

Wenn ich Felix Beese lediglich vergöttern würde, wäre das nicht weiter problematisch, sagte sie schließlich und sie musterte Giggenbacher mit einem Mitgefühl, das ihn im höchsten Grade irritierte, ehe sie ihm sanft über die Wange strich.

Mein lieber armer Alfred, murmelte sie.

Warum nennst du mich deinen lieben armen Alfred, erkundigte sich Giggenbacher, dem miteinemmal böse Vorahnungen durch den Kopf zu geistern begannen.

Weil ich dir etwas gestehen muß, was dir möglicherweise einen Schock versetzen wird, entgegnete Bettina und sie stieß einen Seufzer aus.

Verschweig es mir besser vorläufig, bat Giggenbacher.

Wenn ich es dir verschwiege, käme ich mir unaufrichtig und niederträchtig vor, sagte Bettina. Ich kann dich einfach nicht hintergehen. Ehe ich dich hintergehe, tue ich dir lieber weh.

Ich möchte dir deshalb gestehen, daß ich mich in Felix Beese verliebt habe, fügte sie hinzu und sie strich Giggenbacher erneut mit einer Sanftheit, die er bei ihr nicht gewohnt war, über die Wange.

Mit einer ausdruckslosen Miene ließ er ihre Zärtlichkeitsbezeugung über sich ergehen. Er wunderte sich darüber, daß er beileibe nicht so schockiert war, wie er es eigentlich hätte sein müssen. Begierig, Anzeichen einer seelischen Erschütterung zu entdecken, horchte er in sich hinein. Fast schämte er sich, daß er nicht einmal einen dumpfen Schmerz empfand. Um Bettina nicht zu enttäuschen, bedeckte er heuchlerisch mit beiden Händen sein Gesicht.

Zu seiner Erleichterung verfehlte die Theatralik dieser Gebärde nicht ihre Wirkung auf Bettina.

Du tust mir ja so unsäglich leid, rief sie und sie brach in ein Schluchzen aus.

Warum weinst du denn, fragte Giggenbacher.

Weil ich mich heute beinahe dazu hätte hinreißen lassen, mit Felix Beese ins Bett zu gehen, entgegnete Bettina.

Weißt du, daß er zwölf Jahre jünger ist als du, erkundigte sich Giggenbacher, dessen Gleichmut jetzt einer kalten Wut Platz zu machen begann.

Das ist doch völlig unerheblich, sagte Bettina.

Immerhin könntest du fast seine Mutter sein, erwiderte Giggenbacher, um ihrer Leidenschaft den Anstrich von Verwerflichkeit zu verleihen. Doch kaum daß er dies gesagt hatte, wurde ihm bewußt, daß Bettina der Verwerflichkeit keineswegs negativ gegenüberstand. Obwohl sie von Natur aus eher zum Puritanismus neigte, meinte sie, es sich als Künstlerin schuldig zu sein, daß sie sich vom Laster nicht abgestoßen, sondern angezogen fühlte.

Selbst wenn ich Felix Beeses Großmutter wäre, hätte ich mich in ihn verliebt, rief sie. Ich weiß nicht, was ich dagegen tun soll. Ich muß immer an ihn denken. Ständig sehe ich ihn vor mir, wie er beim Sprechen gestikuliert, wie er beim Lachen seine beiden Goldzähne entblößt, wie er beim Nachdenken seinen Zeigefinger über den Höcker auf seiner Nase gleiten läßt.

Ich weiß wirklich nicht, was ich dagegen tun soll, wiederholte sie unter Tränen.

Nun hör doch auf zu weinen, entgegnete Giggenbacher.

Wenn einer von uns beiden Grund zum Weinen hat, bin ich es, fügte er gereizt hinzu und er händigte Bettina sein Taschentuch aus. Sie fuhr sich damit so resolut über das Gesicht, daß sie die Schminke, die sie am Morgen recht verschwenderisch aufgetragen hatte, auf eine Weise verwischte, die entstellend wirkte. Ohne sich dessen bewußt zu sein, sah sie Giggenbacher wortlos und mit einem wachsenden Argwohn an.

Ich frage mich, warum du bislang noch keine einzige Träne vergossen hast, obwohl du selber zugibst, daß du allen Grund zum Weinen hättest, meinte sie schließlich.

Nicht jeder kann weinen, wenn er erschüttert ist, verteidigte sich Giggenbacher.

Du wirkst aber bei weitem nicht so erschüttert, wie ich es in meiner Naivität befürchtet habe, sagte Bettina vorwurfsvoll.

Wäre es dir lieber gewesen, wenn ich wegen deines Geständnisses in eine psychiatrische Klinik hätte eingeliefert werden müssen, erkundigte sich Giggenbacher.

Manche Ehemänner erleiden wegen solch eines Geständnisses einen Nervenzusammenbruch, meinte Bettina. Andere wiederum schlagen in ihrer Verzweiflung alles kurz und klein, was sich in ihrer Reichweite befindet.

Du kannst mir doch nicht vorwerfen, daß ich unsere Wohnung nicht in einen Trümmerhaufen verwandelt habe, rief Giggenbacher.

Ich hätte darin einen Beweis für deine Zuneigung gesehen, entgegnete Bettina.

Das behauptest du doch nur, weil du weißt, daß ich weit davon entfernt bin, hier wie ein Berserker zu wüten, rief Giggenbacher. Wenn ich mich tatsächlich so gebärden würde, würdest du dies sicherlich nicht als einen Beweis für meine Zuneigung, sondern als einen Beweis für meine Zerstörungswut betrachten. Du würdest mich in eine Zwangsjacke stecken lassen, um all die ästhetisch gestalteten Dinge, die du hier angehäuft hast, vor meinem Zugriff zu schützen.

Was bringt dich denn auf diesen Gedanken, fragte Bettina mit einer gewissen Betroffenheit.

Die Tatsache, daß du mich, wenn mir auch nur ein simpler Küchenteller aus den Händen rutscht, voller Entrüstung darauf hinweist, daß ich den besagten Küchenteller schließlich nicht gekauft hätte, sagte Giggenbacher.

Derartige Äußerungen darfst du doch nicht ernst nehmen, rief Bettina.

Ich hatte noch nie den Eindruck, daß du es scherzhaft meinst, wenn du mich darauf hinweist, daß ich diesen Küchenteller nicht gekauft hätte, erwiderte Giggenbacher. Ich bin jedesmal bestürzt, wenn ich feststelle, wie sehr es dir zusetzt, wenn in dieser Wohnung, deren Zimmer den Ausstellungsräumen eines schicken Einrichtungshauses immer ähnlicher werden, irgendetwas in die Brüche geht.

Es mag sein, daß mir das zusetzt, meinte Bettina. Aber es setzt mir bei weitem nicht so zu wie die Seelenruhe, die du jetzt an den Tag legst. Deine Selbstbeherrschung zeugt von einer Gefühlskälte, die mich erschreckt.

Frauen, die von den Männern, die sie betrogen haben, grün und blau geschlagen werden, sind wahrhaftig besser dran als ich, fügte sie hinzu.

Schließlich hast du mich noch nicht betrogen, sagte Giggenbacher.

Aber ich war drauf und dran, es zu tun, erwiderte Bettina. Ich saß bereits auf Felix Beeses Bett und hatte mir schon die Schuhe und die Strumpfhose ausgezogen, als mich der Gedanke an unser Kind davon abgebracht hat, in seine Arme zu sinken.

Der Gedanke an mich hätte dich wohl nicht daran gehindert, Beeses Betthäschen zu werden, erkundigte sich Giggenbacher voller Bitterkeit.

An dich habe ich, offen gesagt, in diesem Augenblick überhaupt nicht gedacht, entgegnete Bettina.

Das ist nicht gerade schmeichelhaft für mich, meinte Giggenbacher.

Hätte ich dir etwas vormachen sollen, nur damit du dich nicht in deiner Eigenliebe verletzt fühlst, fragte Bettina.

Manchmal kann ich mich des Eindrucks nicht erwehren, daß Ehrlichkeit keine Tugend ist, sagte Giggenbacher.

Glaubst du etwa, es wäre mir leicht gefallen, dir die Wahrheit zu sagen, erkundigte sich Bettina.

Ich bin überzeugt davon, daß es dir viel schwerer gefallen wäre, mich anzulügen, erwiderte Giggenbacher. Du zählst nämlich nicht zu den Menschen, die lügen können, ohne dabei Seelenqualen auszustehen. Aus Furcht vor den Seelenqualen, die dir das Lügen bereitet, sagst du die Wahrheit, und nicht aus Wahrheitsliebe.

Jeder andere Mann wäre seiner Frau dankbar dafür, daß sie ihm reinen Wein eingeschenkt hat, meinte Bettina.

Ich sehe nicht ein, warum ich dir für deine Offenheit auch noch dankbar sein soll, erwiderte Giggenbacher. Dadurch daß du mir deine Verliebtheit gebeichtet hast, wolltest du doch nur erreichen, daß ich dir die Absolution erteile. Aber ich werde dir diesen Gefallen nicht tun.

Ich kann schließlich nichts dafür, daß ich mich verliebt habe, rief Bettina.

Ich finde, daß du es dir zu leicht machst, entgegnete Giggenbacher. Gläubige Christen berufen sich auf die Erbsünde, um die Verantwortung für ihre Vergehen wenigstens teilweise auf Adam und Eva abzuwälzen. Weil du hingegen nicht an die Erbsünde glauben kannst, mühst du dich, dein Gewissen dadurch zu erleichtern, daß du deine Verliebtheit als eine Naturkatastrophe hinstellst, der du ohnmächtig gegenüberstehst.

Du glaubst doch nicht etwa allenernstes, daß ich Felix Beese in der Absicht, mich in ihn zu verlieben, aufgesucht hätte, fragte Bettina.

Ich frage mich, warum du an diesem Morgen mehr als zwei Stunden damit verbracht hast, dich schön zu machen, meinte Giggenbacher, ehe er den Kopf dem Kinderzimmer zudrehte, aus dem in diesem Augenblick jene quengelnden Jammerlaute drangen, mit denen Josephine, die er vor zwei Stunden ins Bett gebracht hatte, ein wütendes Geschrei einzuleiten pflegte.

Erleichtert darüber, daß er einen Grund hatte, diese aufreibende Unterredung abzubrechen, erhob er sich und stürzte mit einer verräterischen Eilfertigkeit zum Kinderzimmer.

Doch bevor er dessen Tür öffnen konnte, wurde er von Bettina zurückgehalten.

Ich kümmere mich schon um Josephine, sagte sie.

Warum soll ich mich nicht um sie kümmern, erkundigte sich Giggenbacher.

Weil du dich morgen um sie kümmern mußt, erwiderte Bettina.

Hast du morgen schon wieder etwas vor, fragte Giggenbacher.

Ich muß unbedingt mit Felix Beese über den Fernsehfilm sprechen, sagte Bettina und sie trat in das Kinderzimmer.

Von einer Mutlosigkeit übermannt, wie er sie ganz selten empfand, setzte sich Giggenbacher an den Bauerntisch, auf dem noch immer Beeses Roman lag. Stumpf starrte er auf das Photo auf dem honiggelben Schutzumschlag. Und je länger er auf die niedrige Stirn, die kleinen Augen und den großen Höcker auf dem Nasenrücken seines Nebenbuhlers starrte, umso unbegreiflicher erschien ihm Bettinas Verliebtheit.

6

Obwohl Giggenbacher darauf gefaßt gewesen war, daß sich Bettinas Beisammensein mit Beese erneut in die Länge ziehen würde, war sie am nächsten Tag schon nach einer Stunde wieder zuhause. Zu seiner Genugtuung strahlte sie diesmal keineswegs über das ganze Gesicht. Trotz der gekünstelten Munterkeit, mit der sie ihn begrüßte, verriet ihm der Ausdruck ihrer Augen, daß sie niedergeschlagen war.

Allerdings kam sie nicht allein zurück. Sie wurde von einer erstaunlich langbeinigen jungen Dame begleitet, die einen apfelgrünen Kaninchenmantel trug, der wegen der vielen kahlen Stellen in seinem Fell räudig anmutete. Ihr naturblondes Haar war so lang, daß es ihr Steißbein berührte. Ihr Gesicht, das deutliche Anzeichen von Erschöpfung zeigte, ähnelte in seinem nichtssagenden Liebreiz und in seiner faden Ebenmäßigkeit den Madonnenbildnissen alter Meister. Es wirkte so unschuldig, daß Giggenbacher die Tatsache, daß sie hochschwanger war, als befremdend, ja sogar als anstößig empfand. Aufseufzend setzte sie den schäbigen Kunstlederkoffer, den sie bislang in der Hand gehalten hatte, auf dem Fußboden ab.

Ich bin Gesa Jelend, sagte sie und sie sah Giggenbacher mit ihren schönen, dümmlichen, vergißmeinnichtblauen Augen an, als erwarte sie, daß ihm ihr Name ein Begriff sei. Als er jedoch nichts zu erwidern wußte, war sie offensichtlich auch nicht enttäuscht. Sie wendete sich lediglich Bettina zu, die schwesterlich den Arm um ihre Schultern legte und sie ins Wohnzimmer führte.

Gesa ist eine Freundin von Felix Beese, meinte sie.

Ich war eine Freundin von Felix, verbesserte sie Gesa Jelend, nachdem sie auf dem Sofa Platz genommen hatte.

Ob sie eine Freundin von ihm ist oder war, ist jetzt nicht so wichtig, entgegnete Bettina. Viel wichtiger ist, daß sie von ihm ein Kind bekommt.

Beese scheint einen Hang dazu zu haben, uneheliche Kinder auf die Welt zu setzen, sagte Giggenbacher.

Auch das ist jetzt nicht so wichtig, unterbrach ihn Bettina. Viel wichtiger ist, daß Gesa, obwohl ihr ihr Gynäkologe dringend davon abgeraten hat, in ihrem Zustand eine derartige Strapaze auf sich zu nehmen, zehn Stunden lang mit dem Zug gefahren ist, nur um Felix Beese vor der Geburt ihres Kindes noch einmal zu sehen. Weil sie ihr letztes Geld für die Hinfahrt ausgegeben hat, ist sie nun nicht nur außerstande, die Rückfahrt anzutreten. Sie ist auch außerstande, sich ein Hotelzimmer zu leisten.

Ich hoffe, du hast Verständnis dafür, daß ich Gesa angeboten habe, bei uns zu übernachten, fügte sie hinzu.

Warum übernachtet sie denn nicht bei dem Vater ihres Kindes, fragte Giggenbacher.

Weil es ihm unangenehm wäre, wenn sie bei ihm übernachten würde, meinte Bettina.

Weiß er nicht, daß sie ihr letztes Geld ausgegeben hat, um ihn vor der Geburt ihres Kindes noch einmal zu sehen, erkundigte sich Giggenbacher.

Das hat ihm Gesa wohlweislich verschwiegen, erwiderte Bettina. Sie wollte nämlich nicht, daß er sich verpflichtet fühlt, sie bei sich übernachten zu lassen.

Er war sowieso alles andere als erfreut, als er sie ohne jede Voranmeldung mit ihrem dicken Bauch und einem Koffer in der Hand vor seiner Wohnungstür stehen sah, fuhr sie fort und sie legte erneut den Arm um Gesa.

Der Ärmste war über meinen Anblick so erschrocken, als hätte ich ihn mit einer Pistole bedroht, meinte die. Als ich sein entsetztes Gesicht sah, wurde mir schlagartig bewußt, wie rücksichtslos es von mir war, ihn auf eine solche Art und Weise mit meinem dicken Bauch zu konfrontieren.

Letztlich haben Sie ihm Ihren dicken Bauch zu verdanken, entgegnete Giggenbacher.

Aber darum geht es doch nicht, rief Bettina. Es geht darum, daß Gesa mit ihrem dicken Bauch auf Felix Beese vermutlich wie die Verkörperung eines schwerwiegenden Vorwurfs gewirkt hat. In Anbetracht eines derartigen Vorwurfs mußte ein sensibler Mensch wie er ja die ärgsten Schuldgefühle empfinden.

Warum wollen Sie ihm solche Schuldgefühle ersparen, erkundigte sich Giggenbacher.

Weil er keinen Grund für Schuldgefühle hat, sagte Gesa Jelend. Obwohl ich nicht weiß, woher ich die Mittel nehmen soll, um sein Kind großzuziehen, bin ich froh darüber, daß ich von ihm ein Kind bekomme. Dieses Kind ist mir ein Trost. Es beweist mir, daß ich tatsächlich von Felix geliebt worden bin. Daß das, was er für mich empfunden hat, nicht von Dauer war, kann ich nicht ändern.

Jetzt stelle ich für ihn leider nur noch eine Belästigung dar, sagte sie mit einem wehmütigen Lächeln.

Haben Sie Beese denn nicht gesagt, daß Sie ihn lediglich vor der Geburt Ihres Kindes noch einmal sehen wollten, fragte Giggenbacher.

Natürlich habe ich ihm das gesagt, erwiderte Gesa. Trotzdem war er drauf und dran, mir die Tür vor der Nase zuzuschlagen, weil er meine Äußerung für einen faulen Trick gehalten hat. Woher sollte er auch wissen, daß ich nicht hierher gereist bin, um ihn mithilfe des Kindes zu erpressen. Woher sollte er wissen, daß ich weit davon entfernt bin, mich bei ihm einzunisten. Die Erfahrungen, die er mit den Müttern seiner übrigen unehelichen Kinder hat machen müssen, haben es ihn gelehrt, Frauen mit dem größten Mißtrauen zu begegnen. Daß er mich trotz dieses Mißtrauens hereingebeten hat, rechne ich ihm hoch an.

Er hätte schwerlich weniger für Sie tun können, ohne wie ein Rohling dazustehen, rief Giggenbacher.

Wenn du gesehen hättest, wie sehr er unter Gesas Anwesenheit gelitten hat, würdest du nicht so reden, entgegnete Bettina.

Er hat doch nur den Märtyrer herausgekehrt, damit sich das wahre Opfer wie sein Folterknecht vorkam, meinte Giggenbacher.

Er hat den Märtyrer nicht nur herausgekehrt, rief Bettina. Er hat tatsächlich Höllenqualen ausgestanden. Trotzdem hat er Gesa erst nach einer Stunde zu verstehen gegeben, daß sie ihm eine Wohltat erwiese, wenn sie seine Wohnung verlassen würde.

Statt den Märtyrer herauszukehren, hätte er ihr besser das Geld für die Rückfahrt geben sollen, sagte Giggenbacher. Schließlich ist sie seinetwegen in solche Schwierigkeiten geraten.

Sie ist zwar seinetwegen in Schwierigkeiten geraten, entgegnete Bettina. Dennoch darf man ihn für diese Schwierigkeiten nicht verantwortlich machen. Er kann nichts dafür, daß Gesa so töricht war, ihr letztes Geld für die Hinfahrt auszugeben. Er hat sie weder gedrängt noch gebeten, hierher zu reisen.

Er hatte nicht das geringste Bedürfnis, sie zu sehen, fügte sie hinzu.

Haben Sie sich schon darüber Gedanken gemacht, wie Sie wieder nachhause kommen, fragte Giggenbacher.

Das habe ich, offen gesagt, noch nicht getan, erwiderte Gesa. Wenn ich nicht schwanger wäre, würde ich mir das Geld für die Rückfahrt auf dem Strich verdienen.

Aber ich fürchte, daß mein dicker Bauch auf die Freier, die sich dort herumtreiben, genauso abschrekkend wirkt wie auf Felix Beese, fuhr sie fort, ehe sie anfing, so haltlos vor sich hinzukichern, daß Giggenbacher an ihrem Verstand zu zweifeln begann.

Ihre Unbesonnenheit und ihr Leichtsinn ärgerten ihn. Er ahnte, daß sie, nachdem sie es Beese voller Zartgefühl ermöglicht hatte, sich aus der Affäre zu ziehen, keine Bedenken hatte, ihm und Bettina die Rolle der Retter in der Not zuzuschieben. Daß er, während Beese jeglicher Verantwortung enthoben wurde, als guter Samariter herhalten sollte, sah er nicht ein. Am liebsten hätte er Gesa mit ein paar Höflichkeitsfloskeln zur Tür komplimentiert.

Was ihn daran hinderte, war nicht nur seine Weichherzigkeit. Es war auch seine Furcht, Bettinas Zorn auf sich zu lenken. Resigniert beobachtete er, mit welchem Eifer sie die Gastgeberin spielte. Er hatte den Eindruck, daß es ihr eine ungemeine Befriedigung verschaffte, den Wünschen nachzukommen, die Gesa Jelend mit einer Bescheidenheit äußerte, die rührend wirkte.

Weil sich Gesa schmutzig fühlte, ließ sie ihr ein heißes Bad einlaufen. Weil Gesa den ganzen Tag lang nichts gegessen hatte, bereitete sie für sie ein warmes Abendessen zu. Weil Gesa müde war, bezog sie Bettzeug mit frischer Wäsche und trug es zu der umbrafarbenen Couch in Giggenbachers Arbeitszimmer. Weil Gesa trotz ihrer Müdigkeit nicht einschlafen konnte, unterhielt sie sich mit ihr bis tief in die Nacht hinein über Felix Beese. Am nächsten Morgen teilte sie Giggenbacher beim Frühstück mit, daß sie Gesa, weil sie sich glänzend mit ihr verstehe, gebeten habe, noch ein paar Tage zu bleiben.

Du hast doch sicher nichts dagegen, sagte sie.

Was bringt dich auf den Gedanken, daß ich nichts dagegen hätte, fragte Giggenbacher, ehe er den Kopf der Tür seines Arbeitszimmers zuwendete, in der in diesem Augenblick Gesa in Erscheinung trat.

Trotz der winterlichen Witterung war sie barfüßig. Auch trug sie ein sommerliches, knöchellanges Gewand aus zahllosen, quadratischen kleinen Stofflecken. Gähnend setzte sie sich an den Bauerntisch.

Ich werde mich nach dem Frühstück wieder ins Bett legen, sagte sie.

Das ist leider nicht möglich, entgegnete Giggenbacher. Ich will in meinem Zimmer arbeiten.

Ich verspreche Ihnen, daß ich Sie nicht störe, erwiderte Gesa.

Schon Ihre Anwesenheit würde mich stören, sagte Giggenbacher. Mir fällt nur etwas ein, wenn ich allein bin.

Auch wenn du allein bist, fällt dir häufig nichts ein, meinte Bettina.

Meine Einfallslosigkeit nimmt aber in Anwesenheit anderer Menschen auf eine Weise überhand, die ich entmutigend finde, entgegnete Giggenbacher.

Es ist wirklich sonderbar, daß Ihnen in Anwesenheit anderer Menschen nichts einfällt, sagte Gesa Jelend. Felix Beese zum Beispiel fällt immer etwas ein, gleichgültig, ob er allein ist oder ob er sich in einem Omnibus, in einer Bahnhofshalle oder in einem Schwimmbad befindet.

Es fragt sich nur, was seine Einfälle wert sind, erwiderte Giggenbacher.

Nicht gewillt, schon am frühen Morgen über Beese zu diskutieren, erhob er sich und ging zu seinem Arbeitszimmer, obwohl er noch gerne ein Marmeladebrötchen gegessen hätte. Er stellte fest, daß sich Gesa bedenkenlos in seinem Zimmer breitgemacht hatte. Beim Anblick ihrer über den ganzen Fußboden verstreuten Kleider, Pullover, Strumpfhosen und Schlüpfer war er dicht daran, sie zur Rede zu stellen. Doch er befürchtete, daß ihn Bettina, die die Unordnung, die bei Beese herrschte, tags zuvor als befreiend bezeichnet hatte, wegen seiner Ordnungsliebe lediglich verachten würde.

Während er mürrisch die Kleidungsstücke, die einen herben Duft ausströmten, zusammenklaubte und in den Kunstlederkoffer stopfte, den Gesa auf seinem Schreibtischsessel abgestellt hatte, fragte er sich, ob Ordnungsliebe als ein Zeichen von Unoriginalität zu betrachten sei. Beunruhigt stellte er den Kunstlederkoffer neben die Couch, rollte das zerwühlte Bettzeug auf der Couch zusammen und steckte es schließlich in den Kasten unter der Couch, ehe er sich auf seinen Schreibtischsessel setzte. Er nahm sich vor, jeden Gedanken an Beese aus seinem Kopf zu verdrängen. Doch kaum daß er diesen Vorsatz gefaßt hatte, fiel sein Blick auf ein gerahmtes Photo, das Gesa auf seinem Schreibtisch abgelegt hatte. Es zeigte Beese. Entgeistert starrte er auf das lachende Gesicht seines Nebenbuhlers. Es kam ihm so vor, als würde er von diesem Menschen verfolgt. Er steckte gerade das Photo in Gesas Koffer, als Bettina ins Zimmer kam.

Ich habe soeben mit Felix Beese telephoniert, sagte sie mit einem verlegenen Lächeln.

Das wundert mich nicht, erwiderte Giggenbacher.

Vielleicht wundert es dich auch nicht, daß ich vorhabe, heute mit ihm wegen des Fernsehfilms zu seinem Geburtsort zu fahren, meinte Bettina.

Mich hätte es lediglich gewundert, wenn ich an diesem Tag ausnahmsweise einmal zum Schreiben gekommen wäre, entgegnete Giggenbacher.

Aber du wirst zum Schreiben kommen, sagte Bettina. Gesa hat mir versprochen, daß sie sich um Josephine kümmern wird.

Sie küßte ihn so flüchtig auf die Stirn, daß es auf ihn wie eine Abfertigung wirkte.

Als er sie eine Viertelstunde später die Wohnungstür zuschlagen hörte, fiel ihm ein, daß er vergessen hatte, sie zu fragen, wann sie wiederkommen würde. Für einen Augenblick war er dicht daran, sie mit einem Zuruf aufzuhalten. Doch die Apathie, die ihn ergriffen hatte, hielt ihn davon ab. Geistesabwesend starrte er aus dem Fenster. Er fragte sich, wie lange die Fahrt zu Beeses Geburtsort wohl dauern mochte. Das einzige, was er wußte, war, daß sich Beeses Geburtsort irgendwo in Franken befand. Auch erinnerte er sich, daß dieser Ort Hundshaupten hieß.

Hundshaupten, Hundshaupten, murmelte er kopfschüttelnd vor sich hin, während es ihm immer unklarer wurde, warum es Bettina notwendig erschien, mit Beese, den sie genausogut in seiner Wohnung, in seiner Stammkneipe oder auf einem Spaziergang durch sein Stadtviertel filmen und interviewen konnte, zu diesem Kaff zu fahren. Je länger er über ihr Unterfangen nachdachte, umso unsinniger kam es ihm vor. Obwohl sie schon viele Filme gedreht hatte, war sie noch kein einziges Mal mit einem Autor zu dessen Geburtsort gefahren. Plötzlich hatte er den Verdacht, daß ihn Bettina belogen hatte.

Mit geballten Fäusten sprang er auf und lief in seinem Arbeitszimmer auf und ab. Es dauerte eine Weile, ehe es ihm bewußt wurde, daß er es war, der Bettina das Lügen nahegelegt hatte. Daß er ihr gegenüber behauptet hatte, daß Ehrlichkeit keine Tugend sei, bereute er zutiefst. Er fragte sich, wie er sich bei ihrer Rückkehr verhalten sollte. Bald nahm er sich vor, ihr ins Gesicht zu sagen, daß er ihr nicht glaubte, daß sie in Hundshaupten gewesen sei. Bald nahm er sich vor, ihr mit der gleichen Hinterhältigkeit zu begegnen, die sie ihm gegenüber an den

Tag gelegt hatte. Er war so erbost, daß er wiederholt, ohne es zu merken, mit den Zähnen knirschte. Auch stieß er, um sich Luft zu machen, ein höhnisches Gelächter aus, das Gesa so beängstigend fand, daß sie seine Zimmertür öffnete und ihren Kopf ins Zimmer streckte.

Lachen Sie doch bitte nicht so entsetzlich, sagte sie leise.

Ich werde lachen, so lange es mir Spaß macht, brüllte Giggenbacher und er musterte Gesa mit einem Gesichtsausdruck, der sie einschüchterte.

Wenn ihn Bettina in dieser Verfassung gesehen hätte, hätte er sie vermutlich ebenfalls eingeschüchtert. Aber zu seinem Unglück hielt sein Zorn nicht bis zu ihrer Rückkehr vor. Dadurch daß er sich vor Augen führte, was sie aller Wahrscheinlichkeit nach mit Beese trieb, entfachte er diesen Zorn zwar eine Zeitlang immer wieder von neuem. Trotzdem wich er schließlich einem Groll, der bei weitem nicht so eindrucksvoll wirkte.

Als Bettina endlich nachhause kam, hatte sich Giggenbacher emotional so sehr verausgabt, daß er sie nur noch finster anstarren konnte. Sie ließ sich jedoch durch seine Miene in keiner Weise aus der Ruhe bringen. Lächelnd nahm sie ihren mondainen breitrandigen schwarzen Filzhut ab, den sie sich nach seinem Dafürhalten ganz gewiß nicht aufgesetzt hätte, wenn sie tatsächlich die Absicht gehabt hätte, in einem Kaff wie Hundshaupten nach Motiven für ihre Filmaufnahmen zu suchen, und schlüpfte aus ihrem orangefarbenen Cape, mit dem sie sich in Hundshaupten nicht hätte blicken lassen können, ohne ein unliebsames Aufsehen zu erregen. Schließlich zog sie sich ihre hochhackigen Schuhe aus, an deren Absätzen weder Erdklumpen noch Reste von Kuhfladen hingen.

Warum siehst du mich so an, erkundigte sie sich.

Das fragst du auch noch, nachdem du fast zehn Stunden mit Beese verbracht hast, rief Giggenbacher.

Du solltest froh sein, daß ich überhaupt nachhause gekommen bin, erwiderte Bettina. Wenn du mir eine Szene machst, verschwinde ich sofort wieder. Ich bin mir sicher, daß mich Felix Beese im Gegensatz zu dir mit offenen Armen empfangen wird.

Soll ich es etwa schweigend hinnehmen, daß du mir heute morgen eine faustdicke Lüge aufgetischt hast, um dich mit Beese stundenlang amüsieren zu können, erkundigte sich Giggenbacher.

Nun ereifere dich doch nicht darüber, daß ich dich angelogen habe, sagte Bettina. Schließlich hast du erst gestern abend die Meinung geäußert, daß Ehrlichkeit keine Tugend sei.

Das habe ich nur behauptet, weil du dich mit deiner Wahrheitsliebe gebrüstet hast, erwiderte Giggenbacher.

Ich hatte eher den Eindruck, daß es dir lieber gewesen wäre, wenn ich dich angelogen hätte, meinte Bettina.

Auch Felix Beese ist der Ansicht, daß du zu den Menschen zählst, die die Wahrheit nur zu schätzen wissen, wenn sie erfreulich ist, fügte sie hinzu.

Beeses Ansichten interessieren mich nicht, rief Giggenbacher.

Du solltest dich aber für seine Ansichten interessieren, entgegnete Bettina. Ich habe heute mit ihm sehr lange über dich gesprochen.

Daß du mit deinem Liebhaber über deinen betrogenen Ehemann sprichst, scheinst du dir auch noch zugute zu halten, rief Giggenbacher.

Ich habe dir das nicht erzählt, weil ich es mir zugute halte, erwiderte Bettina. Ich habe es dir erzählt, weil ich dich wissen lassen wollte, daß Felix Beese viel besser über dich spricht als du über ihn.

Er hat auch keinen Grund, schlecht über mich zu sprechen, meinte Giggenbacher.

Er hat aber auch keinen Grund, gut über dich zu sprechen, entgegnete Bettina. Die Tatsache, daß er mein Liebhaber ist, verbietet es ihm doch nicht, über dich mit der gleichen Geringschätzung zu sprechen, mit der du über ihn sprichst. Trotzdem hat er sich nur positiv über dich geäußert.

Wenn du ihm meine negativen Äußerungen über seine Person nicht vorenthalten hättest, wären ihm vermutlich auch keine positiven Äußerungen über meine Person über die Lippen gekommen, sagte Giggenbacher.

Aber ich habe ihm deine negativen Äußerungen keineswegs vorenthalten, rief Bettina. Ich habe ihm deine Anwürfe wortwörtlich wiederholt.

War er gekränkt, fragte Giggenbacher mit einem lauernden Gesichtsausdruck.

Wo denkst du hin, rief Bettina. Er hat Tränen gelacht.

Er hat gelacht, fragte Giggenbacher, dessen Gesicht rot anlief.

Hast du wirklich erwartet, daß er deine Anwürfe ernst nehmen würde, erkundigte sich Bettina.

Sie waren ernst gemeint, stieß Giggenbacher hervor.

Wenn sie nicht ernst gemeint gewesen wären, hätte Felix auch nicht so darüber lachen müssen, erwiderte Bettina.

Was hat ihn denn an meinen Äußerungen erheitert, fragte Giggenbacher.

Ihn hat die Eifersucht erheitert, die aus ihnen spricht, entgegnete Bettina. Er ist nämlich überhaupt nicht eifersüchtig.

Er hat nicht das geringste dagegen einzuwenden, daß ich weiterhin mit dir schlafe, fügte sie hinzu.

Wie großherzig von ihm, daß er es dir erlaubt, mit deinem eigenen Ehemann ins Bett zu gehen, rief Giggenbacher.

Ich bin ihm jedenfalls dafür dankbar, daß er mir einen Loyalitätskonflikt erspart hat, erwiderte Bettina. Ich weiß nämlich nicht, wie ich mich verhalten würde, wenn er tatsächlich von mir verlangt hätte, daß ich mich deinen Annäherungsversuchen widersetze.

Ich weiß nicht einmal, wie ich mich verhalten würde, wenn er von mir verlangt hätte, daß ich dich verlasse, fügte sie hinzu, indem sie gewichtig den Kopf in den Nacken warf.

7

In den nächsten Wochen hatte Giggenbacher das Gefühl, daß Felix Beese allgegenwärtig sei. Obwohl er sich mühte, die Existenz dieses Menschen zu ignorieren, war er außerstande, ihn auch nur stundenweise zu vergessen. Gesas dicker Bauch erinnerte ihn gleichermaßen an seinen Nebenbuhler wie der verträumte Ausdruck in Bettinas Augen. Die nicht gerade spendablen Geschenke, die Bettina in der ganzen Wohnung herumliegen ließ, erinnerten ihn gleichermaßen an ihren Liebhaber wie die Anrufe, die sich dieser zu jeder Tages- und Nachtzeit erlaubte. Nicht einmal die Feuilletons der wichtigsten überregionalen Zeitungen konnte er aufschlagen, ohne auf hymnische Rezensionen des Romans seines Rivalen zu stoßen, der von der Literaturkritik als eine Entdekkung gefeiert wurde.

War Bettina, die inzwischen den Fernsehfilm gedreht hatte, mit Beese verabredet, so vergeudete er seine Zeit damit, Rachepläne zu schmieden. War Bettina zuhause, so sorgte sie dafür, daß Felix Beese nicht in Vergessenheit geriet. Wenn Beese in einem Selbstbedienungsladen eine Melone gestohlen hatte, erfuhr es Giggenbacher. Wenn Beese Halsschmerzen hatte, erfuhr er es. Er wußte, wann Beese beim Friseur gewesen war. Er wußte, wann Beese Wachteln gegessen hatte, wann Beese einen Protestaufruf von AMNESTY INTERNATIONAL unterzeichnet hatte. Ja, es war ihm sogar bekannt, welchen Betrag Beese seiner Bank schuldete.

Obwohl er Bettina oft genug darauf hinwies, daß er auf derartige Informationen keinen Wert legte, fiel es ihr schwer, ihr Mitteilungsbedürfnis zu bezähmen. Noch ärger aber als dieses Mitteilungsbedürfnis machte es ihm zu schaffen, daß der Einfluß, den Beese auf sie ausübte, selbst in den Augenblicken, da sie sich ausnahmsweise einmal nicht mit ihm beschäftigte, unverkennbar zutage trat. Zumal die Redewendungen und Vokabeln, die sie plötzlich gebrauchte, zeugten von diesem Einfluß. Statt GLEICHSAM oder GEWISSERMASSEN sagte sie jetzt ineinemfort QUASI. Auch flocht sie bei jeder Gelegenheit das Wörtchen ZWEIFELSOHNE ein. Häufiger als ZWEIFELSOHNE verwendete sie nur das Wort UNHEIMLICH. Sie bezeichnete Zeitungsartikel als unheimlich informativ, Haarschnitte als unheimlich kleidsam und Spaghettisaucen als unheimlich schmackhaft.

Auch in anderer Hinsicht äffte sie ihren Liebhaber nach. Ungeachtet der Tatsache, daß sie selbst zu den Intellektuellen zählte, fühlte sie sich verpflichtet, den Intellektuellenhaß zu teilen, den Beese sich als Autodidakt offenbar schuldig zu sein meinte. Zudem fing sie an, die Ungeschicklichkeit nachzuahmen, mit der Beese die Hilfsbereitschaft seiner Mitbürger wachzurufen verstand.

Zunächst war Giggenbacher lediglich darüber verwundert, daß ihr plötzlich beim Staubwischen Aschenbecher oder Bücher aus den Händen glitten, daß sie sich beim Gemüseputzen schnitt und daß sie sich außerstande glaubte, Weinflaschen zu entkorken. Ohne sich durch die Koketterie, mit der sie über ihre Unbeholfenheit jammerte, irritieren zu lassen, ging er ihr zur Hand, wenn ihr Gesa nicht schon behilflich war. Dank ihrer spektakulären Unbeholfenheit gelang es Bettina, Gesa immer mehr häusliche Pflichten aufzubürden. Weil Bettina behauptete, daß sie Josephine beim Wickeln nicht bändigen könne, versorgte Gesa Josephine mit frischen Windeln. Weil Bettina behauptete, daß sie mit dem Kind im Arm früher oder später auf dem Parkettboden ausrutschen würde, trug Gesa Josephine in der Wohnung herum. Weil Bettina behauptete, daß sie voraussehe, daß sie von den Hausfrauen, die an der Kasse des Selbstbedienungsladens Schlange standen, wegen ihrer unkonventionellen Aufmachung angestarrt werden würde, erledigte Gesa die Einkäufe.

Während Gesa warme Mahlzeiten zubereitete, während Gesa mit dem Kind spazierenging, während Gesa in der Wohnung Ordnung schuf, verfaßte Bettina Liebesgedichte, mit denen sie Giggenbacher, den sie um eine Beurteilung bat, auch noch über die Intimitäten ihrer Liaison mit Beese ins Bild setzte. Obwohl er ihr wiederholt zu verstehen gab, daß sie Gesas Hilfsbereitschaft nicht auf solche Weise ausnützen dürfe, blieben ihre Versuche, ihre Freundin von irgendeiner Hausarbeit abzuhalten, halbherzig. Imgrunde hatte sie keine Skrupel, sich bedienen zu lassen. Wenn sie nach einem Besäufnis mit Beese so verkatert war, daß sie nicht aufstehen mochte, hielt sie es für selbstverständlich, daß ihr Gesa abwechselnd Eisbeutel, Tee und Hühnerbrühe ans Bett brachte.

Gesa zähle nun einmal zu den Menschen, die nur glücklich seien, wenn sie sich für andere ein Bein ausreißen dürften, sagte sie zu Giggenbacher.

Um ihre Freundin anzuspornen, geizte sie nicht mit Lobessprüchen. Ja, sie tat sogar so, als beneide sie Gesa wegen ihrer Fähigkeiten. Bei jeder Gelegenheit beteuerte sie ihr, daß sie etwas dafür gäbe, wenn sie so geschickt wäre wie sie.

Sie gewöhnte sich so sehr an Gesas Dienste, daß sie ganz entgeistert war, als bei dieser kurz vor Weihnachten die Wehen einsetzten. Während Gesa im Krankenhaus lag, klagte sie ohne Unterlaß darüber, daß sie den Anforderungen, die der Haushalt und Josephine an sie stellten, nicht gewachsen sei. Daß Giggenbacher keinerlei Bereitschaft zeigte, Gesas Rolle zu übernehmen, steigerte ihr Selbstmitleid zusätzlich. Voller Verzweiflung stach sie die Weihnachtsplätzchen aus dem Teig, den Gesa vor ihrer Niederkunft zubereitet hatte. Voller Verzweiflung begoß sie die Weihnachtsgans, die Gesa vor ihrer Niederkunft gekauft hatte. Am ersten Weihnachtsfeiertag war sie so mitgenommen, daß sie von einem Weinkrampf geschüttelt wurde. Dennoch besuchte sie tagtäglich ihre Freundin, die einem Sohn das Leben geschenkt hatte. Sie schenkte Gesa Baby-Jäckchen, exotische Früchte und Bücher über die Psyche des Säuglings und über die Erziehung des Kleinkinds zu einem gleichberechtigten Partner. Vor allem aber suchte sie sie dazu zu überreden, daß sie nach dem Krankenhausaufenthalt noch eine Zeitlang mit ihr, Giggenbacher und Josephine die Wohnung teilte.

Doch Gesa, die inzwischen ihre Eltern, mit denen sie sich wegen ihrer Affäre mit Felix Beese entzweit hatte, davon unterrichtet hatte, daß sie Großeltern geworden waren, glaubte es nicht verantworten zu können, daß ihr

Kind in unsicheren Verhältnissen aufwuchs. Sie versöhnte sich mit ihren Eltern, den Inhabern mehrerer chemischer Reinigungen, die eigens nach M. gereist waren, um sie in ihre Arme zu schließen. Obwohl sie voraussah, daß sie im Hinblick auf ihre Freiheiten Konzessionen würde machen müssen, beschloß sie, wieder in ihr Elternhaus zu ziehen, das sie wegen Beese verlassen hatte. Unter Tränen verabschiedete sie sich von Bettina, Giggenbacher und Josephine, ehe sie mit ihren Eltern in ihre Heimatstadt zurückflog.

Schon eine Woche nach ihrer Abreise erhielt Bettina einen seitenlangen Brief, in dem Gesa kein Hehl daraus machte, daß sie ihren Entschluß bereits bereute. Sie beschwerte sich darüber, daß sie von ihren Eltern auf eine Art und Weise bevormundet werde, die sie als demütigend empfand. Sie beschwerte sich darüber, daß ihr ihre Mutter selbst in bezug auf die Pflege und Versorgung ihres Sohnes Vorschriften zu machen suche. Und sie beschwerte sich darüber, daß sie in ihrem Elternhaus nur mit neureichen Leuten zusammenkomme, die zwar einerseits erklärten, daß sie es nicht als eine Schande betrachteten, wenn heutzutage ein junges Mädchen ein uneheliches Kind habe, die jedoch andererseits im gleichen Atemzug betonten, daß Kinder, die ohne Väter aufwüchsen, im allgemeinen an Verhaltensstörungen und Lernschwierigkeiten litten, die den Besuch von Sonderschulen erforderlich machten, in denen dem Außenseitertum und der Kriminalität Vorschub geleistet würde. Am Ende des Briefs bat sie Bettina, sie möge ihr raten, was sie tun solle.

Doch Bettina, die viel zu nachtragend war, um ihrer Freundin ihre Abreise verzeihen zu können, beantwortete den seitenlangen Brief mit einer Postkarte, auf der sie Gesa zu verstehen gab, daß sie sich ihre Schwierigkeiten selber zuzuschreiben habe. Sie rechnete damit, daß ihre Freundin über diese Äußerung so gekränkt wäre, daß sie nichts mehr von sich hören ließ. Aber nach sechs Wochen fand sie im Briefkasten einen weiteren seitenlangen Brief, in dem ihr Gesa mitteilte, sie habe aus Angst, daß ihr Sohn, wenn er ohne Vater aufwachse, ein Krimineller würde, mit der Einwilligung ihrer Eltern einen fünfundfünfzigjährigen Gebrauchtwagenhändler geheiratet. Auch ließ sie Bettina wissen, daß dieser Gebrauchtwagenhändler zwar ein überaus kinderlieber Mensch und ein tüchtiger Geschäftsmann, aber leider obendrein ein gläubiger Katholik sei, der die Jungfrau Maria dermaßen vergöttere, daß er nur einen Orgasmus bekomme, wenn sie, Gesa, als Madonna kostümiert mit einem Heiligenschein aus Plastik auf dem Kopf vor den Ehebetten in Erscheinung trete. Schließlich gestand sie, daß sie diese Auftritte als Gottesmutter so entwürdigend finde, daß sie sich frage, ob sie sich nicht wieder scheiden lassen solle. Erneut bat sie Bettina, ihr einen Ratschlag zu erteilen.

Doch Bettina war nicht bereit, sich in der Rolle einer Eheberaterin in diese schmutzige Affäre einzumischen. Das Schicksal ihrer Freundin interessierte sie nur noch am Rande. Neuerdings hatte sie eigene Probleme, die sie nicht so mirnichtsdirnichts bewältigen konnte. Allerdings wurden diese Probleme weder durch ihren Haushalt, den sie ohnehin vernachlässigte, noch durch ihr Kind verursacht, das sie oft genug der Obhut Giggenbachers anvertraute. Es war kein anderer als Felix Beese, der ihr Kummer bereitete. Sie konnte sich nämlich des Eindrucks nicht erwehren, daß er ihrer überdrüssig zu werden begann. Zu ihrem Leidwesen wollte er sie bei weitem nicht mehr so häufig sehen wie ehemals. Zu ihrem Leidwesen hatte er immer seltener das Bedürfnis, sie zu umarmen. Auch ähnelten seine Zärtlichkeitsbezeugungen mehr und mehr den Pflichtübungen eines routinierten Ehemanns, der seine eifersüchtige Frau zu beschwichtigen trachtet. Obwohl sie sich, um keine Schadenfreude zu erwecken, nach Kräften mühte, Giggenbacher ihren Kummer zu verheimlichen, verriet diesem nicht nur ihre weinerliche Fröhlichkeit, sondern auch die verzweifelte Raffgier, die sie dazu trieb, sich ständig neue Kleidungsstücke zu kaufen, daß die Leidenschaft ihres Liebhabers nachgelassen hatte. Er verspürte in Anbetracht dieses Sachverhalts eine Genugtuung, die ihn zugleich mit Scham erfüllte. Zu seiner Überraschung stellte er fest, daß es ihm an dem Großmut mangelte, der dazu nötig gewesen wäre, um für Bettina Mitgefühl zu empfinden.

Er beobachtete an sich die ungute Neigung, sich an Bettinas Unglück zu weiden. Wenn sie nach einem Beisammensein mit Beese nachhause kam, freute er sich über ihre herabgezogenen Mundwinkel, die ihn darauf hinwiesen, daß ihr der Liebhaber wieder einmal die kalte Schulter gezeigt hatte. Wenn sie nach einem der immer kürzer werdenden Telephongespräche, die sie mit Beese führte, den Hörer aufgelegt hatte, freute er sich über die beiden steilen Falten zwischen ihren Augenbrauen, die ihn darauf hinwiesen, daß ihr Liebhaber wieder einmal eine Verabredung vorgeschützt hatte, um sie von einem Besuch in seiner Wohnung abzuhalten. Wenn sie stundenlang mit wachsender Ungeduld in der Nähe des Telephons herumschlich, freute er sich darüber, daß Beese sie auf seinen Anruf warten ließ. Wenn sie sich vor einem Rendezvous mit Beese schön gemacht hatte, freute er sich über die Unsicherheit, mit der sie sich bei ihm erkundigte, ob man es ihr ansehe, daß sie demnächst neununddreißig Jahre alt würde.

Er rechnete so fest damit, daß ihre Affäre bald beendet sein würde, daß er keine ernsthaften Einwände erhob, als sie ihn eines Morgens fragte, ob er etwas dagegen hätte, wenn sie Felix Beese zu der Geburtstagsparty einladen würde, die sie alljährlich zu veranstalten pflegte. Er half ihr sogar bei den Vorbereitungen für diese Party, mit denen sie zwei Tage vor ihrem Geburtstag begann. Daß sie sich diesmal noch mehr Mühe machte als sonst, wunderte ihn keineswegs. Er hatte nicht erwartet, daß sie Felix Beese mit heißen Würstchen und Kartoffelsalat abspeisen würde. Je länger er sie bei ihrer Arbeit beobachtete, umso augenscheinlicher wurde es für ihn, daß sie sich in der aberwitzigen Hoffnung abrackerte, sie könne ihren Liebhaber dadurch zurückgewinnen, daß sie ihn wie einen Fürsten bewirtete.

Sie briet ein halbes Spanferkel und zwei Mastenten, deren Fleisch sie würfelförmig schnitt und gemeinsam mit Ananasstückchen auf Zahnstocher spießte. Sie bereitete Waldorfsalat, Geflügelsalat und Cocktails aus diversen Meeresfrüchten zu. Sie marinierte Forellenfilets. Sie dünstete Maiskolben, Auberginen und Steinpilze. Sie wickelte Parmaschinken um Spargelspitzen. Sie füllte Artischocken mit gegrillter Gänseleber, Avocados mit Krabbenmayonnaise, Wachteleier mit Kaviar und ausgehöhlte Ananashälften mit Kiwifrüchten.

Das kalte Buffet, das schließlich in einem ausgeklügelten Arrangement auf Giggenbachers abgeräumtem und mit einem blaßrosa Damasttischtuch bedeckten Schreibtisch vor der geöffneten Verbindungstür zum Wohnzimmer stand, wirkte so appetitanregend, daß Giggenbacher ineinemfort mit wässrigem Mund und gierigen Augen auf die mit Salatblättern und Orangenschalen dekorierten, blaßrosa Platten und Schüsseln starrte. Auch Bettinas Gäste zeigten von Anfang an ein fast ungehöriges

Interesse für das kalte Buffet. Während Bettina mit einem Tablett voller Cocktailgläser die Runde machte und sich bei den Anwesenden erkundigte, ob sie einen Daiquiri, einen Manhattan oder einen Martini Dry trinken wollten, redeten Florian Ode, Heidemarie Ode und Guido Ibscher, die als erste eingetroffen waren, animiert durch den verlockenden Anblick der Gerichte auf Giggenbachers Schreibtisch ausschließlich über kulinarische Genüsse, die ihnen schon einmal zuteil geworden waren. Auch die Ankunft von Lea Perzheim, die einen atemberaubenden goldenen Overall mit kunstvoll eingefaßten Löchern anhatte, brachte sie nicht von ihrem Thema ab. Als Bettinas Kollege Erwin Zebisch, ein recht farbloser junger Mann mit einem vorspringenden Oberkiefer und einem schütteren Spitzbart, an der Haustür klingelte, empfahlen sie sich gerade gegenseitig französische und italienische Feinschmeckerlokale. Als Giggenbachers Lektorin, eine gewisse Frau Doktor Daus, die sich mit großem Aufwand bei Bettina wegen ihrer Verspätung entschuldigte, ins Wohnzimmer trat, tauschten sie gerade Kochrezepte aus. Schließlich brachte Ode die Anwesenden zum Verstummen, indem er Bettina, die alle paar Minuten voller Unruhe auf ihre Armbanduhr schaute, gestand, daß er entsetzlichen Hunger habe.

Ich erwarte noch Felix Beese, meinte sie und sie warf Giggenbacher einen hilfesuchenden Blick zu.

Findest du es nicht merkwürdig, daß er sich schon um eineinhalb Stunden verspätet hat, erkundigte sich dieser.

Das hat überhaupt nichts zu bedeuten, erwiderte Bettina. Felix ist immer unpünktlich. Er hat ganz einfach kein Zeitgefühl.

Warum bist du dir eigentlich so sicher, daß er noch kommen wird, fragte Lea Perzheim.

Weil er es mir versprochen hat, entgegnete Bettina.

Felix Beese pflegt alles mögliche zu versprechen, sagte Frau Doktor Daus, deren blasses, hageres Gesicht trotz ihrer nachgezogenen Augenbrauen und trotz ihres giftgrünen Lidschattens unansehnlich wirkte, und sie verzog ihre schmalen, weinrot gefärbten Lippen zu einem höhnischen Lächeln.

Kennen Sie ihn persönlich, erkundigte sich Erwin Zebisch.

Ich kenne ihn gut genug, um behaupten zu können, daß es unklug ist, auf seine Versprechen zu bauen, erwiderte Frau Doktor Daus. Zumal wenn er jemanden abwimmeln will, verspricht er ihm das Blaue vom Himmel.

Aber er hat mir heute morgen beteuert, daß er sich auf meine Geburtstagsparty freue, rief Bettina.

Warum rufst du ihn eigentlich nicht noch einmal an, fragte Heidemarie Ode.

Das hatte ich ohnehin vor, entgegnete Bettina, ehe sie das Zimmer verließ.

Kurz darauf tauchte sie wieder auf und teilte den Anwesenden mit, daß Felix Beese sich nicht gemeldet habe.

Möglicherweise erscheint es ihm ratsam, an diesem Abend einen großen Bogen um sein Telephon zu machen, sagte Giggenbacher.

Mit einer einladenden Geste in die Richtung des kalten Buffets forderte er die Anwesenden auf, sich zu bedienen. Während er nicht anders als Bettinas Gäste hastig und wahllos Leckereien auf seinem Teller häufte, sagte er sich, daß Beese aller Wahrscheinlichkeit nach nicht mehr kommen würde. Obwohl er keineswegs darauf erpicht gewesen war, seinen Nebenbuhler kennenzulernen, war er ein wenig enttäuscht, daß dieser es vorzuziehen schien, durch Abwesenheit zu glänzen. Er hatte sich nämlich für die Begegnung mit Bettinas Liebhaber gründlich vorbereitet. Jetzt bedauerte er es, daß er die

Gehässigkeiten, die er sich ausgedacht hatte, für sich behalten mußte.

Heißhungrig schlang er Enten- und Spanferkelwürfel in sich hinein. Er fragte sich, welche Gründe Beese wohl dazu bewogen haben mochten, der Geburtstagsparty fernzubleiben. Es konnte ihm nicht entgangen sein, daß Bettina größten Wert auf sein Erscheinen legte. Daß sich Beese dennoch nicht blicken ließ, empfand Giggenbacher als eine Unverfrorenheit. Er selbst hätte es nicht über sich gebracht, Bettina auf eine solche Weise vor den Kopf zu stoßen. Beeses Verhalten zeugte nicht nur von einer anmaßenden Unzuverlässigkeit, sondern auch von einer Menschenverachtung, für die er, Giggenbacher, kein Verständnis aufbrachte. Er traute es Beese durchaus zu, daß er Bettina absichtlich versetzte, um ihr einen Anlaß zu liefern, sich mit ihm zu entzweien. Trotzdem tat ihm Bettina imgrunde nicht leid. Er stellte fest, daß sie momentan damit beschäftigt war, Kostproben von den einzelnen Gerichten auf einen großen, blaßrosa Eßteller zu befördern. Offensichtlich fühlte sie, daß er sie beobachtete. Denn sie hob den Kopf und starrte ihn so haßerfüllt an, als sei er es, der ihrer Geburtstagsparty ferngeblieben war. Erst als sie den Teller mit den Kostproben in die Küche trug, wurde ihm bewußt, daß die Leckereien, die sie da vor dem Zugriff ihrer Gäste zu retten suchte, für keinen anderen als Beese bestimmt waren. Daß sie mit einer solchen Halsstarrigkeit auf das Erscheinen ihres Liebhabers hoffte, bestürzte ihn. Hastig folgte er ihr in die Küche, wo er sie den Teller für Beese in den Kühlschrank stellen sah.

Du solltest dich allmählich damit abfinden, daß dein Liebhaber nicht mehr kommen wird, meinte er.

Wenn Felix nicht mehr kommen sollte, so habe ich das ausschließlich dir zu verdanken, sagte Bettina.

Wieso hast du das mir zu verdanken, fragte Giggenbacher.

Das fragst du auch noch, rief Bettina. Ist dir noch nie der Gedanke in den Kopf gekommen, daß Felix keinen Wert darauf legen könnte, dir zu begegnen.

Ich hätte nicht gedacht, daß er so feige ist, erwiderte Giggenbacher.

Glaubst du allenernstes, er hätte Angst vor dir, erkundigte sich Bettina und sie musterte Giggenbacher, der an diesem Abend einen Anzug trug, den sie ihm gekauft hatte, voller Verachtung.

Wenn er keine Angst vor mir hätte, wäre er vermutlich längst hier, meinte Giggenbacher.

Felix ist viel mutiger als du, rief Bettina.

Ich kann es beim besten Willen nicht als ein Zeichen von Mut betrachten, daß er deiner Geburtstagsparty ferngeblieben ist, meinte Giggenbacher.

Wenn er wirklich nicht mehr auftauchen sollte, so ist dies nicht auf einen Mangel an Mut zurückzuführen, erwiderte Bettina.

Es ist einzig und allein darauf zurückzuführen, daß es ihm lästig ist, sich von dir anpöbeln zu lassen, fügte sie hinzu.

Ich hatte nicht vor, ihn anzupöbeln, sagte Giggenbacher.

Du hattest aber auch nicht vor, besonders liebenswürdig zu ihm zu sein, entgegnete Bettina.

Verlangst du etwa von mir, daß ich diesem arroganten Burschen auch noch um den Bart gehe, erkundigte sich Giggenbacher.

Wenn du nur einen Funken Urbanität besäßest, würdest du nicht so reden, meinte Bettina.

Ich pfeife auf diesen Funken Urbanität, rief Giggenbacher, ehe er zurück zum Wohnzimmer ging, wo sich Bettinas Gäste noch immer an dem kalten Buffet zu schaffen machten. Eine Naschsucht, die ihn, zumal wenn er schlecht behandelt worden war, zu übermannen pflegte, veranlaßte ihn dazu, sich ohne lange zu überlegen, Forellenfilets, Wachteleier mit Kaviar und Artischocken mit Gänseleber auf einen Teller zu laden. Dabei war er über Bettinas Verhalten so aufgebracht, daß er Lea Perzheim, die dicht neben ihm stand und ihn mit einer belustigten Miene beobachtete, völlig ignorierte.

Erst als sie beschwichtigend die Hand auf seinen Arm legte und ihn fragte, worüber er denn so verärgert sei, wendete er sich ihr zu. Für einen Augenblick war er dicht daran, ihr sein Herz auszuschütten. Doch die Anwesenheit Bettinas, die gerade hereingekommen war, hielt ihn davon ab. Wortlos lächelte er Lea zu. Während sie wortlos zurücklächelte, wurde ihm zum ersten Mal an diesem Abend bewußt, wie verführerisch sie in ihrem goldenen Overall wirkte. Es entging ihm nicht, daß sie viel attraktiver war als Bettina. Er stellte fest, daß sie nicht nur größer, sondern auch wesentlich schmaler und schlanker war. Daß sie sich nicht so aufreizend bewegte wie Bettina, die nicht selten etwas Nuttenhaftes an sich hatte, gefiel ihm. Er musterte sie so eingehend, daß er den Spott in ihren ein wenig eng stehenden meergrünen Augen nicht bemerkte.

Miteinemmal kam ihm der Gedanke, daß er mit ihr flirten könnte. Er fragte sich, warum er dies nicht schon früher getan hatte. Immerhin war er ihr oft genug begegnet. Er hatte auf Parties mit ihr getanzt. Er hatte mit ihr auf Vernissagen über Malerei diskutiert. Er war auf Demonstrationen in der gleichen Reihe mit ihr durch die Straßen von M. marschiert. Trotzdem hatte er in ihr lediglich eine gute Kameradin gesehen, die er bei der Begrüßung und beim Abschied auf die Wangen zu küssen pflegte, weil es inmitten der Umarmerei und Küsserei, die in seinem Freundeskreis gang und gäbe war, aufgefallen wäre, wenn er es nicht getan hätte. Er fand es unbegreiflich, daß er nie das Verlangen verspürt hatte, mit Lea zu schlafen, die zudem den Ruf hatte, sich liebendgern verführen zu lassen. Er fragte sich, aus welchem Grund er auf ihre unübersehbaren Reize stets mit der Gleichgültigkeit eines abgeklärten alten Mannes reagiert hatte. Unauffällig beobachtete er erst seinen Freund Florian Ode, dann Bettinas Kollegen Erwin Zebisch und schließlich Guido Ibscher. Er stellte fest, daß sie alle drei begehrliche Blicke in die Richtung der hübschen Photographin warfen, die weit davon entfernt war, angesichts dieser begehrlichen Blicke jene entlarvende Affektiertheit an den Tag zu legen, mit der die meisten Frauen, die von Männern fixiert werden, ihre Gefallsucht zu verraten pflegen. Auch entging es ihm nicht, daß ihm alle drei ganz offensichtlich das Interesse mißgönnten, das Lea an diesem Abend für ihn zeigte.

Miteinemmal beunruhigte es ihn, daß er, seit er Bettina kennengelernt hatte, mit keiner anderen Frau ins Bett gegangen war. Er war außerstande, sich seine Treue zugute zu halten. In Anbetracht von Bettinas Treulosigkeit empfand er diese Treue als lächerlich. Plötzlich erschien es ihm unumgänglich, Lea Perzheim zu verführen. Er sagte sich, daß er Bettina hiermit den Denkzettel verpassen würde, den sie längst verdient hatte. Obwohl er noch immer kein Verlangen verspürte, mit Lea zu schlafen, zwang er sich dazu, ihr tief in die Augen zu schauen. Zu seiner Bestürzung erwiderte sie seinen Blick so nachdrücklich, daß er mit der Verlegenheit eines Halbwüchsigen die Lider senkte. Verwirrt stocherte er mit der Gabel in den Leckereien auf seinem blaßrosa Teller herum. Die Angst, daß er in einem Alter von immerhin siebenunddreißig Jahren auch noch erröten könnte, ließ ihm das Blut in den Kopf steigen.

Für einen Augenblick war er drauf und dran, unter irgendeinem Vorwand aus dem Zimmer zu stürzen. Was ihn davon abhielt, war die Tatsache, daß sich Lea ganz angelegentlich abwendete und mit geheucheltem Interesse das Ölbild über dem sienafarbenen Sofa betrachtete, auf dem die nackte Frau mit den langen, brennenden Haaren dargestellt war, die zwischen zwei Tigerdoggen eine in Nebelschwaden gehüllte Pappelallee entlanglief.

Daß sie seine Verschämtheit ignorierte, rechnete er ihr hoch an. Trotzdem sagte er sich, daß sie ihn von nun an für einen sexuell gehemmten, weibischen Menschen halten würde. Er fing schon an, seinen Annäherungsversuch als gescheitert zu betrachten, als sie seine Hand ergriff und ihn in die Richtung des Sofas zog. Zu seiner Erleichterung brachte sie ihn nicht dadurch erneut in Verlegenheit, daß sie sich dicht neben ihn setzte. Sie war klug genug, eine Lücke zwischen ihrem Körper und seinem Körper zu lassen, in der eine dritte Person Platz gefunden hätte. Auch war sie darauf bedacht, keine verfänglichen Gesprächsthemen anzuschneiden. Indem sie sich bei ihm nach seiner Arbeit erkundigte, hob sie sein Selbstbewußtsein. Sie gab ihm Gelegenheit, des langen und breiten über die ständigen Störungen und Unterbrechungen seiner Arbeit zu klagen. Er war ihr dankbar, daß sie im Gegensatz zu Bettina in seinen Klagen über seine häuslichen Verhältnisse keinen Versuch zu sehen schien, seine Talentlosigkeit zu bemänteln. Vorübergehend vergaß er gänzlich, daß er sich vorgenommen hatte, sie zu verführen. Erst als ihre Knie seinen Knien so nahe gerückt waren, daß sie sich fast berührten, fiel ihm sein Vorsatz wieder ein.

Um sich Mut zu machen, trank er statt des trockenen

französischen Landweins, den die übrigen Anwesenden bevorzugten, einen Daiquiri nach dem anderen. Schließlich riskierte er es ein zweites Mal, Lea tief in die Augen zu sehen. Daß er diesmal nicht in Verlegenheit geriet, empfand er als einen großen Fortschritt. Aufgekratzt klopfte er sich im Takt der Tanzmusik, die Bettina vor einer Weile angestellt hatte, mit der flachen Hand auf den Oberschenkel, ehe er Lea kurzentschlossen an sich zog.

Während er sie küßte, fragte er sich, ob er von Bettina beobachtet wurde. Liebendgern hätte er sich vergewissert, ob sie voller Eifersucht in seine Richtung schaute. Doch er bezwang seinen Drang, den Kopf dem Zimmer zuzudrehen. Ohne Emotionen registrierte er, daß Leas Mund und Leas Körper genauso warm und weich und anschmiegsam waren, wie er es sich bei einer Frau wünschte. Daß er trotzdem kein Verlangen verspürte, mit ihr zu schlafen, hinderte ihn nicht daran, sie ein zweites Mal zu küssen. Wiederum machte sich bei ihm nicht einmal ein Anflug von sexueller Erregung bemerkbar. Er fühlte lediglich, daß Lea immer erregter wurde. Sie preßte sich an ihn. Er hörte sie aufseufzen. Er hörte sie wollüstige, gurrende Laute ausstoßen.

Ihre Leidenschaftlichkeit ernüchterte ihn vollends. Sie stieß ihn sogar ab. Obwohl er noch immer die Absicht hatte, Bettina einen Denkzettel zu verpassen, löste er sich behutsam aus Leas Umklammerung. Um sie nicht zu kränken, küßte er sie mit einer neckischen Unverbindlichkeit auf die Spitze ihrer ein wenig zu markant geratenen Nase und stupste daraufhin mit seinem Zeigefinger auf die münzgroßen Stellen ihres Körpers, die die Löcher in ihrem goldenen Overall entblößten.

Während er sich redlich mühte, Lüsternheit zu heucheln, überkam ihn der Drang, sich nach Bettina umzudrehen. Aber diesmal gelang es ihm nicht, dagegen anzukämpfen. Ruckartig, als hätte ihm einer von den Anwesenden etwas zugerufen, wendete er den Kopf dem Zimmer zu.

Er stellte fest, daß er mit seinem Treiben die Aufmerksamkeit von Erwin Zebisch, Heidemarie Ode und Guido Ibscher auf sich gelenkt hatte, die mit der in Intellektuellenkreisen gebotenen Diskretion aus den Augenwinkeln zu ihm hinüberschielten. Es entging ihm auch nicht, daß sich Frau Doktor Daus, während ihm Florian Ode komplizenhaft zuzwinkerte, der Röte ihres Gesichts nach zu urteilen, für ihn zu schämen schien. Doch dies alles berührte ihn kaum. Was ihm weitaus mehr zusetzte als die Neugier oder die Mißbilligung seiner Freunde und Bekannten, war die Tatsache, daß ihn Bettina keines Blickes würdigte. Die Hände in die Hüften gestemmt, stand sie mit Florian Ode in der Nähe des kalten Buffets und kehrte ihm, Giggenbacher, den Rücken zu.

Allerdings fand er, daß der Art und Weise, in der sie von ihm keine Notiz nahm, etwas Demonstratives innewohnte. Nicht einmal kurzfristig drehte sie den Kopf zur Seite. Sie bewegte ihn nur, um Florian Ode zuzunikken, der derzeit, wie immer, wenn er eines Zuhörers habhaft geworden war, seiner Neigung, fachkundige, aber ungemein weitschweifige Vorträge über geschichtliche, politische oder soziologische Themen zu halten, hemmungslos nachgab. Daß sie trotz der gefürchteten Langeweile, die Ode in dem Bedürfnis, sein umfangreiches Wissen weiterzugeben, mit einer erstaunlichen Unerschrockenheit um sich zu verbreiten pflegte, wiederholt so gellend auflachte, daß jedermann annehmen mußte, sie amüsiere sich köstlich, gab Giggenbacher zu denken. Er war nämlich überzeugt davon, daß sie sich nicht amüsierte. Ihr Benehmen bestärkte ihn in dem Verdacht, daß sie in bezug auf das, was sich hinter ihrem

Rücken auf dem Sofa abspielte, beileibe nicht so ahnungslos war, wie sie es ihn glauben machen wollte. Er sagte sich, daß sie, wenn sie tatsächlich ahnungslos gewesen wäre, ihren Kopf in Odes Blickrichtung gedreht hätte, um herauszufinden, wem er da so komplizenhaft zugezwinkert hatte.

Zunächst war es für ihn nicht ersichtlich, aus welchem Grund sie ihr ganzes Sinnen und Trachten darauf richtete, ihn und Lea zu ignorieren. Mit einer grüblerischen Miene musterte er ihren Rücken. Plötzlich wurde ihm bewußt, daß sie ihn mit ihrem Desinteresse dazu bringen wollte, von seinem Vorhaben Abstand zu nehmen. Zu seinem Ärger mußte er sich eingestehen, daß ihr dies beinahe gelungen wäre. Er zweifelte nicht daran, daß sie begriffen hatte, daß ihm der geplante Seitensprung viel reizvoller und verlockender erschienen wäre, wenn sie seine Annäherungsversuche mit zornesfunkelnden Augen verfolgt hätte. Daß sie ihm nicht einmal die Genugtuung gönnte, die ihm sogar die leisesten Anzeichen von Eifersuchtsgefühlen in ihrer Miene verschafft hätten, wurmte ihn. Doch noch mehr wurmte es ihn, daß sie ihn durchschaute, so als steckte sie unter seiner Haut.

Miteinemmal gewann der geplante Seitensprung in seinen Augen den Charakter einer Ehrensache. Es ging ihm jetzt nur noch darum, Bettina zu beweisen, daß sie ihn nicht in der Hand hatte. Völlig unvermittelt küßte er Lea, die seine Sprunghaftigkeit zu befremden schien. Nachdem er abermals festgestellt hatte, daß er noch immer kein Verlangen verspürte, mit ihr zu schlafen, forderte er sie mit einem Kniefall zum Tanzen auf. Widerstrebend ließ sie sich von ihm durch die geöffneten Verbindungstüren in das Schlafzimmer ziehen, das für diesen Abend in ein zweites Wohnzimmer verwandelt war.

Weil er sich selten genug als Herzensbrecher betätigt

hatte, irritierte es ihn, daß sie zurückwich, als er sie nach ein paar Tanzschritten von neuem an sich zog. Er bedauerte, daß dem Schlafzimmer jede intime Note fehlte. Im ernüchternden Licht der beiden Bauhauslampen, deren unüberbietbar schlichte, weiße Schirme Bettina noch immer entzückten, wirkten die taubenblauen Möbel grau und trist. Selbst der blaßgrüne Phantasievogel, der auf dem Wandteppich über dem Bett dargestellt war, mutete makaber an. Giggenbacher hatte das Gefühl, daß es ein Fehler gewesen war, Lea in dieses Schlafzimmer zu komplimentieren. Um sie in Stimmung zu bringen, drehte er sich so lange mit ihr im Kreise herum, bis sie schwindlig wurde und sich an ihn klammern mußte. Er nutzte die Gelegenheit, um sie abermals an sich zu ziehen.

Diesmal wich sie nicht zurück. Engumschlungen tanzte er mit ihr weiter. Sobald sie vor den Verbindungstüren zum Wohnzimmer angelangt waren, aus dem ein Stimmengewirr drang, das häufig von Bettinas gellendem Gelächter übertönt wurde, küßte er Lea genauso demonstrativ, wie ihm Bettina den Rücken zukehrte, auf den Mund, auf den Hals und auf die nackten Körperstellen unter den Löchern ihres Overalls.

Daß sie sich ihrem Ruf entsprechend liebendgern verführen ließ, langweilte ihn ein wenig. Andererseits gestand er sich ein, daß es ihm sehr lästig gewesen wäre, wenn er sie hätte erobern müssen. Frauen und Mädchen, die erwarteten, daß sie erobert wurden, hatten ihn schon immer abgeschreckt. Sein Phlegma hatte ihn seit eh und je daran gehindert, sich als Schürzenjäger hervorzutun. Weil er stets gewartet hatte, bis sich ihm ein weibliches Wesen an den Hals warf, hatte er so wenig Geliebte gehabt, daß ihn jeder, dem er deren Anzahl nannte, mitleidig wie einen Krüppel musterte. Er hatte nie eingesehen, warum er den Widerstand einer Frau mithilfe der Verführungskünste überwinden sollte, mit denen sich seine Freunde gebrüstet hatten. Statt diese Verführungskünste zu erproben, hatte er sich damit begnügt zu masturbieren.

Mittlerweile hatte ihn die Ehe mit Bettina, deren sexuelle Ansprüche ihn oft genug überforderten, noch träger und behäbiger gemacht. Bedingt durch Bettinas Unersättlichkeit, neigte er mehr und mehr dazu, im Beischlaf eine Pflichtübung zu sehen, die hauptsächlich dazu diente, Zwistigkeiten zu unterbinden. Er verausgabte sich dermaßen damit, Bettina zu befriedigen, daß er gegen weibliche Reize nahezu immunisiert war.

Trotzdem preßte er mit einer geheuchelten Lüsternheit seinen Unterleib gegen Leas Unterleib, ehe er ihre wohlgerundeten Gesäßbacken wie einen Teig zu kneten begann. Ohne Anteilnahme registrierte er, daß sie erneut wollüstige, gurrende Laute ausstieß. Er war nicht bei der Sache. Weitaus mehr als sie interessierten ihn die Vorgänge im Wohnzimmer, wo Bettina nach wie vor mit ihrem verzweifelten Gelächter das Stimmengewirr übertönte. Mit durchdringenden Blicken musterte er, während er mit Lea vor den Verbindungstüren eher hin und her schlurfte als tanzte, ihren ihm noch immer zugekehrten Rücken, der bis zum unteren Rand ihrer Schulterblätter von ihren langen roten Haaren bedeckt war und nichts über ihre Empfindungen aussagte. Dagegen verrieten ihm ihre Hände, die sich jetzt, als suchten sie einen Halt, in den Stoff ihres indigofarbenen Seidenkleids verkrallten, ihre innere Unruhe.

Zwar entging es ihm nicht, daß sie ihren Kopf nach wie vor nicht zur Seite drehte. Sie warf ihn lediglich in den Nacken, sobald sie es für nötig hielt, die Anwesenden mit ihrem gellenden Gelächter davon in Kenntnis zu setzen, daß sie die Vorgänge hinter ihrem Rücken nicht davon abhielten, sich köstlich zu amüsieren. Dennoch hatte er den Eindruck, daß es ihr immer schwerer fiel, ihn keines Blickes zu würdigen. Es mußte für sie qualvoll sein zu beobachten, wie ihre Gäste mit einer verdächtigen Diskretion aus den Augenwinkeln in die Richtung der Verbindungstüren schielten.

Die meisten Anwesenden waren schon recht angeheitert. Allein Frau Doktor Daus wirkte völlig nüchtern. Sie traf auch als erste Anstalten zum Aufbruch. Um ihre Wohlerzogenheit unter Beweis zu stellen, verließ sie die Wohnung, ohne sich von Giggenbacher verabschiedet zu haben. Auch Erwin Zebisch, Guido Ibscher und Heidemarie Ode hinderte die Furcht, indiskret zu erscheinen, daran, dem Gastgeber die Hand zu geben. Ihr Taktgefühl veranlaßte sie dazu, an den offenen Verbindungstüren so gleichmütig vorbeizugehen, als seien sie geschlossen. Nur Florian Ode, der seinen Haß auf die Bourgeoisie häufig durch eine proletarische Unmanierlichkeit zum Ausdruck zu bringen suchte, hatte keinerlei Bedenken, das Schlafzimmer zu betreten. Kumpelhaft klopfte er Giggenbacher zum Abschied auf die Schulter.

Auf bald, sagte er und er war schon im Begriff, das Schlafzimmer zu verlassen, als ihn Giggenbacher zurückhielt.

Wir kommen mit, sagte er.

Wollt ihr noch weiterfeiern, erkundigte sich Ode zugleich neugierig und verständnisvoll.

Ich will Lea nur nachhause bringen, erwiderte Giggenbacher. Wenn er nicht Angst davor gehabt hätte, wie ein Pantoffelheld dazustehen, wäre er zuhause geblieben. Die Situation, in die er sich selbst hineinmanövriert hatte, erschien ihm dermaßen kompromittierend, daß ihm am ganzen Körper der Schweiß ausbrach. Geduckt stahl er sich dicht hinter Ode und Lea aus dem Schlafzimmer. Er fragte sich, ob er die Dinge nicht auf eine Art und Weise auf die Spitze trieb, die unverantwortlich war. Auch überlegte er, wie Bettina auf sein Vorhaben, sich mit Lea aus dem Staube zu machen, reagieren würde.

Mit einem ängstlichen Gesichtsausdruck suchte er herauszufinden, wo sie sich gerade aufhielt. Aber er konnte sie weder im Wohnzimmer noch in der Diele entdecken, wo Heidemarie Ode mit der Hand auf der Klinke vor der Wohnungstür stand. Obwohl er darauf erpicht war, von der Bildfläche zu verschwinden, ehe Bettina auftauchte, bezwang er seinen Impuls, die Wohnung fluchtartig zu verlassen. Bemüht, seine Nervosität zu verbergen, wartete er, bis Lea und die Odes ins Treppenhaus getreten waren, ehe er sich ihnen anschloß. Doch kaum daß er die Wohnungstür von außen zugeschlagen hatte, wurde sie von innen wiederum dermaßen resolut aufgerissen, daß er unwillkürlich zusammenzuckte.

Auf zügellose Beschuldigungen und wüste Drohungen gefaßt, drehte er sich langsam nach Bettina um. Er machte sich nicht vor, daß er Manns genug war, Lea nachhause zu begleiten, falls ihn Bettina zurück in die Wohnung beordern sollte. Er war bereit, kleinbeizugeben. Aber ganz entgegen seinen Erwartungen schien Bettina weit davon entfernt zu sein, ihn von seinem Vorhaben abzuhalten.

Du hast deinen Pyjama und deine Zahnbürste vergessen, sagte sie und sie streckte ihm eine Tragtasche hin, die er entgeistert ergriff. Trotz des Gefühls, daß er sich von ihr zum Trottel stempeln ließ, klemmte er sich die Tragtasche unter den Arm und stieg eilig treppabwärts, um ihr keine Gelegenheit zu geben, ihn ein weiteres Mal zu demütigen.

Zum Glück hüteten sich seine Freunde davor, die Tatsache, daß ihm Bettina einen Pyjama und eine Zahnbürste mitgegeben hatte, zu kommentieren. Allerdings hatte er den Eindruck, daß sie sich der Abgefeimtheit dieser so urban wirkenden Geste durchaus bewußt waren. Nicht nur die Odes musterten ihn mitfühlend, als sie sich vor dem Haus von ihm verabschiedeten. Auch Lea wirkte miteinemmal recht bedrückt.

Nachdem sie in seinen Wagen gestiegen war, strich sie Giggenbacher mit einer Mütterlichkeit, die er ihr nicht zugetraut hätte, über den Kopf, ehe sie sich an ihn schmiegte. Er vermied es, sie anzusehen, weil er ihr gegenüber ein schlechtes Gewissen hatte. Den Anforderungen, die sie mit einer beklemmenden Selbstverständlichkeit an seine Männlichkeit zu stellen schien, fühlte er sich immer weniger gewachsen. Schon jetzt war er überzeugt davon, daß er sie enttäuschen würde. Für einen Augenblick war er dicht daran, ihr dies zu gestehen. Aber es fehlte ihm das Selbstbewußtsein, das hierzu nötig gewesen wäre. Schweigend starrte er auf die Fahrbahn. Je näher er dem Haus kam, in dem Lea eine Atelierwohnung gemietet hatte, umso erbärmlicher und verabscheuenswürdiger fand er sich. Am liebsten hätte er sie vor ihrer Haustür abgesetzt und das Weite gesucht, um sich und ihr das peinliche Erlebnis seines Versagens zu ersparen. Er hätte etwas dafür gegeben, diese Nacht zuhause in dem taubenblauen Doppelbett verbringen zu können. Daß ihn Bettina, indem sie ihm seinen Pyjama und seine Zahnbürste ausgehändigt hatte, dieser Möglichkeit beraubt hatte, verbitterte ihn. Er sagte sich, daß er, wenn er sein Gesicht nicht verlieren wollte, wohl oder übel bei Lea übernachten mußte. Den Gedanken, sich ein Hotelzimmer zu nehmen, zog er nur kurzfristig in Erwägung, ehe er ihn verwarf. Allein die Vorstellung, daß dies irgendjemand erfahren und Bettina kolportieren könnte, flößte ihm weitaus mehr Entsetzen ein als die Aussicht, in dieser Nacht die Rolle eines sexuellen Versagers zu spielen.

Schicksalsergeben parkte er seinen Wagen vor dem Haus, in dem Lea wohnte. Als er mit ihr in das Treppenhaus trat, entschuldigte sie sich bei ihm, weil sich in diesem Haus kein Fahrstuhl befand. Aber er zuckte nur die Achseln. Mit dem Gefühl, einen Opfergang anzutreten, stieg er hinter ihr treppaufwärts. Im fünften Stockwerk angelangt, keuchte er, als hätte er den Gipfel eines hohen Berges erklommen. Atemlos betrat er die Wohnung, in der es penetrant nach abgestandenem Rauch roch. Während ihn Lea durch einen mit Punktscheinwerfern beleuchteten Korridor an einem Badezimmer, einer Toilette, einer Küche und einer Dunkelkammer vorbei zu dem Atelier führte, das ihr als Wohnzimmer, Schlafzimmer und Arbeitszimmer zu dienen schien, entschuldigte sie sich, weil sie seit Wochen keine Zeit zum Putzen gefunden habe. Wiederum zuckte er die Achseln. Ohne Neugier sah er sich in dem Atelier um.

Dem Raum fehlte jede anheimelnde Note. Wie der Korridor war er mit Punktscheinwerfern beleuchtet, deren unbarmherziges Licht sämtliche Möbelstücke und Gegenstände noch schäbiger und lädierter wirken ließ, als sie es tatsächlich waren. In der rechten Hälfte des Ateliers befand sich ein ovales Doppelbett, dessen purpurroter Bezugsstoff voller Brandlöcher und Flecken war, die wohl im Verlauf von Liebesspielen entstanden waren. Fleckig waren auch die Seidenkissen auf dem Bett, die die Form von Monden, Muscheln und geschlossenen Mündern hatten. Auf dem Fensterbrett reihten sich Blumentöpfe, in denen Schnittlauch, Petersilie und Dill wuchsen. Auf dem runden, weißen Gartentisch, der mit vier weißen Gartenstühlen, von denen die Farbe abzublättern begann, in der linken Hälfte des Ateliers stand, entdeckte Giggenbacher weitere Blumentöpfe mit Kräutern. Um Zeit zu gewinnen, betrachtete er die Photographien, die Lea an die Wände gepinnt hatte. Sie zeigten hauptsächlich die Gesichter von Schriftstellern, die erfolgreicher waren als er. Er vermutete, daß Lea mit einigen von ihnen geschlafen hatte. Wiederum fiel ihm ein, daß sie den Ruf hatte, sich liebendgern verführen zu lassen. Er fragte sich, ob sie von ihm erwartete, daß er sie sofort auf ihr mit Brandlöchern und Flecken besätes, purpurrotes Bett warf. Mit einem Kribbeln in der Magengrube drehte er sich nach ihr um.

Er war darauf gefaßt, daß sie ihm auf dem Bettrand sitzend die Arme entgegenstreckte. Doch zu seiner Erleichterung stellte er fest, daß sie sich nicht auf das Bett, sondern auf einen von den Gartenstühlen gesetzt hatte. Während er sich mit dem Gefühl, daß ihm noch eine Galgenfrist gewährt worden sei, zu ihr setzte, entschuldigte sie sich, weil sie ihm außer einer Flasche jugoslawischen Rotwein und einer Flasche Weinbrand nur Coca-Cola anbieten konnte.

Warum entschuldigst du dich eigentlich dauernd bei mir, erkundigte er sich.

Das weiß ich selber nicht, sagte Lea und sie sah ihn ratlos an.

Plötzlich begann sie zu lachen.

Beinahe hätte ich mich schon wieder bei dir entschuldigt, meinte sie.

Weswegen wolltest du dich denn diesmal entschuldigen, erkundigte sich Giggenbacher befremdet.

Ich wollte mich bei dir entschuldigen, weil ich mich dauernd bei dir entschuldigt habe, erwiderte Lea und sie brach erneut in ein Gelächter aus, das auf Giggenbacher ansteckend wirkte.

Ihr gemeinsamer Heiterkeitsausbruch trug viel zur Verbesserung der Atmosphäre bei. Ohne sich weiter gegenseitig zu belauern, leerten sie erst die Rotweinflasche und verdünnten daraufhin den Weinbrand mit gezuckertem Tee. Dabei klatschten sie so angeregt über die Schriftsteller, die Lea schon photographiert hatte, daß Giggenbacher vorübergehend vergaß, daß er unweigerlich früher oder später seine Männlichkeit unter Beweis würde stellen müssen. Er posierte vor der Kamera, die Lea wiederholt auf ihn richtete. Er briet mit Lea in der Küche Spiegeleier, die sie mit Cornflakes verzehrten. Vor allem aber sorgte er voller Umsicht dafür, daß zwischen ihm und ihr eine Freundschaftlichkeit entstand, die jede erotische Regung im Keim erstickte.

Er kümmerte sich nicht darum, daß die Zeit verstrich. Um sich nicht mit Lea in das purpurrote Bett legen zu müssen, war er bereit, die Nacht zum Tag zu machen. Die Müdigkeit, die ihn zunächst nur anfallsweise überkam, suchte er nach Kräften zu unterdrücken. Doch schließlich wurde er so schläfrig, daß auch der starke Kaffee, den Lea aufgebrüht hatte, völlig wirkungslos blieb. Er hatte Mühe, die Augen offenzuhalten. Beunruhigt registrierte er, daß auch Lea immer häufiger gähnte. Er sah auf seine Armbanduhr. Daß es beinahe sechs Uhr war, überraschte ihn nicht im geringsten. Es war ihm nicht entgangen, daß die Morgendämmerung langsam hereinbrach und die Vögel zu zwitschern begannen. Zudem drang das Brausen des Frühverkehrs, der vor einer Weile eingesetzt hatte, durch das große Fenster des Ateliers. Er verschränkte gerade fröstelnd die Arme über seiner Brust, als sich Lea, deren Gesichtszüge im schonungslosen Licht der Punktscheinwerfer erstaunlich scharf wirkten, gähnend erhob und ihn so selbstverständlich, als sei sie seit Jahren mit ihm verheiratet, davon in Kenntnis setzte, daß sie das Bett machen würde.

Während sie das Bettzeug, das sie einem Wandschrank entnommen hatte, über das purpurrote Bett breitete, überlegte er fieberhaft, wie er sich aus der Affäre ziehen konnte. Aber er wußte sich keinen Rat. Angespannt beobachtete er Lea, die gerade anfing, sich auszuziehen. Als sie seelenruhig und ohne sich etwas dabei zu denken den Reißverschluß ihres Overalls öffnete, der von ihrem Hals bis zu ihrem Schamhügel reichte, trat ihm vor Verlegenheit der kalte Schweiß aus den Poren. Ganz impulsiv wendete er sich von ihr ab. Es reizte ihn in keiner Weise, sie nackt zu sehen. Es war ihm sogar peinlich. Doch der Verdacht, daß sie sein Verhalten lächerlich finden könnte, veranlaßte ihn dazu, sich ihr wieder zuzuwenden.

Für einen Augenblick war er imstande, den Anblick ihres mittlerweile nackten Körpers, den ein pflaumengroßes violettes Muttermal unter der linken Brust verunzierte, ohne Verschämtheit zu verkraften. Als sie ihm jedoch den Kopf zudrehte, brachte er es nicht über sich, ihr in die Augen zu sehen. Er starrte so gebannt auf seine Hände, als wären sie ihm soeben aus den Armen gewachsen. Wenn ihn Lea nicht gefragt hätte, ob er sich nicht ebenfalls ausziehen wolle, hätte er sie noch viel länger begutachtet. Um sich keine Blöße zu geben, entkleidete er sich eilfertig. Erst als er bei seiner Unterhose angelangt war, zögerte er kurzfristig. Doch obwohl er es vorgezogen hätte, sein schlaffes, verschrumpeltes Glied zu verbergen, überwand er seine Hemmungen. Hastig entledigte er sich der Unterhose, ehe er mit großen Schritten auf das purpurrote Bett zuging.

Er war Lea dankbar dafür, daß sie ihn keiner Musterung unterzog. Nachdem er unter die Daunendecke geschlüpft war, beobachtete er, wie sie die Punktscheinwerfer ausschaltete und ebenfalls unter die Daunendecke schlüpfte. Es war ihm zwar nicht angenehm, daß ihr Körper seinen Körper seitlich berührte. Dennoch rückte er nicht von ihr ab.

Viel zu abgekämpft, um sie auch nur mit unverbindlichen Zärtlichkeiten abzuspeisen, lag er steif und reglos neben ihr und starrte in die Richtung des Fensters. Es störte ihn, daß die Umrisse der Möbelstücke und Gegenstände, die sich in dem Atelier befanden, im matten Licht der Morgendämmerung deutlich erkennbar waren. Er vermutete, daß sich auch Leas Gesicht vom Kopfkissen abhob. Aber er vermied es, sie anzusehen. Als sie ihm plötzlich den Kopf zudrehte, stockte ihm der Atem. Er rechnete fest damit, daß sie sich an ihn schmiegen oder auf ihn werfen würde. Doch nichts dergleichen geschah. Er fühlte nur, daß ihre Augen auf ihn gerichtet waren. Fast war er sich sicher, daß sie ihn vorwurfsvoll musterte.

Für einen Augenblick war er dicht daran, sie um Verzeihung zu bitten. Beim besten Willen hätte er nicht zu sagen gewußt, warum er Lea nicht begehrte. Er hatte lediglich den Verdacht, daß die nahezu geschwisterliche Vertrautheit, die seit langem zwischen ihm und ihr bestand, das Aufkommen einer Begierde vereitelt hatte. Jetzt war allerdings von dieser Vertrautheit nichts mehr zu spüren. Mit der Verstocktheit eines Missetäters lag er in Habachtstellung neben ihr und belauerte sie wie eine Feindin. Ihre Stummheit irritierte ihn. Enerviert wartete er auf ihren nächsten Schachzug. Die Tatsache, daß nichts geschah, steigerte nur seine Nervosität. Selbst als ihm Lea endlich den Rücken zukehrte, konnte er sich nicht entspannen. Er empfand ihre Nähe als beklemmend. Am liebsten wäre er aus dem Bett gesprungen.

Dennoch rückte er nur voller Behutsamkeit so weit von ihr ab, als es die Breite der Daunendecke zuließ, deren linken Zipfel sie genauso fest umklammert hielt wie er den rechten.

Probeweise schloß er die Augen. Er war darauf gefaßt, daß ihn sein Unbehagen wachhalten würde. Vergebens versuchte er, den Verkehrslärm und das Rauschen der Wasserspülungen in den unteren Stockwerken zu überhören, das ihn darauf hinwies, daß die Mieter des Hauses bereits aufgestanden waren. Noch mehr störte ihn das Tageslicht, das jetzt durch das breite, hohe Fenster in das Atelier drang. Auch hatte er das Gefühl, daß er durch Leas Anwesenheit seiner Bewegungsfreiheit weitgehend beraubt sei. Statt sich zu beruhigen, wurde er immer kribbliger. Ohne Lea zu berühren, wälzte er sich innerhalb des schmalen Raums, der ihm zwischen dem rechten Zipfel der Daunendecke und Leas Rücken zur Verfügung stand, über eine Stunde lang von einer Seite auf die andere, ehe er achtsam aus dem Bett stieg und sich anzukleiden begann. Dabei mühte er sich, möglichst wenig Geräusche zu verursachen. Doch die Holzdielen knarrten unter seinen Füßen so laut, daß er fürchtete, Lea würde aufwachen, bevor er sich aus ihrer Wohnung geschlichen hatte.

Als er sich sein Jackett anzog, stieß er ein Glas um, das zu Boden fiel und klirrend zerschellte. Verstört musterte er Lea, die die Augen nicht geöffnet hatte, obwohl sie der unüberhörbare Aufprall des Glases aus dem Schlaf hätte schrecken müssen. Bei genauerem Hinsehen entdeckte er allerdings, daß ihre geschlossenen Lider kaum merklich zuckten. Miteinemmal war er überzeugt davon, daß sie sich nur schlafend stellte. Ihr Verhalten erschien ihm hinterlistig.

Er fing schon an, sie mit einer gewissen Feindseligkeit

zu betrachten, als ihm bewußt wurde, daß sie sich nur schlafend stellte, um sich und ihm die Peinlichkeiten zu ersparen, zu denen es voraussichtlich bei einem gemeinsamen Frühstück gekommen wäre. Mit einer nachdenklichen Miene klaubte er die Scherben des Glases zusammen und legte sie in den Aschenbecher, der außer Blumentöpfen mit Kräutern, Tassen mit Tee- und Weinbrandresten, schmutzigen Tellern und leeren Flaschen auf dem Gartentisch stand. Darauf entnahm er der Brusttasche seines Jacketts eine von den Visitenkarten, die ihm Bettina geschenkt hatte, und schrieb auf deren Rückseite:

Ich habe Dir nicht auf Wiedersehen gesagt,
weil ich Dich nicht wecken wollte,
Dein Alfred.

Er lehnte die Visitenkarte gegen einen der Blumentöpfe, ehe er sich mit den Schuhen in der Hand so leise, als sei er tatsächlich davon überzeugt, daß Lea schlief, aus der noch immer penetrant nach abgestandenem Rauch riechenden Wohnung schlich.

Nachdem er in seinen Wagen gestiegen war, betrachtete er sich prüfend im Rückspiegel. Er sah blaß und übernächtigt aus. Seine Augäpfel waren rot geädert. Doch dies empfand er nicht als ausreichend. Um sich den Anschein zu geben, er hätte wahre Stürme der Leidenschaft hinter sich, zerraufte er sich vor der Heimfahrt die Haare. Auch zerknitterte er sein Hemd und riß zwei Knöpfe davon ab. Schließlich biß er sich so fest in die Oberarme, daß seine Zähne Hautverfärbungen hinterließen.

8

Zu Giggenbachers Genugtuung war Bettina, die er am Frühstückstisch sitzend vorfand, über seinen Anblick so erschüttert, daß sie nicht wußte, was sie sagen sollte. Ihr jähes Erbleichen verriet ihm, daß sie ihm ganz offensichtlich keinen Seitensprung zugetraut hatte. Sein kunstvoll in Unordnung gebrachtes Äußeres schien sie davon zu überzeugen, daß er sie betrogen hatte. Aufseufzend zog er sein Jackett aus und krempelte seine Hemdsärmel hoch, damit ihr auch die Hautverfärbungen an seinen Oberarmen nicht entgingen.

Tatsächlich verfehlten diese Hautverfärbungen nicht ihre Wirkung auf sie. Kaum daß sie sie entdeckt hatte, ereiferte sie sich darüber.

Es ist eine Schande, wie dich dieses Luder zugerichtet hat, rief sie.

Aber Giggenbacher zuckte lediglich die Achseln.

Lea ist eben sehr temperamentvoll, meinte er, indem er sich zu Bettina setzte, und er mühte sich, seinem Gesicht einen verträumten Ausdruck zu verleihen. So als wäre er mit seinen Gedanken weit weg, starrte er auf die Standuhr neben dem Bauerntisch, deren kleiner Zeiger sich der Ziffer neun näherte.

Seine vermeintliche Geistesabwesenheit beunruhigte Bettina noch mehr als sein Aussehen. Um seine Aufmerksamkeit auf sich zu lenken, schob sie ihren Kopf in sein Blickfeld und musterte ihn voller Besorgtheit.

Woran denkst du, fragte sie.

Das möchte ich dir lieber nicht sagen, erwiderte Giggenbacher mit einem verlegenen Lächeln.

Du hast wohl an Lea gedacht, fragte Bettina.

Es wäre mir lieber, wenn ich nicht ohne Unterlaß an sie denken müßte, entgegnete Giggenbacher.

Nun behaupte bloß nicht, du hättest dich in sie verliebt, rief Bettina.

Schließlich hast du dich ja auch in Beese verliebt, erwiderte Giggenbacher.

Das ist etwas ganz anderes, rief Bettina. Felix Beese ist ein Genie, während Lea lediglich eine geltungssüchtige Nymphomanin ist, der jegliche kreativen Fähigkeiten fehlen. Im Hinblick auf ihre Liebhaber ist sie nie wählerisch gewesen. Du hast keinen Grund, stolz darauf zu sein, daß es dir gelungen ist, sie zu verführen.

Weißt du, daß sie es vor ein paar Monaten sogar mit einem Möbelpacker getrieben hat, fragte sie.

Meiner Meinung nach spricht es nur für sie, daß sie es nicht unter ihrer Würde findet, sich mit einem Proleten einzulassen, erwiderte Giggenbacher.

Das behauptest du doch lediglich, weil du in sie verliebt bist, meinte Bettina.

Das mag sein, pflichtete ihr Giggenbacher bei.

Trotzdem solltest du ihr besser heute als morgen den Laufpaß geben, entgegnete Bettina.

Schließlich gibst du Beese ja auch nicht den Laufpaß, sagte Giggenbacher und er sah Bettina prüfend an. Offensichtlich war sie den Tränen nah. Mit feuchten Augen starrte sie auf ihre gespreizten Fingerspitzen. Plötzlich hob sie den Kopf.

Ist es nicht entsetzlich, daß unsere Ehe so zerrüttet ist, rief sie.

Sie war schon vor meinem Seitensprung zerrüttet, erwiderte Giggenbacher.

Willst du damit sagen, daß ich allein schuld an dieser Zerrüttung sei, erkundigte sich Bettina.

Ich möchte mich jetzt nicht mit dir darüber streiten, wer von uns beiden der Schuldigere ist, meinte Giggenbacher, indem er sich gähnend erhob.

Was hast du denn vor, fragte Bettina.

Ich werde mich für ein paar Stunden aufs Ohr legen, entgegnete Giggenbacher. Ich habe nämlich die ganze letzte Nacht kein Auge zugedrückt.

Daß du unter den gegebenen Umständen schlafen kannst, ist typisch für dich, rief Bettina.

Aber Giggenbacher ließ sich nicht von seinem Vorhaben abhalten. Ohne ihr etwas zu erwidern, ging er zum Schlafzimmer. Sie hatte das Bett noch nicht gemacht. Die beiden Kopfkissen und die beiden Daunendecken, die auf dem zerknüllten Laken lagen, zeigten ihm, daß sie, obwohl sie ihm nach der Geburtstagsparty einen Pyjama und eine Zahnbürste mitgegeben hatte, fest damit gerechnet zu haben schien, daß er einen Rückzieher machen und zuhause übernachten würde. Mit dem Gefühl, sich zwar gemein, doch richtig verhalten zu haben, entkleidete er sich und schlüpfte unter seine Daunendecke. Erst als er die Augen schloß, merkte er, wie zerschlagen er war. Nachdem er minutenlang Mutmaßungen darüber angestellt hatte, welche Folgen sein vermeintlicher Seitensprung nach sich ziehen würde, fiel er in einen unruhigen Schlaf.

Am frühen Nachmittag weckte ihn Bettina. Ungeachtet dessen, daß er fünf Stunden lang geschlafen hatte, fühlte er sich zerschlagener als zuvor. Es störte ihn, daß die Sonne durch die taubenblauen Netzvorhänge hindurch schien und das Schlafzimmer in ein fahles Licht tauchte. Ächzend richtete er sich auf und blinzelte Bettina, die Josephine im Arm hielt, schläfrig an.

Schon auf den ersten Blick fiel ihm auf, daß sie in der Zwischenzeit heftig geweint haben mußte. Ihre Lider waren so verschwollen, daß von ihren Augen nur noch schlitzförmige Öffnungen übrig waren. Auch war sie wie zu einem offiziellen Anlaß gekleidet. Sie trug ein schwarzes Wildlederkostüm, hochhackige schwarze Pumps und einen breitrandigen schwarzen Hut. Über ihrer Schulter hing eine schwarze Umhängetasche. Nur ihre Handschuhe und ihre Bluse waren weiß. Um ihre Augen weiter öffnen zu können, zog sie die Augenbrauen hoch und blickte Giggenbacher mit einer entsagungsvollen Miene an.

Wie sie so mit ihrem Töchterchen im Arm in der Mitte des Schlafzimmers stand, wirkte sie geradezu tragikumwittert. Bleich und verhärmt, wie sie aussah, erweckte sie den Eindruck, als hätte ihr das Schicksal übel mitgespielt. Miteinemmal machten Giggenbacher Gewissensbisse zu schaffen. Er fragte sich, ob er nicht zu weit gegangen war, als er ihr gegenüber so getan hatte, als sei er in Lea verliebt. Daß er sich vor der Heimfahrt mithilfe seiner Zähne an den Oberarmen Hautverfärbungen beigebracht hatte, erschien ihm unverzeihlich. Mit einer fahrigen Handbewegung fuhr er sich über seine Stirn. Es fehlte nicht viel und er hätte Bettina auf die Gefahr hin, von ihr mit Hohn und Spott überschüttet zu werden, die Wahrheit gestanden.

Gehst du weg, fragte er stammelnd.

Ich bin gerade zurückgekommen, sagte Bettina mit einer tonlosen Stimme.

Wo bist du denn gewesen, erkundigte sich Giggenbacher, dem jäh der Gedanke kam, sie könnte einen Rechtsanwalt aufgesucht haben.

Ich war mit Josephine bei Felix Beese, um ihm mitzuteilen, daß ich ihn nicht mehr sehen will, erwiderte Bettina in einem vor Wehmut fast blasiert anmutenden Tonfall, der Giggenbacher daran hinderte, so gerührt zu sein, wie sie es offensichtlich erwartete.

Er überlegte, was er sagen sollte. Aber es fiel ihm nichts Passenderes ein, als zu schweigen.

Wie hat Beese auf deinen Entschluß reagiert, fragte er schließlich.

Darüber möchte ich lieber nicht sprechen, sagte Bettina.

Giggenbacher hatte den Verdacht, daß sie sich in Schweigen hüllte, weil die Reaktion ihres Liebhabers in keiner Weise ihren Erwartungen entsprochen hatte. Er war sich fast sicher, daß sie ihm Beeses Reaktion des langen und breiten geschildert hätte, wenn dieser vor Verzweiflung über ihren Entschluß außer sich geraten wäre. Offensichtlich hatte Beese Bettina um die melodramatische Szene gebracht, auf die sie vorbereitet gewesen war.

Giggenbacher zweifelte nicht daran, daß sie von Beese arg in ihrem Selbstgefühl verletzt worden war. Andererseits wurmte es ihn jedoch, daß sie ihm, Giggenbacher, mit ihrer entsagungsvollen Miene zu suggerieren suchte, sie hätte seinetwegen ein überwältigendes Opfer gebracht.

Er fragte sich, wie lange sie wohl diesen entsagungsvollen Gesichtsausdruck beibehalten würde. Es konnten Wochen vergehen, ehe sie es sich wieder erlaubte, zu lächeln oder zu lachen. Miteinemmal fand Giggenbacher ihre Aufmachung, die ihn vor kurzem noch beängstigt hatte, im höchsten Grade theatralisch. Obwohl sie ihrem Liebhaber, der es nicht einmal für nötig gehalten hatte, auf ihrer Geburtstagsparty zu erscheinen, dadurch daß sie ihm den Laufpaß gegeben hatte, lediglich zuvorgekommen war, wirkte sie in ihrem schwarzen Kostüm und in ihrem schwarzen Hut wie die Hauptleidtragende auf einem Leichenbegängnis.

Ich habe jedenfalls das meine dazu beigetragen, unsere Ehe zu retten, sagte sie mit der selben tonlosen Stimme wie zuvor.

Jetzt liegt es an dir, das deine dazu beizutragen, fügte

sie hinzu und sie blickte Giggenbacher, der gerade die Beine aus dem Bett streckte, mit ihren fast zugeschwollenen Augen so feindselig an, daß er ihr vorschnell versprach, sich nicht mehr mit Lea zu treffen.

Er war darauf gefaßt, daß ihm Bettina ihre Dankbarkeit bekunden würde. Doch zu seiner Enttäuschung war sie weder gerührt noch überrascht, geschweige denn beglückt. Er hatte das ungute Gefühl, daß sie es für selbstverständlich hielt, daß er, nachdem sie ihre Affäre mit Beese beendet hatte, seinerseits seine vermeintliche Affäre mit Lea beendete.

Nachdem sie, ohne ein weiteres Wort zu verlieren, das Schlafzimmer verlassen hatte, bereute er zutiefst, daß er sich so eilfertig bereit erklärt hatte, sich nicht mehr mit Lea zu treffen. Er sagte sich, daß sein Entschluß viel gravierender gewirkt hätte, wenn er sich erst nach einem tagelang währenden inneren Kampf dazu durchgerungen hätte. Solch ein innerer Kampf hätte Bettina den Wind aus den Segeln genommen. Er zweifelte nicht daran, daß er sie die Entsagung betreffend hätte übertrumpfen können. Gereizt schalt er sich selbst einen Tölpel, ehe er sich hastig anzog.

Diesmal verbarg er die Hautverfärbungen an seinen Oberarmen, wohlwissend, daß sie ihm nichts mehr einbringen konnten, unter seinen Hemdsärmeln. Es störte ihn, daß das Hemd, von dem er zwei Knöpfe abgerissen hatte, um Bettina glauben zu machen, er hätte wahre Stürme der Leidenschaft hinter sich, über seiner Brust auseinanderklaffte. Fröstelnd verschränkte er die Arme. Miteinemmal überkam ihm eine übermächtige Niedergeschlagenheit. Er sagte sich, daß er sich, statt niedergeschlagen zu sein, eigentlich über Bettinas Trennung von Beese hätte freuen müssen. Jäh wurde ihm bewußt, daß mit dieser Trennung allein noch nichts gewonnen war. Er sah voraus, daß Bettina die Trennung nach Kräften ausschlachten würde. Mutlos starrte er auf den Wandteppich über dem Bett, auf dem der blaßgrüne Phantasievogel dargestellt war, der einen dicken, weißen Wurm im Schnabel hielt.

In den darauffolgenden Wochen verfolgte er voller Resignation, wie Bettina um sich eine Atmosphäre schuf, die so gedrückt war, daß man hätte meinen können, ein Toter liege in der Wohnung aufgebahrt. Um ihm den seelischen Schmerz zu veranschaulichen, in den sie sich seit der Trennung von Beese zügellos hineinzusteigern verstand, aß sie bei den Mahlzeiten winzige Portionen, die nicht einmal ein kleines Kind gesättigt hätten. Auch vernachlässigte sie ihr Äußeres auf eine nahezu selbstzerstörerische Weise. Wenn sie nicht bis zum Nachmittag im Morgenrock herumhockte, zog sie sich jene alten unkleidsamen Sachen an, die sie noch vor kurzem dem ROTEN KREUZ hatte spenden wollen. In ihren durchgewetzten Pullovern, ihren zerschlissenen Röcken und ihren abgetragenen Mänteln, deren Nähte an den verschiedensten Stellen geplatzt waren, sah sie weitaus ärmlicher als manch eine Sozialhilfeempfängerin aus. Die Leute drehten sich nach ihr um und warfen Giggenbacher entrüstete Blicke zu, weil er seine Frau so abgerissen herumlaufen ließ. Zwar tat er so, als erheiterten ihn diese Blicke. Tatsächlich setzten sie ihm jedoch ärger zu, als er es sich eingestehen mochte. Er war froh, wenn ihm an regnerischen Tagen der Spaziergang an den Ufern des Teichs erspart blieb.

Doch auch wenn er sich zuhause aufhielt, war sein Dasein trostlos. Weil Bettina hauptsächlich ihren Kummer kultivierte, blieb ihm keine andere Wahl, als sie ständig zu bedauern. Ohne daß er Mitgefühl empfand, kamen ihm die mitfühlendsten Worte über die Lippen. Er nannte Bettina: meine Ärmste. Er bezeichnete sie als ein leidgeprüftes Wesen. Er ereiferte sich darüber, daß sie solche Seelenqualen durchzustehen hatte. Je nachdrücklicher er sie bedauerte, umso hartnäckiger versteifte sie sich darauf, die Rolle der tragischen Heldin zu spielen. Ihr Kummer machte sie unnahbar. Auch wenn sie neben Giggenbacher saß, thronte sie dank ihres Seelenschmerzes so hoch über ihm, daß er sich, sobald er ihre schlaffe Hand oder ihre bleiche Wange tätschelte, geradezu vermessen vorkam.

Er hatte das Gefühl, von ihr lediglich wie ein dienstbarer Geist geduldet zu sein, dessen Anwesenheit ihre Einsamkeit doch nicht verringern konnte. Wenn er es allerdings wagte, über einen Zeitungswitz zu lachen, musterte sie ihn entrüstet. Wenn er versehentlich zu pfeifen begann, verzerrte sich ihr Gesicht, als hätte er ihr einen Schlag versetzt. Nicht einmal die Rundfunknachrichten konnte er hören, ohne ihr Mißfallen zu erregen.

Seine Bemühungen, sie von ihrem Kummer abzulenken, blieben erfolglos. Sie weigerte sich, sich der Abwechslung halber irgendeine Fernsehsendung anzusehen. Auch lehnte sie es ab, von den Einladungen zu Vernissagen, Parties oder Autorenlesungen, die sie erhielt, Gebrauch zu machen. Die einzige Ablenkung, die sie akzeptierte, war die Lektüre von Beeses Roman, in die sie sich Giggenbachers Bitten und Protesten zum Trotz allabendlich vertiefte. Denn diese Lektüre gab ihrem Kummer neue Nahrung. Sie feierte wahre Orgien des Seelenschmerzes. Kaum daß sie ein paar Zeilen gelesen hatte, brach sie in Tränen aus. Eine eigentümliche Humorlosigkeit veranlaßte sie dazu, sogar über Textstellen zu weinen, die sie vor ihrem Bruch mit Beese als ausgesprochen komisch empfunden hatte.

Beeses Buch wurde für sie zu einer Bibel. Die von ihren Tränen benetzten Seiten fingen an, sich zu wölben. Weil sie das Buch fortwährend mit sich schleppte, gleichgültig, ob sie ins Wohnzimmer, in die Küche oder ins Badezimmer ging, wurde der honiggelbe Schutzumschlag immer fleckiger. Selbst Beeses Konterfei auf der Rückseite wurde in Mitleidenschaft gezogen. Ein Himbeersirupflecken leuchtete wie ein Furunkel neben dem Höcker auf seinem Nasenrücken. Und ein Bratensaucefleckenn bedeckte eines von seinen verschmitzten winzig kleinen Augen. Trotzdem störte Giggenbacher, der Bettina beim Lesen zu beobachten pflegte, immer noch das zweite, unbefleckte Auge von Beese. Eines Morgens sorgte er dafür, daß ein Senfflecken auch dieses zweite Auge den Blicken entzog.

Er verspürte eine diebische Freude darüber, daß der Senfflecken das Gesicht seines Nebenbuhlers unkenntlich machte. Doch diese Freude hielt nicht lange an. Bettina, die sehr erfinderisch war, wenn es galt, ihr Leid wachzuhalten, beschloß nämlich an diesem Tag, Beeses Roman in die Mülltonne zu werfen. Nach dieser Aktion, mit der sie die letzte Bindung an Beese zu zerreißen trachtete, erreichte ihr Gram einen ungeahnten Höhepunkt. Giggenbacher hatte alle Hände voll zu tun, um ihre entsetzlichen Vorhaben zu vereiteln.

Obwohl er bezweifelte, daß sie diese entsetzlichen Vorhaben ohne sein Eingreifen in die Tat umgesetzt hätte, fühlte er sich verpflichtet, sie an deren Ausführung zu hindern. Er hatte nämlich den Verdacht, daß sie es ihm nie verziehen hätte, wenn er ihre Absichten nicht durchkreuzt hätte. Auch ahnte er, daß er sie, falls er die Hände in den Schoß gelegt hätte, in eine arge Verlegenheit gebracht hätte. Deshalb entriß er ihr die verrostete Rasierklinge, mit der sie in einem sicheren Abstand von ihren Pulsadern in der Luft herumfuchtelte. Deshalb entwand er ihr das Tablettenröhrchen, mit dem sie so, als wisse sie nicht, in welchem Zimmer sie die Tabletten schlucken sollte, durch die ganze Wohnung lief. Deshalb stellte er sich zwischen sie und das Wohnzimmerfenster, auf das sie voller Todesverachtung zustürzte. Deshalb versteckte er den Autoschlüssel, ehe sie damit zur Wohnungstür eilen konnte. Deshalb mühte er sich, der brüchigen Wäscheleine habhaft zu werden, mit der sie sich ins Badezimmer einschließen wollte. Er tat mit einem Wort sein Menschenmögliches, ihre spektakulären Versuche sich umzubringen, zu hintertreiben, ehe sie an einem Mangel an Mut scheitern konnten.

Daß er sich so verhielt, als hege er an der Ernsthaftigkeit ihrer Absichten keinen Zweifel, schien ihr zu schmeicheln. Sie beruhigte sich rascher, als er es angesichts ihres aufwendigen Treibens gehofft hatte. Zum ersten Mal seit dem Bruch mit Beese legte sie ihm, Giggenbacher, gegenüber eine gewisse Freundlichkeit an den Tag. Allerdings handelte es sich dabei um eine Freundlichkeit, wie man sie willfährigen Lakaien gegenüber zeigt. Sobald Giggenbacher einen Annäherungsversuch wagte, schob sie ihn sanft, aber entschieden von sich.

Erst mußt du mich zurückgewinnen, sagte sie und sie lächelte ihn auf eine Weise an, die ihm verheißungsvoll erschien. Trotz seines Drängens verriet sie ihm jedoch nicht, wie er sie zurückgewinnen konnte.

Zunächst war er völlig ratlos. Er wußte nicht, was er anstellen sollte, um sie umzustimmen. Zudem fand er, daß er sich in der letzten Zeit sowieso mustergültig benommen hatte. Unentwegt hatte er Bettina bedauert. Unentwegt hatte er als Zuschauer hergehalten, der ihr den Gefallen erwies, die Stadien ihres gehätschelten Kummers vom diskreten Leid bis zur marktschreierischen Verzweiflung zu verfolgen, ohne in Anbetracht der Eintönigkeit dieses Schauspiels Ermüdungserscheinungen zu zeigen.

Obwohl er sich wenig davon versprach, brachte er ihr Blumensträuße mit, für die sie sich gelangweilt bedankte. Auch bedachte er sie mit Geschenken wie einem Seidentuch, einem Schallplattenalbum, einem Paar Ohrringen, einem Fläschchen Parfum und einem granatfarbenen Kaschmirpullover. Doch er erreichte damit bei Bettina, zu deren Untugenden die Habgier nicht zählte, absolut nichts.

Nachdem er hin und her überlegt hatte, wie er sie wohl zurückgewinnen könnte, kam ihm der Gedanke, daß sie möglicherweise von ihm erwartete, daß er um sie warb wie zu der Zeit, da er noch nicht mit ihr geschlafen hatte. Er mühte sich verbissen, mit ihr zu flirten. Doch seine Versuche, ein Techtelmechtel herbeizuführen, scheiterten kläglich. Bettina war über sein Verhalten lediglich befremdet. Auch die Komplimente, die er ihr machte, waren inzwischen durch eine zu häufige Wiederholung so abgedroschen, daß er sie besser für sich behalten hätte. Wenn er ihre kühlen, blaugrauen Augen mit Gletscherseen verglich oder wenn er ihre flammend roten Haare mit der Höllenglut in Verbindung brachte, lächelte sie nur verächtlich.

Er fühlte sich völlig hilflos. Obwohl sie ihn nicht am Schreiben hinderte, zog er sich nur noch in sein Zimmer zurück, wenn er das Gefühl hatte, daß er ihr lästig war. Er hatte nämlich die Erfahrung gemacht, daß sich ihre Einstellung zu ihm während der Zeit, in der er sich mit seinem Roman beschäftigte, rapide verschlechterte.

Statt sich schriftstellerisch zu betätigen, strich er mit einem unterwürfigen Lächeln um sie herum. Damit er sich nicht völlig überflüssig vorkam, ging er ihr bei der Hausarbeit zur Hand. Er war ihr beim Staubwischen behilflich. Er war ihr beim Aufhängen der Wäsche behilflich. Er war ihr beim Kartoffelschälen und beim Gemüseputzen behilflich. Unter ihrer Anleitung säuberte er den Küchenherd. Unter ihrer Anleitung wischte er den Badezimmerspiegel blank. Er schreckte Eier ab. Er hackte Zwiebeln. Er zerkleinerte Petersilie. Und bei all seinen Verrichtungen war er darauf bedacht, nichts falsch zu machen. Denn er legte den größten Wert darauf, von Bettina gelobt zu werden. Ungeachtet dessen, daß ihrem Lob etwas Herablassendes anhaftete, tat es ihm wohl. In seiner Anspruchslosigkeit empfand er es als Balsam.

Tatsächlich geizte Bettina nicht mit dem Lob. Häufig lobte sie ihn so ausgiebig, daß er in Verlegenheit geriet. Manchmal war er sich nicht sicher, ob er so viel Lob überhaupt verdient hatte. Dennoch wurde er nicht stutzig. Er kam nicht auf den Gedanken, daß sie ihn nur so hemmungslos lobte, damit er trotz der Primitivität seiner Verrichtungen den Eindruck hatte, eine Leistung vollbracht zu haben. Er kam auch nicht auf den Gedanken, daß sie ihn mit Lob überschüttete, um ihn glauben zu machen, daß zur Verrichtung der durchwegs simplen Hausarbeit besondere Fähigkeiten vonnöten seien.

Ohne argwöhnisch zu werden, fiel er auf ihr Lob herein. Wenn es ihm beispielsweise gelungen war, den Ausguß zum Glänzen zu bringen, war er nicht nur stolz, er war auch überzeugt davon, daß dies nicht jeder konnte. Obwohl er außerstande war zu definieren, welche Fähigkeiten für die Verrichtung von Hausarbeiten unabdingbar waren, zweifelte er nicht daran, daß ihm eine gute Fee diese undefinierbaren Fähigkeiten in die Wiege gelegt hatte. Er begriff nicht, daß er sie bislang hatte brach liegen lassen.

Um diese Fähigkeiten unter Beweis zu stellen, bügelte

er zum ersten Mal in seinem Leben ein Oberhemd. Daß ihm Bettina beim Anblick des gebügelten Oberhemdes, das nirgendwo versengt war, staunend gestand, daß sie ihm das nicht zugetraut hätte, stachelte ihn dazu an, tags darauf eine klumpenlose Mehlschwitze herzustellen. Mit der klumpenlosen Mehlschwitze setzte er Bettina erneut in Erstaunen.

Ohne ihre Hilfe stopfte er drei Paar Socken. Ohne ihre Hilfe zog er ein Gummiband durch den Bund einer Pyjamahose. Ohne ihre Hilfe nähte er einen abgerissenen Träger an einen von ihren Büstenhaltern. Ohne ihre Hilfe bereitete er eine Salatsauce zu, die sie so schmackhaft fand, daß sie ihn bei der Zubereitung der nächsten Salatsauce zurate zog.

Sein Entzücken darüber, daß er von ihr zurate gezogen worden war, veranlaßte ihn dazu, sie mit einem Krabbencocktail zu überraschen, den sie mit einer Andacht verzehrte, die jeden Kommentar überflüssig machte. Auch der Erfolg, den er mit einem Geflügelsalat hatte, konnte den Ehrgeiz nicht befriedigen, den Bettina in ihm wachgerufen hatte. An den Abenden las er nun nicht mehr belletristische Werke oder historische oder soziologische Abhandlungen. Er vertiefte sich ausschließlich in die Lektüre von Kochbüchern. Schließlich sperrte er Bettina, nicht ohne sich zuvor ausbedungen zu haben, daß er Salz verwenden durfte, an einem Sonntagvormittag aus der Küche aus.

Nachdem er dort fast drei Stunden lang herumhantiert hatte, servierte er ihr ein Menu, das aus einer Markklößchensuppe, Wiener Schnitzeln mit Petersilienkartoffeln sowie aus einer Erdbeerkaltschale bestand. Es schmeichelte ihm zwar, daß es ihr angesichts des Menus die Sprache verschlug. Doch war er davon überzeugt, daß er sehr viel schwierigeren Aufgaben gewachsen war. Fast geringschätzig bezeichnete er das Menu als gutbürgerlich. Der Drang, sich selbst zu überbieten, hatte ihn gepackt.

Es dauerte nicht lange, ehe er Bettina mit gefüllten Wachteln in Madeirasauce und flambierten Birnen verblüffte. Zu seiner Freude meinte sie, daß er, wenn er so weitermache, bald ein Restaurant eröffnen könne. Um sie nicht zu enttäuschen, tischte er ihr einen Tag später Fasanenpastete, Tournedos mit Sauce béarnaise und Pommes soufflées sowie ein Stachelbeersorbet auf. Sie schlang alles voller Gier in sich hinein. Aber sie machte bei weitem kein solches Aufhebens mehr um die Gerichte wie zuvor. Die anerkennenden Worte, die sie sich abrang, blieben so floskelhaft, daß Giggenbacher ein wenig gekränkt war.

Einzig und allein darauf bedacht, Bettina aus der Reserve zu locken, setzte er ihr im Verlauf von vierzehn Tagen unter anderem Seezunge in Weißweinsauce, Ente mit Kastanienfüllung, Schinken im Brotteig und Filet Wellington vor. Doch mußte er feststellen, daß er selbst mit dem Filet Wellington bei Bettina nicht mehr jenes ungläubige Staunen hervorrufen konnte, das seine simple Markklößchensuppe ausgelöst hatte. Offenbar hielt sie es mittlerweile für selbstverständlich, daß er die Vormittage in der Küche verbrachte.

Um ihr beizubringen, daß dies für ihn keine Selbstverständlichkeit war, kündigte er ihr am nächsten Vormittag an, daß er an diesem Tag nicht kochen würde. Überrascht, aber in aller Freundlichkeit fragte sie ihn, warum er nicht kochen würde. Er hatte das Gefühl, daß sie damit rechnete, daß er triftige Gründe anführen würde. Aber solche triftigen Gründe hatte er nicht parat. Die Arbeit an seinem Roman war dermaßen in Mißkredit geraten, daß er sie nicht zu erwähnen wagte.

Unter Aufbietung seines ganzen Mutes erwiderte er Bettina, daß er keine Lust zum Kochen habe. Sie starrte ihn so entgeistert an, daß er fürchtete, bei ihr erneut in Ungnade zu fallen.

Er könne selbstverständlich eine Büchse Frankfurter Würstchen aufwärmen, meinte er.

Obwohl er der Ansicht war, daß Bettina, die derzeit lediglich auf den Auftrag wartete, einen weiteren Film für das Kulturmagazin von Frau Mötzlich zu drehen, dies ebenfalls hätte tun können, wärmte er am Mittag nicht nur wie versprochen Frankfurter Würstchen auf. Seine halbherzige Rebellion endete damit, daß er obendrein einen pikanten Kartoffelsalat und eine Karamelcreme zubereitete.

Während er den Kartoffelsalat und die Karamelcreme verzehrte, verachtete er sich selbst wegen seiner Feigheit, die er bei sich beschönigend als Inkonsequenz bezeichnete. Die beleidigende Jovialität, die Bettina ihm gegenüber an den Tag legte, zeigte ihm nur zu deutlich, daß er in dem Machtkampf, der seit langem zwischen ihm und ihr im Gange war, eine Niederlage erlitten hatte. Allerdings beschwichtigte er sich, indem er sich sagte, daß diese Niederlage nicht endgültig sei. Er nahm sich vor, bei der nächstbesten Gelegenheit abermals aufzubegehren. Doch verschob er die Verwirklichung dieses Vorsatzes von einem Tag auf den anderen.

Mittag für Mittag trieb ihn die Angst vor Bettinas Vergeltungsmaßnahmen an den Herd. Dabei hatte das Kochen für ihn längst den Reiz der Neuheit verloren. Er betrachtete es als einen wahren Frondienst, Bettina und Josephine, die ihm wie Drohnen vorkamen, tagtäglich etwas Schmackhaftes vorsetzen zu müssen. Wenn er beobachtete, wie die beiden, die immer molliger wurden, seine Kost kommentarlos in sich hineinschlangen, gleichgültig, ob er eine Lammkeule oder lediglich ein Omelett zubereitet hatte, haßte er sie aus tiefstem Herzen.

Noch mehr haßte er hingegen sich selbst. Es widerte ihn an, daß er es nicht wagte aufzumucken. Er nannte sich einen Weichling, er schalt sich einen Duckmäuser. Sein Selbsthaß veranlaßte ihn dazu, sich tagelang nicht zu rasieren. Er machte sich die ärgsten Vorhaltungen, weil er so arglos und naiv gewesen war, Bettina zu beweisen, daß auch er kochen und sonstige Hausarbeiten verrichten konnte. Voller Gram sagte er sich, daß sie niemals auf den Gedanken gekommen wäre, ihm den Küchendienst aufzuhalsen, wenn er sich nicht durch ihre Lobessprüche dazu hätte verleiten lassen, sie mit jener verhängnisvollen Markklößchensuppe, mit jenen verhängnisvollen Wiener Schnitzeln und mit jener verhängnisvollen Erdbeerkaltschale zu überraschen. Er fand, daß sie ihn hereingelegt hatte.

Um sein Selbstgefühl zu heben, setzte er sich einen Termin, an dem er den Kochlöffel demonstrativ niederlegen wollte. Doch dieser Termin verstrich, ohne daß er sich zu den Protestaktionen aufgerafft hätte, die vonnöten gewesen wären, um ihn von seinem Joch zu befreien. Er maulte und murrte lediglich so leisetreterisch hinter Bettinas Rücken, daß diese völlig ahnungslos blieb. Sie wunderte sich nur, daß er an diesem Tag viel lauter als gewöhnlich mit den Töpfen schepperte. Aber sie wurde keineswegs stutzig. Auch die Tatsache, daß ihr am Mittag eine ein wenig zu wässrige Suppe, eine ein wenig zu salzige Rindsroulade und ein etwas klumpiger Schokoladenpudding vorgesetzt wurde, irritierte sie kaum. Schließlich konnte sie nicht wissen, daß Giggenbacher absichtlich zu viel Wasser in die Suppe gegossen, zu viel Salz auf die Rindsrouladen gestreut und zu wenig Milch mit dem Puddingpulver vermischt hatte. Auch erfuhr sie nie, daß er, um sich Luft zu machen, in die Sauce gespuckt hatte.

9

Mit fahrigen Bewegungen schüttete Giggenbacher zerkleinerte Champignons und zerkleinerte Gewürzgurken in eine große schwarze Pfanne, in der schon in Streifen geschnittene Ochsenfilets brutzelten. Fast kreischend ermahnte er Josephine, die auf dem Küchenboden mit ungekochten Nudeln spielte, zur Ordnung. Die häuslichen Pflichten, die ihm von Bettina, die seit vierzehn Tagen einen längeren Fernsehfilm über einen prominenten Dissidenten drehte, bedenkenlos aufgebürdet worden waren, wuchsen ihm über den Kopf. Seit vierzehn Tagen war er hauptsächlich damit beschäftigt, die größeren und kleineren Katastrophen zu verhüten, die Josephine ohne Unterlaß herbeizuführen drohte.

Mal mußte er sie daran hindern, die gesammelten Werke von Heinrich Heine in Fetzen zu reißen. Mal mußte er sie daran hindern, sich mit einer Nagelschere in die Zunge zu schneiden. Mal mußte er sie daran hindern, sich mithilfe einer Stricknadel das Augenlicht zu rauben. Sobald ihn die Hausarbeit davon abhielt, auf seine Tochter aufzupassen, verstand es diese, ihn erneut mit irgendeinem von der Unvernunft diktierten Unterfangen in Angst und Schrecken zu versetzen. Meist war er rechtzeitig zur Stelle, um derartige Unterfangen zu vereiteln. Gelegentlich kam er jedoch zu spät.

So war es Josephine dank seiner Unaufmerksamkeit nicht nur geglückt, sich Bettinas Nachtcreme einzuverleiben. Er hatte sie auch dabei ertappt, wie sie mit großem Appetit Brocken der Blumenerde verzehrte, in der die mehr und mehr absterbende Zimmerpalme wurzelte. Stundenlang hatte er vor den Folgen seiner Unaufmerksamkeit gezittert. Doch seine Tochter hatte die Nachtcreme und die Blumenerde ohne jegliche Komplikationen verdaut. Ja, zu seiner Verwunderung hatte sie sogar eine Handvoll weißer Hemdsknöpfe vertragen, die sie verschlungen hatte, ehe er sie an seine Oberhemden nähen konnte. Ein Stein war ihm vom Herzen gefallen, als er die Knöpfe vor zwei Stunden unversehrt in ihrem Töpfchen wiedergefunden hatte.

Mittlerweile war seine Erleichterung jedoch einem beträchtlichen Unwillen gewichen. Um Josephine für die ausgestandenen Ängste büßen zu lassen, herrschte er sie alle paar Minuten an, ohne daß es ihm gelang, sie einzuschüchtern. Sobald er sie auszankte, zeigte sie ihm mit einem Aufjauchzen, daß sie den Sinn seines Gezänks nicht begriff. Er war überzeugt davon, daß sie eine Tracht Prügel verdient hatte. Aber er wagte es nicht, gegen die Erziehungsrichtlinien von Bettina zu verstoßen. Immerhin hatte sie ihm in den schwärzesten Farben ausgemalt, welche Auswirkungen eine Ohrfeige namhaften Psychologen zufolge auf die kindliche Psyche haben konnte. Weil sie zudem behauptete, daß Eltern ihre Kinder nur schlagen würden, um ihre unterdrückten sadistischen Neigungen abzureagieren, begnügte er sich damit, Josephine ein wenig herumzuschubsen.

Je länger er auf sie aufpassen mußte, umso weniger war er imstande, für sie jene Zuneigung zu empfinden, die er in Bettinas Anwesenheit dadurch vorzutäuschen pflegte, daß er das Kind küßte und kitzelte. Tatsächlich widerte ihn Josephines unverwüstliche Gesundheit gleichermaßen an wie ihre Gefräßigkeit und ihr Unverstand. Kopfschüttelnd beobachtete er, wie sie mit einer törichten Ausgelassenheit Nudeln in die Luft warf.

Nicht zum ersten Mal stellte er fest, wie drall und plump sie war. Vor Wohlgenährtheit war ihre Haut so gespannt, daß man meinte, sie könnte jeden Augenblick platzen wie ein Wiener Würstchen, das in zu heißes Wasser gelegt worden war. Zumal ihre Backen waren so dick, daß sie ihre ohnehin kleinen, blaßblauen Augen verengten. Vom Kopf bis zu den Füßen war sie so rosig wie ein Spanferkel. Ihr Kinn verunzierten zumeist Hautaufschürfungen, die in den unterschiedlichsten Stadien der Heilung begriffen waren. Ihre Stirn und ihren mit flammend roten Haaren bedeckten Schädel verunstalteten violette oder gelblich-grüne Beulen, die sie ihrer tolpatschigen Vitalität zu verdanken hatte.

Obwohl sie sich laufend an den Ecken und Kanten von Möbelstücken stieß, obwohl sie immer wieder vom Bett, vom Sofa oder von einem der Sessel zu Boden stürzte, blieben ihre Bewegungen so unbedacht und zügellos, daß Giggenbacher den Eindruck hatte, sie zähle zu den Menschen, die auch der Schaden nicht klüger machen kann. Wenn er sie mit ihren Hautaufschürfungen und Beulen über den Fußboden kriechen oder Stehversuche unternehmen sah, fragte er sich häufig, wem sie wohl nachschlug. Manchmal argwöhnte er, daß es in Bettinas Verwandtschaft ein Trampel gegeben haben mußte, nach dem Josephine artete.

Er mühte sich, ihr gegenüber nicht ungerecht zu sein. Dennoch empfand er es als eine Zumutung, daß er Bettina gegenüber so tun mußte, als liebe er dieses Kind, dessen dümmliche Lebenslust ihm ein Dorn im Auge war. Er sah nicht ein, daß er eine so wenig liebenswerte Tochter lieben sollte, nur weil er sie gezeugt hatte. Daß er sie nicht verabscheute, rechnete er sich schon hoch an.

Denn er litt sehr darunter, daß sich sein eigen Fleisch und Blut als ein notorisch durchschnittliches Geschöpf entpuppt hatte, das nicht einmal den Reiz einer eindeutigen Häßlichkeit aufwies.

Sobald er Josephine betrachtete, sehnte er sich nach einer zarteren und vor allem intelligenteren Tochter, die er hätte vergöttern können. Wenn er sich mit ihr abgab, ahnte er, daß aus ihr vermutlich nur eine gute Hausfrau oder höchstenfalls eine Sparkassenangestellte werden würde. Er konnte bei ihr keinerlei Anzeichen von Originalität entdecken. Insgeheim verübelte er es ihr, daß sie nicht früher als andere Kinder zum ersten Mal gelächelt hatte, daß sie nicht früher als andere Kinder zum ersten Mal nach einem Gegenstand gegriffen hatte, daß sie nicht früher als andere Kinder auf dem Fußboden herumgekrochen war. Er sah voraus, daß sie auch das Laufen und das Sprechen nicht früher lernen würde als andere Kinder.

Bislang hatte sie ihm nicht den geringsten Anlaß gegeben, stolz auf sie zu sein. Bezeichnenderweise hatte sie noch keiner von seinen Freunden oder Bekannten reizend, entzückend oder gar zauberhaft genannt. Sie nannten sie allesamt nur drollig. Wenn es nach ihm gegangen wäre, hätte er das Kind lieber versteckt. Aber das hätte Bettina niemals zugelassen. Zu jeder Tages- und Nachtzeit führte sie Josephine ihren Gästen vor. Sie gab keine Ruhe, bis sich selbst Leute, die Hunde, Katzen oder Kanarienvögel Kindern vorzogen, eine halbwegs positive Äußerung abgerungen hatten.

Giggenbacher stand während solcher Vorführungen wahre Qualen aus. Ineinemfort geisterte ihm der Spruch DER APFEL FÄLLT NICHT WEIT VOM STAMM im Kopf herum. Er war überzeugt davon, daß die Plumpheit und die Unoriginalität seines Kindes sein

Ansehen nur schmälern konnten. Zudem erschien es ihm unbegreiflich, daß Bettina in ihrer Mutterliebe offensichtlich nicht merkte, daß Josephine mit allen Makeln der Mittelmäßigkeit behaftet war.

Allerdings konnte er sich des Eindrucks nicht erwehren, daß es sich bei dieser Mutterliebe um keine dauerhafte Empfindung handelte. Er hatte beobachtet, daß Bettinas Mutterliebe eher auftrat wie eine Kolik. Wenn sie die Mutterliebe überkam, putzte sie Josephine heraus, als wollte sie sie adoptieren lassen. Auch verausgabte sie sich damit, ihrer begriffsstutzigen Tochter etwas beizubringen. Mit einer Engelsgeduld zeigte sie ihr beispielsweise, wie man Winke-Winke macht. Wie man Bitte-Bitte macht, wollte sie dem Kind nicht beibringen. Denn sie fand, daß ihre Tochter eine derart subalterne Geste nicht zu kennen brauchte. Wenn sich ihre Mutterliebe gelegt hatte, konnte sie mit dem Kind wenig anfangen. Es fiel ihr schlichtweg auf die Nerven. Sie bezeichnete das Kinderhüten als frustrierend und klagte darüber, daß sie sich kein Kindermädchen leisten könne.

Auch derzeit hatte Giggenbacher das Gefühl, daß sie recht froh darüber war, daß sie sich dank ihres Fernsehfilms nicht um Josephine kümmern mußte. Obwohl die Dreharbeiten meistens schon am Nachmittag abgebrochen wurden, fuhr sie anschließend nie sofort nachhause. In aller Seelenruhe erörterte sie mit dem Dissidenten, über den sie den Fernsehfilm drehte, die Fragen, die sie am nächsten Tag vor der Kamera an ihn richten wollte. Auch hockte sie nach den Dreharbeiten mit dem Fernsehteam noch stundenlang in Kneipen herum. Das Herumhocken in Kneipen stellte sie Giggenbacher gegenüber als eine lästige Verpflichtung dar, der sie angeblich aus purer Leutseligkeit nachkam. Sie gab ihm zu verstehen, daß sie dem Kameramann, dem Assistenten des

Kameramanns, dem Tontechniker und dem Beleuchter nur beim Saufen Gesellschaft leiste, damit zwischen ihr und dem Fernsehteam jenes kollegiale Verhältnis entstehe, das für ein positives Arbeitsklima unabdingbar sei.

Wenn sie nachhause kam, erkundigte sie sich zwar bei Giggenbacher, was es Neues gäbe. Aber sie hörte ihm nur mit halbem Ohr zu, wenn er ihr die unerheblichen kleinen Ereignisse berichtete, die sich während ihrer Abwesenheit in der Wohnung, im Treppenhaus, im Selbstbedienungsladen, beim Bäcker, beim Metzger oder beim Gemüsehändler zugetragen hatten. Obwohl es ihm nicht entging, daß er sie langweilte, erzählte er ihr, wie viele Pyjamas und Latzhöschen er an diesem Tag gebügelt hatte. Ohne sich von ihrem Desinteresse irritieren zu lassen, erläuterte er ihr, warum er nicht zum Wäschewaschen oder zum Staubsaugen gekommen war.

Sein Leben war so eintönig geworden, daß er die nebensächlichsten Vorkommnisse als mitteilenswert empfand. Zumal das Einkaufen verhalf ihm zu kleinen Sensationen. Allabendlich brüstete er sich damit, wie preisgünstig er gewisse Nahrungsmittel erworben hatte. Mit einem selbstgefälligen Lächeln zeigte er Bettina ein Stück Gorgonzola, bei dem es sich um ein Sonderangebot handelte, und forderte sie auf zu raten, was dieser Käse gekostet hatte.

Das Sparen verschaffte ihm Hochgefühle. Wenn er von den Sonderangeboten im Selbstbedienungsladen Gebrauch machte, hielt er sich für einen Schlaumeier. Wenn er einen Schinkenrest zu einem reduzierten Preis hatte ergattern können, hatte er das Gefühl, ein Coup sei ihm geglückt. Die reduzierten Preise trieben ihn dazu, weitaus mehr zu kaufen als er, Bettina und Josephine tatsächlich brauchten. Häufig kaufte er etwas, für das er keine Verwendung hatte, nur weil es spottbillig war.

Obst, Gemüse und Salatköpfe verfaulten in der Küche, weil sie nicht so rasch gegessen werden konnten, wie sie gekauft worden waren. In der Speisekammer reihten sich Gläser mit Rotkohl, Reneкloden, Mirabellen und Aprikosen sowie Büchsen mit Sauerkraut, Erbsensuppe, Linseneintopf und Leipziger Allerlei. Inmitten seiner unbefriedigenden Situation vermittelten ihm die Vorräte, die er da gehortet hatte, ein trügerisches Gefühl von Sicherheit.

Ansonsten legte er den größten Wert darauf, daß er mit dem Haushaltsgeld auskam, das ihm Bettina allwöchentlich gab. Für die Beträge, die übrig blieben, erstand er Pralinen und Tortenstücke, die er mit Gewissensbissen, aber voller Naschsucht in sich hineinschlang. Gewissensbisse plagten ihn, weil er neuerdings dermaßen zunahm, daß er den Knopf am Hosenbund und den Reißverschluß am Hosenlatz offenstehen lassen mußte. Ein Strick, den er um seine aufgequollene Leibesmitte band, hinderte die Hose daran, über seine Hüften zu rutschen. Damit Bettina an diesem Strick keinen Anstoß nahm, verdeckte er ihn mit seinen Pullovern und Polohemden, unter denen bereits Ansätze zu kleinen wulstartigen Brüsten sichtbar waren.

Er wirkte so schlampig, daß es selbst gutmütige Menschen nicht mehr als salopp bezeichnen konnten. Weil es ihm gegen den Strich ging, beim Kochen eine Schürze zu tragen, waren seine Kleidungsstücke von oben bis unten mit Soja-Sauce, Worcester-Sauce, Tabasco-Sauce sowie mit Senf, Eigelb, Öl, Sahne und Sirup befleckt. Auch roch er nach Bratfett und Zwiebeln. Wenn er in den Spiegel schaute, sagte er sich voller Betroffenheit, daß er drauf und dran war, auf den Hund zu kommen.

Aus Furcht, daß ihm sein Gewicht einen Schock versetzen würde, stieg er nicht mehr auf die Waage, die im

Badezimmer stand. Dabei machten ihm seine wulstartigen Brüste noch ärger zu schaffen als sein Bauch und sein Doppelkinn. Er argwöhnte, daß er zu viele weibliche Hormone im Körper hatte. Täglich faßte er mindestens einmal den Vorsatz, sich einer Abmagerungskur zu unterziehen, damit er sich wieder ohne Selbsthaß, Ekel und Verachtung im Spiegel betrachten konnte. Und manchmal brachte er es tatsächlich fertig, einen halben Vormittag lang zu hungern. Er machte einen großen Bogen um den Eisschrank, die Speisekammer und die Tiefkühltruhe. Mit knurrendem Magen knabberte er an einer Paprikaschote oder an einem Knäckebrot herum. Doch kaum daß er den Selbstbedienungsladen betreten hatte, übte das Regal mit den Süßigkeiten eine Sogwirkung aus, der er nicht widerstehen konnte. Ehe er sich's versah, war er schon dabei, Schokolade und Konfekt in sein Einkaufswägelchen zu packen. Solche Näschereien bildeten den einzigen Lichtpunkt in seinem freudlosen Dasein.

Obwohl er immer behauptet hatte, daß er gern allein sei, fühlte er sich einsam, so lange Bettina wegen der Dreharbeiten außerhauses war. Während sie mit vielen Leuten zusammenkam, hatte er es nur mit Verkäuferinnen und mit den Hausfrauen zu tun, die am Gemüsestand, am Käsestand und am Fleischstand ihre Einkäufe tätigten. Einkaufen war für ihn die einzige Abwechslung innerhalb eines täglichen Einerleis, da die Zeit so lähmend langsam verstrich, daß er den Eindruck hatte, der Tag hätte statt vierundzwanzig mindestens achtundvierzig Stunden.

Je langsamer die Zeit verging, umso häufiger sah er auf seine Armbanduhr. Und jedesmal, wenn er auf die Uhr schaute, war er darüber bestürzt, daß es noch so früh war. Voller Ungeduld wartete er auf Bettinas Rückkehr. Doch wenn sie endlich auftauchte, zeigte sie für seine häuslichen Sorgen und Nöte nur so wenig Verständnis, daß er sich fast noch verlassener vorkam als zuvor. Sobald er sich beklagte oder gar mit seinem Schicksal zu hadern begann, wurde sie ärgerlich. Ihr erschien die Tatsache, daß er es tagsüber nur mit Verkäuferinnen und Hausfrauen zu tun hatte, bei weitem nicht so gravierend wie die Tatsache, daß sie sich als Frau unter lauter Männern behaupten mußte, die nur darauf warteten, daß ihr ein Fehler unterlief, der dazu angetan war, deren uneingestandene Vorurteile zu bestätigen.

Der einzige, der sie wie eine gleichberechtigte Partnerin behandelte, war der prominente Dissident, ein gewisser Ludolf Sühlchen, dessen Wissen um die Mißstände in sozialistischen Ländern sie so beeindruckend fand, daß sie Giggenbacher schon mehrfach gefragt hatte, ob sie Sühlchen nicht zum Abendessen einladen sollte. Weil er es einerseits unter seiner Würde fand, für einen Dissidenten ein Abendessen zuzubereiten, hatte er nicht ja gesagt. Weil er andererseits jedoch fürchtete, daß er Bettina mit einer Weigerung nur erbosen würde, hatte er auch nicht nein gesagt. Er hatte sie in der Hoffnung, daß sie die Angelegenheit vergessen würde, hingehalten. Aber Bettina war die letzte, die etwas, das sie sich in den Kopf gesetzt hatte, vergessen hätte. Ohne sich seiner Zustimmung zu versichern, hatte sie Sühlchen zum Abendessen eingeladen.

Ein Gespräch mit ihm kann deinen Horizont nur erweitern, hatte sie zu Giggenbacher gesagt.

Dieser glaubte nicht, daß der Dissident zu den Menschen zählte, die zur Erweiterung seines Horizonts beitragen konnten. Er sah es voraus, daß Sühlchen versuchen würde, ihn zum Antikommunismus zu bekehren. Der Dissident war nämlich wegen seiner missionarischen Bekehrungswut und wegen seiner pfäffischen Geschäftigkeit berüchtigt. Von einer Begegnung mit ihm versprach sich Giggenbacher nichts Gutes.

Dennoch war er mittlerweile seit über zwei Stunden damit beschäftigt, für Sühlchen ein warmes Abendessen zuzubereiten, das aus einer Spargelcremesuppe, einem Filet Stroganoff und einer Götterspeise bestand. Wäre es nach ihm gegangen, hätte er den Dissidenten mit Preßsack und Bratkartoffeln abgespeist. Nur weil Bettina den größten Wert darauf gelegt hatte, daß Sühlchen wie ein Ehrengast bewirtet wurde, hatte er, Giggenbacher, sich schließlich nachgiebig gezeigt. Nun, da das Menu nur noch aufgetragen werden mußte, bereute er es zutiefst, daß er sich solche Mühe gemacht hatte. Es wäre ihm lieber gewesen, wenn ihm Bettina die Begegnung mit Sühlchen erspart hätte. Er fürchtete, daß sie dem Dissidenten den Eindruck vermittelt haben könnte, er, Giggenbacher, sei erpicht darauf, ihn, Ludolf Sühlchen, kennenzulernen. Dies wäre ihm höchst peinlich gewesen. Denn alles, was er aus Presseberichten, Rezensionen oder Fernsehdiskussionen über den Dissidenten erfahren hatte, widerte ihn an.

Er hatte nicht vergessen, daß Sühlchen einzig und allein dadurch, daß ihn die Regierung seines sozialistischen Heimatlandes ausgebürgert hatte, zu Ruhm und Wohlstand gelangt war. Vor seiner Ausbürgerung hatte kein Hahn nach ihm gekräht. Von dem Roman, den er verfaßt hatte, hatte sein hiesiger Verleger nicht einmal dreihundert Exemplare verkauft. Mit seiner Ausbürgerung hatte Sühlchen indes Schlagzeilen gemacht. Tagelang hatte diese Ausbürgerung, in deren Verlauf Sühlchen seinen eigenen, unbestätigten Angaben zufolge mit Fausthieben und Würgegriffen in ein Zugabteil befördert worden war, ehrbare Bürger in Empörung versetzt. Zumal jene Zeitgenossen, denen es im allgemeinen völlig gleichgültig war, wenn fremden Menschen Unrecht geschah, hatten sich über Sühlchens Ausbürgerung und insbesondere über eine zehn Zentimeter lange Kratzwunde, die er sich bei der Ausbürgerung zugezogen haben wollte, so ereifert, als seien sie selbst ausgebürgert worden. Die Kratzwunde, von der Photos in allen wichtigen Zeitungen publiziert wurden, war wie ein Stigma bestaunt worden. Daß sie im Lauf von wenigen Tagen spurlos verheilt war, hatten die meisten Mitbürger insgeheim bedauert. Denn diese Kratzwunde war allgemein als ein über jeden Zweifel erhabener Beweis für die viehische Gewalttätigkeit des Regimes betrachtet worden, das Sühlchen gnadenlos abgeschoben hatte.

Weil Sühlchen in seinem sozialistischen Heimatland als Staatsfeind galt, war er hierzulande als Freiheitskämpfer gefeiert worden, obwohl er nie auf eine Barrikade gestiegen war. Seinen Roman, der übernacht zum Bestseller wurde, hatte man sich aus den Händen gerissen. Nicht einmal in linksgerichteten Kreisen hatte man den Verdacht zu äußern gewagt, daß es Sühlchen, beeindruckt von den Erfolgen der Dissidenten, die vor ihm ausgebürgert worden waren, aus reinem Karrierismus auf seine Ausbürgerung angelegt hatte. Wer die Integrität des geschäftstüchtigen Ludolf Sühlchen infrage gestellt hatte, war als ein Verleumder bezeichnet worden. Wer die immensen Vorteile, die eine Ausbürgerung für den Ausgebürgerten mit sich brachte, auch nur erwähnt hatte, hatte sich den Verfolgungen der Anhänger dieses sogenannten Freiheitskämpfers ausgesetzt.

Doch nicht nur als Freiheitskämpfer war Sühlchen gefeiert worden. Im Kulturbetrieb war er aufgrund seiner Ausbürgerung, die er mithilfe einer gegen die Regierung seines Heimatlandes gerichteten Diffamierungskampagne erreicht hatte, von Anfang an förmlich auf Händen getragen worden. Ungeachtet dessen, daß er nichts als den besagten Roman vorzuweisen hatte, dessen Titel AGONIE DER FREIHEIT lautete, war ihm eilfertig der Rang eines begnadeten Dichters zugesprochen worden, den man getrost in einem Atemzug mit Proust nennen durfte. Die Furcht, als kommunistische Sympathisanten gebrandmarkt zu werden, hatte auch diejenigen, die seine Prosa miserabel fanden, daran gehindert, sich kritisch darüber zu äußern.

Niemand hatte das Geschick jenes tollkühnen jungen Lyrikers teilen wollen, der es auf seine Kappe genommen hatte, den Roman des Freiheitskämpfers Ludolf Sühlchen zu verreißen. Denn dieser Lyriker war zu einem Gesinnungslumpen gestempelt worden. Die Verfechter der freien Meinungsäußerung hatten ihn mit allen Mitteln, die der Zweck heiligte, mundtot gemacht. Um kein Schattendasein fristen zu müssen, hatten sich selbst die fortschrittlicheren Kritiker jeglichen Kommentars zu Sühlchens Prosa enthalten. Gehorsam hatten sie jene Protestaufrufe unterzeichnet, in denen die Schriftsteller und Intellektuellen des Landes, die nicht als Gesinnungslumpen gelten wollten, die Ausbürgerung Sühlchens in schärfster Form verurteilt hatten.

Kaum daß er zum Opfer eines Unrechtsstaates gekürt worden war, hatten die federführenden Persönlichkeiten im Kulturbetrieb ihren ganzen Stolz darein gesetzt, Sühlchen Literaturpreise zu verleihen, die ihm das leidvolle Los eines Ausgebürgerten erleichtern sollten. Je mehr sie ihn geehrt und ausgezeichnet hatten, umso unersichtlicher war es geworden, worin das Leid dieses Ausgebürgerten, der die elegantesten Maßanzüge trug und immer feister wurde, eigentlich bestand.

Trotzdem wagte es auch derzeit keiner, öffentlich zu erwähnen, was die Ausbürgerung Sühlchen alles eingebracht hatte. Er hatte dieser Ausbürgerung nämlich nicht nur eine hochherrschaftliche, honiggelbe Villa mit Swimmingpool, Solarium und Sauna zu verdanken, die den Ausblick auf den Teich bot, an dessen Ufer Giggenbacher fast täglich mit Josephine spazierenging. Dank seiner Ausbürgerung besaß er obendrein einen Bungalow auf einer Nordsee-Insel, ein dickes Aktienpaket, eine bergblaue Segeljacht und einen silbergrauen Mercedes, der von einem sächsischen Chauffeur gesteuert wurde, gegen den in seinem Heimatland ein Ermittlungsverfahren wegen Spionageverdachts lief. Außer diesem Chauffeur hatte Sühlchen eine ungarische Haushälterin, eine polnische Zugehfrau und einen tschechischen Gärtner angestellt. Diese dienstbaren Geister, die sich gegenseitig dazu beglückwünschten, daß sie für einen prominenten Ausgebürgerten untergeordnete Arbeiten verrichten durften, trugen Sorge dafür, daß Sühlchens Anwesen in dessen Abwesenheit nicht verwahrlosten.

Obwohl Sühlchen ohne seine Ausbürgerung niemals zu einem solchen Wohlstand gelangt wäre, war er ständig unterwegs, um gegen diese Ausbürgerung zu protestieren. Er protestierte wohl einerseits dagegen, weil er sich das Wohlwollen seiner Anhänger und seiner Förderer erhalten wollte, die aus allen Wolken gefallen wären, wenn er sich geweigert hätte, auch weiterhin die Rolle des Opfers eines Unrechtsstaats zu spielen. Andererseits protestierte er ganz offensichtlich gegen seine Ausbürgerung, weil keinerlei Gefahr bestand, daß er mit seinen Protesten das geringste erreichte.

Unentwegt reiste er mit seinen vandyckbraunen Krokodillederkoffern durch das Land und setzte seine Zuhörerschaft auf Tagungen, Kongressen, Lesungen, Fernsehdiskussionen und Poesiefestivals, wo er atemberaubende Honorare kassierte, davon in Kenntnis, welches Unrecht ihm von einer kommunistischen Regierung zugefügt worden war. Weil er es nicht müde wurde, Greuelmärchen über sein Heimatland zu verbreiten, wurde er immer wieder eingeladen. Trotz seiner eleganten Maßanzüge und trotz seines immer feister werdenden Gesichts verstand er es so meisterhaft, den Entwurzelten herauszukehren, daß jedermann vor Mitgefühl feuchte Augen bekam. Wenn er auf das Kaff zu sprechen kam, nach dem er Heimweh zu haben vorgab, rührte er selbst gefühlskalte Industriellengattinen zu Tränen.

Wie ein Handlungsreisender war er in Sachen Ausbürgerung auf den Beinen. Überall ließ er ein Häuflein Empörter zurück, die lieber tot als rot sein wollten. Es kam selten vor, daß er allein in Erscheinung trat. Die Frauen rissen sich darum, ihn zu bemuttern. Meist wurde er auf seinen Reisen und bei seinen Besorgungen von Buchhändlerinnen, Redakteurinnen, Kritikerinnen, Dozentinnen, Germanistikstudentinnen oder Abiturientinnen begleitet, die es als eine Ehre betrachteten, wenn sie sein vandyckbraunes Aktenköfferchen aus Krokodilleder, seinen vandyckbraunen Regenschirm mit dem Platin-Griff oder zumindest die in seinem Heimatland erscheinenden Zeitungen und Zeitschriften tragen durften, deren Lektüre ihn zu seinen Greuelmärchen inspirierte. Mittlerweile hatte es sich allerdings herumgesprochen, daß seine Beziehungen zu diesen weiblichen Wesen keineswegs sexueller Art waren. Er schien es ganz einfach für eine Prestigefrage zu halten, daß er trotz seines kleinen Wuchses, trotz seiner Beleibtheit und trotz seiner Krummbeinigkeit stets von ehrfürchtigen Verehrerinnen umgeben war, die an seinen Lippen hingen.

Seine heimlichen Gegner, denen es der Selbsterhaltungstrieb verbot, ihn offen anzugreifen, zerbrachen sich den Kopf über sein Triebleben. Einige von ihnen mutmaßten, daß er impotent sei. Andere wiederum brachte die reinrassige Dogge, die der Dissident sein eigen nannte, auf den Gedanken, daß Sühlchen Sodomit sei. Doch die Gerüchte, die böse Zungen diesbezüglich verbreiteten, schadeten Sühlchen in keiner Weise. Vielmehr ließ das Gemunkel, daß er Sodomit sei, das allmählich nachlassende Interesse an seiner Person von neuem aufleben.

Es waren nicht die Lästermäuler, die Sühlchen schadeten. Es waren Dissidenten wie er, die seinem Ruhm Abbruch taten. Jedesmal, wenn ein frischgebackener Ausgebürgerter Schlagzeilen machte, machten Sühlchen Magenkrämpfe zu schaffen. Ohnmächtig mußte er zusehen, wie er von den Dissidenten, die, beeindruckt von seinem Erfolg, nach ihm ihre Ausbürgerung angezettelt hatten, überrundet wurde. Ohnmächtig mußte er zusehen, wie sie ihre Ausbürgerung ausschlachteten. Ohnmächtig mußte er zusehen, wie sie als Freiheitskämpfer gefeiert und als Opfer eines Unrechtsstaats hofiert wurden, wie sie in Sachen Ausbürgerung durch das ganze Land reisten und gegen ihre Ausbürgerung protestierten, während seine Ausbürgerung mehr und mehr an Aktualität verlor. Weil er es ihnen nicht verbieten konnte, daß sie seinem Beispiel folgten, blieb ihm keine andere Wahl, als sich mit diesen frischgebackenen Ausgebürgerten, die er durchschaute wie sie ihn durchschauten, solidarisch zu erklären. Ungeachtet dessen, daß sie ihm das Wasser abgruben, hielt er es für ratsam, ihnen als Entwurzelter unter Entwurzelten brüderlich unter die Arme zu greifen.

Um sich ins Gespräch zu bringen, holte er bald diesen, bald jenen Ausgebürgerten, kaum daß der zum erstenmal die Luft der westlichen Freiheit eingeatmet hatte, von der Grenze ab. Er bot bald diesem, bald jenem Ausgebürgerten in seiner hochherrschaftlichen Villa Unterkunft oder, wie er sich auszudrücken beliebte: Brot, Tee und Bett. Damit erreichte er immerhin, daß seine Ausbürgerung in der Presse nochmals am Rande erwähnt wurde. Doch er konnte es nicht verhindern, daß seine Anhänger zu Dissidenten überliefen, deren Ausbürgerung noch nicht verjährt war. Bei seinen Veranstaltungen waren die Säle längst nicht mehr überfüllt. Oftmals blieb ihm der Anblick leerer Sitzplätze nicht erspart. Um seine Ausbürgerung künstlich aufzuwerten, schrieb er zwar einen Roman über deren Folgen. Aber dieser Roman, der den Titel JENSEITS DER SCHANDMAUER hatte, wurde nur kurzfristig an letzter Stelle auf den Bestsellerlisten angeführt.

Während es kurz nach seiner Ausbürgerung, die ihm den Zugang zu den besten Kreisen eröffnet hatte, Sühlchens Hauptbeschäftigung gewesen war, Kanzlerkandidaten, Ministern, Konzernherrn, Bankiers, Nobelpreisträgern, Botschaftern, Dirigenten und Intendanten die Hände zu schütteln, traf man ihn neuerdings auf Parties von Kulturdezernenten, Redakteuren oder Lektorinnen. Die Tatsache, daß er Bettinas Einladung zum Abendessen angenommen hatte, zeugte weniger von seiner Vorurteilslosigkeit als von seinem unaufhaltsamen Abstieg. Dies erriet Giggenbacher in seinem Hang zur Selbstzerfleischung instinktiv. Ohne daß er es sich so unumwunden eingestanden hätte, ahnte er, daß Sühlchen ihm und Bettina die Ehre seines Besuchs lediglich zuteil werden ließ, weil er es sich nicht mehr leisten konnte, seinen Umgang betreffend so wählerisch wie früher zu sein.

Wie er sich diesem abgewirtschafteten Prominenten gegenüber verhalten sollte, der sich mit Händen und Füßen dagegen sträubte, in Vergessenheit zu geraten, war

Giggenbacher recht unklar. Nervös schaute er auf seine Armbanduhr. Er stellte fest, daß sich Bettina und Sühlchen bereits um zwanzig Minuten verspätet hatten. Voller Groll hob er die Deckel der Kochtöpfe hoch, in denen die Spargelcremesuppe, das Filet Stroganoff und der Reis zu verkochen begannen. Der Dampf, der aus den Töpfen stieg, beschlug seine Brillengläser. Nachdem er sie mit seinem Taschentuch blankgewischt hatte, blickte er an sich herab.

Zu seiner Überraschung entdeckte er an seinem Polohemd und an seinen Bluejeans nicht nur die üblichen Öl-, Eigelb-, Senf- und Sauceflecken, sondern zudem zahlreiche Blutflecken, die offensichtlich beim Zerschneiden der rohen Filetsteaks an diese Kleidungsstücke geraten waren. Mit dem Bewußtsein, daß er sich so nicht sehen lassen konnte, stürzte er zu dem Kleiderschrank, der sich im Schlafzimmer befand. Er entnahm dem Schrank gerade ein frisches Hemd, als ihm ein dreimaliges Klingelzeichen Bettinas und Sühlchens Ankunft ankündigte. Kopflos eilte er zur Wohnungstür. Doch ehe er diese Tür öffnen konnte, wurde sie von außen aufgestoßen. Zu seiner Verwunderung hielt es Bettina allem Anschein nach für angemessen, dem Dissidenten und dessen bedrohlich knurrender Dogge den Vortritt zu lassen.

Sühlchen trat ohne zu zögern als erster in die Diele. In seinem maßgeschneiderten silbergrauen Paletot, unter dem er einen silbergrauen Maßanzug und eine möglicherweise ebenfalls maßgeschneiderte silbergraue Krawatte trug, wirkte er wie verkleidet. Denn die Eleganz seiner Aufmachung, die eine Platin-Krawattennadel mit drei erbsengroßen Smaragden zusätzlich betonte, wurde durch seinen kleinen Wuchs, durch seine Beleibtheit und durch seine Krummbeinigkeit auf eine hinterhältige

Weise untergraben. Daran änderten auch die erhöhten Absätze seiner Schuhe nichts, die ihn um zwei lumpige Zentimeter größer machten. Selbst wenn er diese Absätze um ein paar weitere Zentimeter hätte erhöhen lassen, wäre er ein Dreikäsehoch geblieben.

Wie viele kleine Menschen hielt er sich auf eine Weise aufrecht, der etwas Lächerliches anhaftete. Er erweckte den Eindruck, als sei er fortwährend im Begriff, sich nach einer für ihn unerreichbaren Decke zu strecken. Selbst als er Giggenbacher begrüßte, erlaubte er es sich nicht, seinen fast kugelrunden Kopf, der zu groß war, um mit seinem kurzen Körper zu harmonieren, nickend zu senken. Ohne auf ihn zuzugehen, hielt er Giggenbacher seine Hand hin. Weil dieser jedoch im gleichen Augenblick vor der noch immer bedrohlich knurrenden Dogge zurückwich, die möglicherweise durch die Blutflecken an seiner Kleidung gereizt wurde, kam es zu keinem Händedruck.

Mit einem schulmeisterlichen Kopfschütteln ließ Sühlchen seine Hand sinken. Er dachte offensichtlich nicht daran, das zähnefletschende Tier zur Ordnung zu rufen. Er dachte auch nicht daran, seinen Liebling am Halsband zurückzuzerren, das nicht anders als die Krawattennadel des Dissidenten aus Platin bestand und mit drei erbsengroßen Smaragden besetzt war.

Haben Sie etwa Angst vor Hunden, erkundigte er sich.

Ich habe nur vor bissigen Hunden Angst, meinte Giggenbacher.

Mein Hund ist kein bissiger Hund, erwiderte Sühlchen.

Er beißt nur, wenn ich ihm den Befehl dazu erteile, fügte er hinzu, indem er seinen Paletot an einen der Garderobenhaken neben der Wohnungstür hängte.

Ich hoffe, daß Sie an diesem Abend keine derartigen Befehle erteilen werden, meinte Giggenbacher, bemüht, seine Furcht vor der Dogge mit einem Scherz zu kaschieren.

Aber Sühlchen lächelte nicht einmal höflichkeitshalber.

Ich erteile solche Befehle grundsätzlich nur, wenn ich dazu gezwungen werde, entgegnete er, ehe er Giggenbacher und Bettina den Gehorsam seines Hundes dadurch demonstrierte, daß er das Tier, das wie er nach einem herben Herrenparfum roch, sich niederzusetzen hieß. Die Dogge gehorchte zwar unverzüglich. Doch kaum daß sie ihren Gehorsam bewiesen hatte, fing sie an, Sühlchens Hosenlatz so hingebungsvoll zu belecken, daß der Dissident in Verlegenheit geriet.

Nachdem er vergebens versucht hatte, das aufdringliche Tier abzuwimmeln, erkundigte er sich mit einer backfischhaften Verschämtheit, wo er sich mal eben die Hände waschen könne. Bettina führte ihn sogleich zum Badezimmer, dessen Tür er nicht nur abschloß, sondern zudem verriegelte. Danach war von ihm eine Viertelstunde lang weder etwas zu sehen noch etwas zu hören.

Zunächst machten sich die Giggenbachers keine Gedanken darüber, daß der Dissident zum Säubern seiner fleischigen roten Hände weitaus länger brauchte als andere Leute. Es fiel ihnen auch nicht auf, daß nicht einmal das Plätschern des Wassers zu hören war. Bettina nutzte die Abwesenheit des Dissidenten, um Giggenbacher flüsternd wegen seines ungepflegten Äußeren abzukanzeln. Giggenbacher, der sich fragte, ob Sühlchen nicht vielleicht doch ein Sodomit sei, nutzte die Abwesenheit des Dissidenten, um in der Küche, wo er Josephine inmitten von Nudeln auf den Fußbodenfliesen schlafend vorfand, nach dem Rechten zu sehen. Nachdem er die Herdplatten unter den dampfenden Töpfen ausgeschaltet hatte, trug er seine Tochter zu ihrem Bettchen und deckte sie zu, ehe er leise die Kinderzimmertür schloß, vor der ihn Bettina bereits erwartete. Aufgeregt deutete sie auf die noch immer verschlossene und verriegelte Badezimmertür.

Ich frage mich, was er da drinnen treibt, flüsterte sie Giggenbacher zu, der sich ebenfalls über das eigenartige Verhalten des Dissidenten zu wundern begann.

Auf Zehenspitzen näherte er sich der Badezimmertür. Aber er konnte noch immer kein Geräusch vernehmen, das ihm Sühlchens Treiben betreffend einen Anhaltspunkt geboten hätte. Er sagte sich, daß Sühlchen die Behauptung, daß er sich die Hände waschen wolle, ganz offensichtlich nur als Ausrede gebraucht hatte, um sich in Muße irgendeiner mysteriösen Tätigkeit widmen zu können, die allem Anschein nach völlig geräuschlos zu verrichten war.

Die unerklärliche Stille, die im Badezimmer herrschte, beunruhigte Giggenbacher mehr und mehr. Auf die Gefahr hin, von Sühlchen beim Lauschen ertappt zu werden, legte er das Ohr an die Türfüllung. Er meinte, den Dissidenten leise und hechelnd atmen zu hören. Aber er war sich nicht sicher, ob er sich das nicht nur einbildete. Die Vorstellung, daß Sühlchen, ehe er überhaupt dazu gekommen war, sich die Hände zu waschen, einen Schwächeanfall, einen Schlaganfall oder gar einen Herzinfarkt erlitten haben könnte, trieb ihm den Schweiß auf die Stirn. Er fragte sich, ob er vielleicht den dumpfen Aufprall des beleibten Körpers des Dissidenten auf dem Kachelboden des Badezimmers überhört hatte. Es wäre ihm höchst peinlich gewesen, wenn es sich herausstellen sollte, daß Sühlchen ausgerechnet in diesem Badezimmer seinen letzten Atemzug getan hatte.

Ratlos sah er Bettina an, die mit einem eher pikierten als ängstlichen Gesichtsausdruck einen Meter von ihm entfernt in der Diele stand. Die Stille im Badezimmer erschien ihm dermaßen beklemmend, daß er Herzklopfen bekam. Der Dissident konnte längst im Koma liegen. Für einen Augenblick war Giggenbacher drauf und dran, an die Badezimmertür zu klopfen und sich nach Sühlchens Befinden zu erkundigen. Allein die Furcht, daß der Dissident, falls er wohlauf war, eine solche Störung bei einer vermutlich seine Intimsphäre betreffenden Beschäftigung als ungehörig betrachten könnte, hielt ihn davon ab. Er wagte es weder, Bettina seine diversen Mutmaßungen mitzuteilen, noch wagte er es, sich von der Badezimmertür zu entfernen. Er wollte zur Stelle sein, damit er gegebenenfalls auf einen auch noch so unterdrückten Hilfeschrei des Dissidenten hin die Tür aufbrechen konnte.

In Habachtstellung stand er vor der Badezimmertür. Erst als Bettina voller Nachdruck auf das Schlüsselloch deutete, ermannte er sich zu einer Indiskretion, die ihm sein Feingefühl unter anderen Umständen verboten hätte. Er beugte sich hinab zu diesem Schlüsselloch und schaute ins Badezimmer. Er rechnete mit dem Schlimmsten. Dennoch raubte ihm der Anblick, der sich ihm bot, kurzfristig die Fassung, obwohl es sich dabei nur um einen kümmerlichen Ausschnitt handelte. Denn dieser Ausschnitt zeigte ihm den kugelrunden, stark geröteten Kopf des Dissidenten, der offensichtlich rücklings auf dem Fußboden des Badezimmers vor der Badewanne lag und mit einem entrückten Gesichtsausdruck in ein Taschentuch biß, das genauso silbergrau war wie sein Paletot, sein Anzug und seine Krawatte. Er lag so reglos da, als wäre er gefesselt worden. Nur seine Augen traten weiter und weiter aus den Höhlen. Als sie auf eine beängstigende Weise hervorquollen, riß er sich plötzlich mit einem Ruck das Taschentuch, mit dem er sich geknebelt hatte, aus seinem Mund und stieß einen Seufzer aus, der eher wohlig als jammernd klang.

Ohgottohgottchen, sagte er, bevor er mit einer Behendigkeit aufstand, die Giggenbacher einem so korpulenten Menschen nicht zugetraut hätte. Ohnehin war er dermaßen entgeistert über das absonderliche Schauspiel, das ihm Sühlchen unfreiwillig geboten hatte, daß er es versäumte, sich rechtzeitig von der Badezimmertür zu entfernen. Als der Dissident den Türriegel nicht einmal sonderlich unvermittelt zurückschob, stand er noch immer in der verwerflichen Pose eines Voyeurs vor der Tür.

Ich verbitte mir, daß Sie mich bespitzeln, rief der Dissident, der, während Giggenbacher bis zu den Haarwurzeln errötete, keinerlei Anzeichen von Scham zeigte, in einem scharfen Tonfall.

Wir befinden uns hier nicht in einem Überwachungsstaat, fügte er hinzu.

Ich wollte Ihnen lediglich zu Hilfe eilen, erwiderte Giggenbacher.

Was in aller Welt hat Sie denn auf den Gedanken gebracht, daß ich Ihre Hilfe nötig hätte, erkundigte sich Sühlchen.

Mich hat die Tatsache beunruhigt, daß eine Viertelstunde lang im Badezimmer nicht das leiseste Geräusch zu hören war, sagte Giggenbacher.

Heißt das, daß Sie die ganze Zeit über an der Badezimmertür gelauscht haben, fragte der Dissident, der sich allem Anschein nach dadurch, daß er Giggenbacher ins Unrecht zu setzen suchte, reinwaschen wollte.

Ich habe nicht aus Neugier gelauscht, rief der letztere nun ausgesprochen ärgerlich.

Ich habe lediglich mein Ohr an die Türfüllung gelegt,

weil ich den Eindruck hatte, daß Ihnen etwas zugestoßen sei, fuhr er fort.

Aber Sühlchen brachte ihn mit einem kurzen, kehligen Auflachen zum Verstummen.

Ich muß Ihnen gestehen, daß Sie mich nicht von der Lauterkeit Ihrer Absichten überzeugen können, sagte er. Ich halte Ihre Äußerungen, offen gesagt, für nichts anderes als faule Ausreden.

Warum sollte ich denn, falls ich Ihnen nicht zu Hilfe eilen wollte, Ihrer Meinung nach durch das Schlüsselloch geschaut haben, fragte Giggenbacher aufgebracht.

Das liegt doch auf der Hand, rief Sühlchen.

Glauben Sie etwa, daß es mir Lustgefühle verschaffen würde, fremden Menschen bei ihren intimen Verrichtungen zuzusehen, stieß Giggenbacher hervor.

Ich würde gegen die Höflichkeitsformen verstoßen, wenn ich Ihnen diese Frage wahrheitsgetreu beantworten würde, erwiderte Sühlchen.

Trotzdem möchte ich Ihnen nicht verschweigen, daß mir Ihre tapfere kleine Frau von Herzen leid tut, fuhr er fort, indem er sich Bettina zuwendete, die sich wohlweislich nicht in diese peinliche Auseinandersetzung eingemischt hatte. Er ergriff ihren Arm und führte sie, ganz Kavalier der alten Schule, zu dem gedeckten Bauerntisch.

Du kannst das Essen auftragen, rief sie Giggenbacher zu, der unschlüssig in der Mitte der Diele stehengeblieben war. Er wußte nicht, wie er sich verhalten sollte. Zwar hatte er das Gefühl, daß er sich etwas vergeben würde, wenn er dem Dissidenten jetzt das Abendessen servierte. Doch grauste es ihm zugleich vor der Szene, zu der es ohne Zweifel kommen würde, wenn er sich weigerte, Sühlchen zu bewirten. Um Zeit zu gewinnen, zündete er erst einmal die beiden Kerzen an, die er vor Stunden auf den Bauerntisch gestellt hatte, ehe er beschämt über seine Feigheit die Suppe holen ging.

Zu seinem Ärger ließ sich der Dissident von ihm ebenso bedenkenlos bedienen wie Bettina. Sie betrugen sich beide, als säßen sie in einem Restaurant. Während sie sich genüßlich erst die Spargelcremesuppe, dann das Filet Stroganoff und schließlich die Götterspeise einverleibten, sorgten sie dafür, daß Giggenbacher ständig auf Trab war. Wenn ihn nicht der Dissident um ein Salzfaß, um eine Pfeffermühle oder um eine Scheibe Weißbrot bat, äußerte Bettina ihrerseits Wünsche, die sie sich ohne weiteres selber hätte erfüllen können.

Statt sich die Flasche Mineralwasser, die sie haben wollte, selber aus der Küche zu holen, ließ sie sie sich von Giggenbacher bringen. Statt sich die Eiswürfel, auf die sie nicht verzichten zu können meinte, selber zu beschaffen, veranlaßte sie Giggenbacher dazu, sich auf den Weg zum Kühlschrank zu machen. Immer wieder mußte er aufstehen, das heißt: er hätte nicht aufstehen müssen. Keiner zwang ihn dazu. Doch die Selbstverständlichkeit, mit der ihm Bettina und Sühlchen fortwährend Dienstleistungen nahelegten, verleiteten ihn dazu, diese Dienstleistungen zu verrichten, so als seien es auch für ihn Selbstverständlichkeiten. Es erboste ihn, daß er, nur damit sie in Ruhe essen und über den sozialistischen Realismus diskutieren konnten, als Koch, als Küchenmädchen, als Kellner und als Laufbursche herhalten mußte. Für einen Augenblick war er drauf und dran, sie über den Wert und die Bedeutung seiner Person aufzuklären. Doch gleich darauf wurde ihm bewußt, daß er sich damit obendrein zu einer Spottfigur stempeln würde. Hätten ihn Bettina und Sühlchen in böser Absicht gekränkt, hätte er es ihnen heimzahlen können. Dem herablassenden Wohlwollen hingegen, mit dem sie ihm für erwiesene Dienste dankten, war er nicht gewachsen.

Um sie darauf hinzuweisen, daß sie ihn verletzt hatten, verfiel er in eine Wortkargkeit, die andere hätte aufhorchen lassen. Sie aber setzten, ohne sich über sein beredtes Schweigen den Kopf zu zerbrechen, ihre Diskussion über den sozialistischen Realismus fort, den sie übrigens beide ablehnten. Sowohl der Dissident, der auf eine geschwätzige Weise dozierte, als auch Bettina, die dessen Wortschwall immer wieder mit einer fast kreischenden Stimme unterbrach, widerten ihn an. Mit einer lauernden Miene beobachtete er, wie sie das über den ganzen Tisch verteilte, schmutzige Geschirr, so als wäre er allein dafür zuständig, in seine Richtung schob. Er fragte sich, ob er sich weigern sollte, dieses Geschirr wegzuschaffen. Aber es fiel ihm kein einziges Argument ein, das seine Weigerung gerechtfertigt hätte. Zum Abräumen des Tischs war weder Geschick noch Geduld oder Kraft vonnöten. Es strengte nicht an. Es war im Handumdrehen geschehen. Jedes Kind war dazu imstande. Es war eine Lappalie, über die ein gefälliger Mensch kein Wort verlor.

Giggenbacher sagte sich, daß seine Weigerung, den Tisch abzuräumen, als pure Widerborstigkeit erscheinen mußte. Ohne seine Verdrossenheit zu verhehlen, stellte er die schmutzigen Teller, Schüsseln und Schälchen übereinander und trug sie zur Küche. Er hatte die Küche gerade betreten, als ihn Bettina mit ihrer durchdringenden Stimme davon in Kenntnis setzte, daß sie ihm dankbar wäre, wenn er für sie und Sühlchen noch eine Kanne Kaffee aufbrühen würde.

Voller Resignation füllte er erst Wasser in die Kaffeemaschine und darauf Kaffee in einen Filter. Er sagte sich, daß auch das Kaffeeaufbrühen eine Lappalie war, über die ein gefälliger Mensch kein Wort verlor. Plötzlich wurde ihm bewußt, daß er sich Tag für Tag mit nichts anderem als Lappalien verzettelte, die auch dadurch, daß man sie hochtrabend als häusliche Pflichten bezeichnete, keinerlei Bedeutung gewannen. Obwohl diese Lappalien nicht der Rede wert waren, hatte er den Eindruck, daß sie ihm über den Kopf wuchsen. Lieber hätte er eigenhändig Berge versetzt, als sich ohne Unterlaß mit dem Kleinkram zu befassen, der ihm von Bettina aufgebürdet worden war.

In düstere Gedanken versunken, starrte er auf die Kaffeemaschine, aus der jetzt das kochende Wasser in den Filter tropfte. Er fühlte sich in ein Netz von Nichtigkeiten verstrickt. Diese Nichtigkeiten drückten ihn nieder. Sie lähmten ihn psychisch. Obwohl er sich sagte, daß er sie nicht ernst nehmen durfte, neigte er mehr und mehr dazu, sie ernst zu nehmen. Denn er war außerstande, auf die Dauer mit dem Bewußtsein zu leben, daß er sich mit nichts als Belanglosigkeiten abgab.

Seine Beschäftigung mit Belanglosigkeiten blieb nicht folgenlos. Sie verdarb seinen Charakter. Er fing an, launisch, reizbar, zänkisch und kleinlich zu werden. In lichten Momenten hatte er den Verdacht, daß er, wenn er dieser charakterlichen Entwicklung nicht rechtzeitig Einhalt gebot, auf dem besten Wege war, sich in eine männliche Xanthippe zu verwandeln.

Er mißgönnte Bettina die Freiheiten, die sie sich mit seiner Unfreiheit erkauft hatte. Die Art und Weise, in der sie auf seine Kosten von diesen Freiheiten Gebrauch machte, erschien ihm skrupellos. An Haus und Herd gebunden, wie er es gegen seinen Willen war, empfand er den Rollentausch, den sie voller Raffinesse herbeigeführt hatte, als unzumutbar. Doch wußte er nicht, wie er diesen Rollentausch rückgängig machen sollte. Schwankend zwischen Minderwertigkeitskomplexen und einer grotesken Selbstüberschätzung, ließ er sich treiben. Bald war er überzeugt davon, daß er ohne Bettina und Josephine längst ein gefeierter Autor wäre. Und er faßte den Vorsatz, sich von Frau und Tochter zu trennen. Bald argwöhnte er, daß er sich, wenn er dank einer Trennung Muße zum Schreiben haben würde, als ein mediokres Talent oder gar als ein Versager entpuppen könnte. Und er verwarf den Vorsatz, die Scheidung einzureichen. Auch beeinflußte die Furcht, daß er ohne Bettinas finanzielle Unterstützung rasch zum Sozialhilfeempfänger herunterkommen würde, seine Überlegungen.

Er fühlte sich unausgefüllt und unverstanden. Auch wurde er im zunehmenden Maße empfindlicher. Alles bezog er auf sich. In jeder Äußerung entdeckte er einen diskriminierenden Hintersinn. Er suchte förmlich nach Gründen, um gekränkt zu sein. Die Überzeugung, daß er benachteiligt wurde, nährte seinen Groll. Dieser Groll schwelte in ihm, ohne sich in einem Wutausbruch zu entladen. Auch im Augenblick war er voller Groll. Finster starrte er die Kaffeemaschine an, aus der noch immer Wasser in den Filter tropfte. In der Diele hörte er Bettina und Sühlchen reden. Weil sie die Stimmen gesenkt hatten, konnte er ihre Äußerungen nicht verstehen. Trotzdem war er sich fast sicher, daß sie über ihn sprachen.

Als er mit der Kaffeekanne in der Hand in die Diele trat, verriet ihm ihr abruptes Verstummen, daß er recht gehabt hatte. Bettina lächelte ihn so unaufrichtig an, daß es ihm einen Stich versetzte. Sühlchen musterte ihn mit der routinierten Besorgtheit, mit der Ärzte ihre Patienten für sich einzunehmen suchen.

Jetzt müssen Sie sich aber ein wenig Ruhe gönnen, Herr Bachmeier, sagte er zu Giggenbacher. Daß er mit Herr Bachmeier angeredet worden war, betrachtete Giggenbacher als einen Fingerzeig. Ohne ihn zu korrigieren, sank er auf seinen Stuhl. Miteinemmal war seine Erfolglosigkeit für ihn geradezu greifbar geworden. Er sah sich eingereiht in das große Heer jener besserwisserischen Möchtegernautoren, die lebenslänglich mit heraushängenden Zungen hinter dem Ruhm herjagen, ohne ihm nur einen Schritt näherzukommen. Daran änderte auch die Tatsache nichts, daß Bettina Sühlchen davon in Kenntnis setzte, daß ihr Mann nicht Bachmeier, sondern Giggenbacher heiße.

Sühlchen entschuldigte sich aufwendig. Damit ihm Giggenbacher diesen Irrtum nicht übelnahm, tat er obendrein so, als sei ihm der Name Giggenbacher ein Begriff.

Sie haben doch kürzlich einen Erzählungsband veröffentlicht, sagte er auf gut Glück, und als Giggenbacher keine Anstalten traf, dies zu bejahen, schlug er sich mit der flachen Hand gegen die Stirn.

Jetzt entsinne ich mich, rief er. Es hat sich nicht um einen Erzählungsband, sondern um einen Lyrikband gehandelt.

Die Veröffentlichung meines Lyrikbandes liegt bereits ein paar Jahre zurück, meinte Giggenbacher.

Aber das ist schließlich nicht so wichtig, fügte er mit einer matten Geste hinzu. Er fand, daß die gutgemeinten Äußerungen des Dissidenten seine Erfolglosigkeit nur noch eklatanter machten. Angestrengt überlegte er, wie er dieses für ihn qualvolle Gespräch auf ein anderes Thema bringen konnte.

Aber nun war es Bettina, die das Thema auswalzte. Sie wendete sich Sühlchen zu und erkundigte sich bei ihm, ob er Interesse an dem Lyrikband hätte.

Erwartungsgemäß behauptete der Dissident, daß er daran Interesse hätte. Er hätte schwerlich das Gegenteil äußern können. Auf Bettinas Bitte hin ging Giggenbacher ein Exemplar seines Lyrikbandes holen. Überzeugt davon, daß Sühlchen sich ganz gewiß nicht die Zeit nehmen würde, seine Gedichte auch nur zu überfliegen, händigte er diesem das im Vergilben begriffene, schmale Buch aus, dessen Titel ZWISCHENBILANZ lautete.

Der Dissident klappte das Buch, so als wolle er sich vergewissern, daß ihm kein Blindband angedreht worden war, auf und zu. Weil er nicht wußte, was er dazu sagen sollte, bezeichnete er den Titel als erfrischend nüchtern. Auch lobte er an diesem Titel, daß er über den Inhalt des Buchs so wenig verriet. Schließlich zog er einen Kugelschreiber aus Platin, der wie seine Krawattennadel mit drei erbsengroßen Smaragden besetzt war, aus der Brusttasche seines Jacketts und bat Giggenbacher, ihm eine Widmung in das Buch zu schreiben. Als ihm dieser Wunsch erfüllt worden war, schob er das Buch, nicht ohne sich zuvor bei Giggenbacher bedankt zu haben, bis zum äußersten Tischrand.

Hat es sich gut verkauft, erkundigte er sich.

Leider hat der Verleger meines Mannes so wenig dafür getan, daß es seinerzeit in der Schwemme der Neuerscheinungen völlig untergegangen ist, erwiderte Bettina.

Möglicherweise wäre es auch untergegangen, wenn mein Verleger mehr dafür getan hätte, meinte Giggenbacher, und er löste mit dieser Äußerung ein betretenes Schweigen aus.

Der Titel ist jedenfalls erfrischend nüchtern, wiederholte Sühlchen schließlich.

Er stammt nicht von mir, sondern von meiner Frau, sagte Giggenbacher.

Ich habe es doch geahnt, daß Bettina Begemann eine verkappte Dichterin ist, rief Sühlchen und er wendete sich Bettina zu, die vor Stolz zu schielen begann.

Ich leugne ja nicht, daß ich gelegentlich Gedichte schreibe, meinte sie.

Gedichte sind Kinkerlitzchen, die nichts einbringen, Frau Begemann, entgegnete Sühlchen. Sie sollten sich dazu ermannen, einen Roman zu schreiben.

Ich weiß nicht, ob ich die Fähigkeiten dazu habe, sagte Bettina.

An seinen Fähigkeiten soll man erst zweifeln, wenn man gescheitert ist, erwiderte der Dissident.

Darauf, daß ich scheitere, möchte ich es lieber nicht ankommen lassen, meinte Bettina.

Ich gehe jede Wette ein, daß Sie nicht scheitern werden, entgegnete Sühlchen. Für brachliegende Begabungen habe ich nämlich einen Riecher. Sie dürfen Ihre Talente nicht verrotten lassen, indem Sie läppische Fernsehfilme für ein Kulturmagazin drehen. Sie können mehr als das.

Ich merke es Ihnen an, daß Sie der Mitwelt etwas zu sagen haben, fügte er hinzu, ehe er sich recht unvermittelt erhob und sich bei Bettina, die plötzlich ganz benommen wirkte, für den netten Abend bedankte. Bei Giggenbacher bedankte er sich nicht. Bevor er mit seiner winselnden Dogge ins Treppenhaus trat, legte er ihm händeringend nahe, Bettina bei der Entfaltung ihrer Fähigkeiten keine Steine in den Weg zu legen. Den Lyrikband mit der Widmung vergaß er mitzunehmen.

Mit einem wehmütigen Lächeln stellte Giggenbacher das schmale Buch zurück in das Fach des Bücherregals, in dem er sein alles andere als umfangreiches Œuvre aufbewahrte. Er hätte sich gern mit Bettina über den Dissidenten unterhalten. Denn er hätte gerne erfahren, was sie davon hielt, daß sich Sühlchen rücklings auf den Fußboden des Badezimmers gelegt und mit einem Taschentuch geknebelt hatte. Aber Bettina war offensichtlich nicht ansprechbar. Von der eigenen Größe überwältigt, die ihr Sühlchen, ohne sich über die Konsequenzen Gedanken zu machen, offenbart hatte, schaute sie mit blicklosen Augen ins Weite. Ihr sonst recht intelligentes Gesicht war von einer Torheit gekennzeichnet, die Giggenbacher zugleich abstieß und erschreckte. Er verspürte den unbändigen Drang, sie so lange zu ohrfeigen, bis sie wieder zur Besinnung kam. Doch statt diesem Drang nachzugeben, ging er in die Küche, um das Geschirr abzuspülen, das Bettina vor kurzem, so als wäre er allein hierfür zuständig, in seine Richtung geschoben hatte.

10

Der Schaden, den der Dissident mit seinen unerwiesenen Behauptungen über Bettinas brachliegende Fähigkeiten angerichtet hatte, wurde für Giggenbacher in den darauffolgenden Wochen ersichtlich. Trotz seiner Bemühungen, Bettina von ihrem Vorhaben abzubringen, wurde bei ihr der Gedanke, einen Roman zu schreiben, zur fixen Idee. Daß sie nicht wußte, worüber sie einen Roman schreiben sollte, beunruhigte sie zunächst in keiner Weise. Obwohl sie sich nicht darüber im klaren war, was sie zu sagen hatte, war sie überzeugt davon, daß sie etwas zu sagen hatte. Auch meinte sie, daß sie es nicht hätte verantworten können, wenn sie ihre noch gärenden Erkenntnisse der Mitwelt vorenthalten würde.

Von einem Sendungsbewußtsein beseelt, dem etwas Blindwütiges innewohnte, saß sie bis tief in die Nacht hinein an ihrem Schreibtisch, auf dem außer einem dikken Packen Papier und einem leeren Ordner Notizblöcke, Wörterbücher und Synonymlexika bereitlagen, und wartete auf den Augenblick, da sie von Inspirationen überflutet werden würde. Aber die Inspirationen, die ihren Geist wie Zugpferde in Bewegung hätten setzen sollen, stellten sich nicht ein. Die Diskrepanz zwischen ihrem unbezähmbaren schöpferischen Drang und ihrer lähmenden Einfallslosigkeit rieb sie auf. Mit rotgeäderten Augen und wirren Haaren irrte sie durch die Wohnung. Ehe sie ihre schöpferische Tätigkeit überhaupt aufgenommen hatte, machten ihr schöpferische Krisen zu schaffen. Dennoch war sie festen Glaubens, daß die brachliegenden Fähigkeiten, die Sühlchen bei ihr gewittert hatte, zum Durchbruch kommen würden. Sobald Giggenbacher diese Fähigkeiten infrage stellte, wurde sie ausfällig und beleidigend. Sie warf ihm vor, daß er sie demoralisieren wolle, weil er es nicht ertrage, an der Seite einer Frau zu leben, die begabter sei als er.

Statt sich ihr Unvermögen einzugestehen, gab sie ihrer Umgebung die Schuld für ihr Versagen. Weil sie den Verdacht hatte, daß die komfortable Einrichtung ihres Arbeitszimmers eine geisttötende Wirkung ausübte, entfernte sie daraus die Vorhänge, die Lampen und die gerahmten Bilder. Auch riß sie, damit das Zimmer möglichst karg wirkte, den roséfarbenen Auslegeteppich heraus und ersetzte ihren Schreibtischsessel durch einen Küchenschemel. Zudem stellte sie mehrere leere Kisten ins Zimmer, die keinen bestimmten Zweck erfüllten. Sie trugen lediglich dazu bei, den Raum noch ungemütlicher erscheinen zu lassen.

Mit ihren Maßnahmen erreichte Bettina immerhin, daß ihr Arbeitszimmer zum unwohnlichsten Zimmer in der ganzen Wohnung wurde. Selbst die Küche war verglichen mit diesem Zimmer ein Boudoir. Es war so ungemütlich, daß es sie täglich einige Selbstüberwindung kostete, es zu betreten. Trotzdem hielt sie sich stundenlang darin auf. Wenn Giggenbacher sie mit der nackten Glühbirne über ihrem Kopf und den nackten Dielen unter ihren Füßen inmitten von leeren Kisten auf ihrem Küchenschemel sitzen sah, fiel es ihm schwer, nicht an ihrem Verstand zu zweifeln.

Er fragte sich, wie er sie wieder zur Vernunft bringen sollte. Stumm und besorgt verfolgte er ihr Treiben. Mit einer gewissen Schadenfreude nahm er zur Kenntnis, daß auch die forcierte Unwohnlichkeit des Zimmers bei ihr keine Inspirationen hervorzauberte. Ihre Grübeleien führten zu nichts. Wenn sie ausnahmsweise einen brauchbaren Einfall hatte, stammte er nicht von ihr. So verfiel sie einmal auf den Gedanken, einen Roman über einen Angestellten zu schreiben, der in einen Prozeß verwickelt und zum Tode verurteilt wurde, ohne daß er gegen ein Gesetz verstoßen hatte.

Als sie feststellen mußte, daß auch die Unwohnlichkeit ihres Zimmers ihre Phantasie nicht anregte, argwöhnte sie, daß nicht nur die Atmosphäre in der Wohnung, sondern auch die Atmosphäre in dem gutbürgerlichen Stadtviertel, in dem sich diese Wohnung befand, die Entfaltung ihrer Fähigkeiten hemmte. Bald war sie überzeugt davon, daß sie, um ihren Roman beginnen zu können, in ein Arbeiterviertel ziehen mußte, bald war sie überzeugt davon, daß ihr ein Roman nur glücken würde, wenn sie der ganzen Stadt den Rücken kehrte und sich in einer ländlichen Umgebung niederließ. Weil sie sich indes nicht sicher war, ob eine schriftstellerische Tätigkeit eher im Trubel von Großstädten oder in einer ländlichen Einsamkeit gedieh, unterließ sie vorläufig jeden Versuch, ihre Lebensumstände zu verändern.

Seit ihr Sühlchen eingeredet hatte, daß sie imstande sei, einen Roman zu schreiben, führte sie ein Drohnendasein. Trotzdem wurde sie von Tag zu Tag unzufriedener. Über alles, was sie in ihrem Nichtstun störte, beklagte sie sich. Wenn Josephine schrie, gab sie ihr die Schuld an ihrem Scheitern. Wenn Giggenbacher an ihre Tür klopfte, warf sie ihm vor, daß er ihre Arbeit sabotiere. Obwohl er neuerdings in Filzpantoffeln durch die Wohnung schlich, forderte sie von ihm, daß er mehr Rücksicht auf sie nahm.

Weil sie behauptete, daß sie jedes Klingelzeichen ablenke, stellte er die Türklingel ab. Weil sie behauptete, daß sie beim Läuten des Telephons zusammenschrecke, beauftragte er den Auftragsdienst, die unvermeidlichen Anrufe entgegenzunehmen. Weil sie behauptete, daß sie das unartikulierte Geplapper von Josephine enerviere, machte er lange Spaziergänge mit dem Kind. Ja, in seiner Rücksichtnahme ging er sogar so weit, daß er sich, wenn er zuhause war, hauptsächlich in der Küche aufhielt, die am weitesten von Bettinas Arbeitszimmer entfernt war.

Doch ungeachtet dessen, daß er ihr Arbeitsbedingungen schuf, wie sie sich ein Schriftsteller nur wünschen konnte, gelang es Bettina nicht, die erhofften Inspirationen herbeizuzwingen. Verzweifelt starrte sie immer wieder auf den dicken Packen Papier, den sie in der Überzeugung erworben hatte, daß sie ihn Blatt für Blatt mit Wörtern und Sätzen füllen würde. Sie hatte den Verdacht, daß sie sich lächerlich machen würde, wenn sie ihren Freunden und Bekannten, denen sie ihr Vorhaben nicht verschwiegen hatte, ihr Scheitern eingestand. Warum sie noch immer nicht wußte, worüber sie einen Roman schreiben sollte, war ihr ein Rätsel. Ein historisches Thema kam ihrer mangelnden Kenntnisse wegen nicht infrage. Eher reizte sie ein aktuelles Thema. Sie dachte an die Umweltverschmutzung, an das Wettrüsten, an die Arbeitslosigkeit und an den Mietwucher. Weil sie der Ansicht war, daß die Umweltverschmutzung wenig hergab, versuchte sie, sich erst in die Mentalität eines Rüstungsfabrikanten und dann in die Mentalität eines Arbeitslosen einzudenken. Doch dies gelang ihr nicht. Nachdem sie auch die Idee, sich mit dem Mietwucher zu befassen, verworfen hatte, sagte sie sich, daß sie am sichersten liefe, wenn sie über sich selber schriebe. Angestrengt überlegte sie, welche Ereignisse aus ihrem Leben sie schildern sollte. Aber es fielen ihr nur Vorkommnisse ein, die entweder so weit zurücklagen, daß sie sie nicht mehr berührten, oder so banal waren, daß sie jeder Beschreibung spotteten.

Plötzlich wurde ihr bewußt, daß sie außer ihrer Affäre mit Felix Beese, über die zu schreiben ihr die Diskretion verbot, seit langem nichts mehr erlebt hatte, das es wert gewesen wäre, schriftlich festgehalten zu werden. Sie beneidete jene, die mit Mord und Totschlag oder mit Verrat, Raub und Notzucht zu schaffen hatten. Sie sagte sich, daß sie den Mangel an Abenteuern ihrer Lebensweise zu verdanken hatte. Mit einer Abenteuerlust, die mit Ängstlichkeit gemischt war, verließ sie die Wohnung. Von nun an jagte sie tagtäglich Erlebnissen nach, die schriftstellerisch zu verwerten waren.

Um die besseren Viertel machte sie einen großen Bogen. Auch mied sie die Etablissements, in denen sich eine Frau, die auf sich hielt, blicken lassen konnte. Statt dessen strich sie mit furchtsamen Blicken und bei jedem Geräusch zusammenzuckend durch die Gegenden, die als verrufen galten. Daß sie dort auf die gemeinste Weise angepöbelt wurde, empfand sie, so arg es ihr auch zusetzte, als einen Fortschritt.

Von Tag zu Tag wurde sie verwegener. Mit einem Notizblock in der Tasche betrat sie zu nachtschlafener Zeit die Wartesäle des Hauptbahnhofs, wo sich Trunkenbolde und Lungerbrüder zu versammeln pflegten. Weil sie meinte, auf eine solche Erfahrung nicht verzichten zu können, verbrachte sie eine Nacht in einem Obdachlosenasyl, wo sie sich Flöhe zuzog, die auf Giggenbacher und Josephine übersprangen und tagelang einem Ungeziefervertilgungsmittel trotzten. Vor allem aber trieb sie sich in den übelsten Spelunken herum. Zu ihrer Genugtuung gelang es ihr, dort mit Zuhältern und Prostituierten ins Gespräch zu kommen, die sie allerdings wie eine harmlose Irre behandelten. Schließlich lernte sie sogar einen ehemaligen Strafgefangenen kennen, der sich dazu herabließ, mit ihr zu würfeln. Daß der letztere ihr die Geldbörse stahl, merkte sie erst, als er bereits über alle Berge war. Sie dachte nicht daran, ihn anzuzeigen. Vielmehr legte sie für seine Handlungsweise das größte Verständnis an den Tag.

Weil sie erst zubett ging, wenn Giggenbacher aufstand, bekam dieser sie fast den ganzen Tag über nicht zu Gesicht. Sie schlief bis zum späten Nachmittag und frühstückte, wenn er zu Abend aß. Während dieser einzigen gemeinsamen Mahlzeit, da sie Kaffee und er Tee trank, da sie Joghurt und Marmeladebrötchen und er Heringssalat, Bratkartoffeln oder ein halbes Hähnchen verzehrte, brüstete sie sich mit ihren Erlebnissen, ohne zu merken, daß diese recht belanglos waren. Obwohl ihr der Zugang zu den schlechteren Kreisen, wo man sie für eine harmlose Irre hielt, trotz ihrer Bemühungen weitgehend versperrt blieb, ließ sie Giggenbacher gegenüber bei jeder Gelegenheit durchblicken, daß man ihr nichts mehr vormachen könne. Sobald er einen Einwand vorbrachte, berief sie sich darauf, daß sie sich mit Zuhältern duzte und bereits mit einem ehemaligen Strafgefangenen gewürfelt hatte.

Sie behandelte ihn wie einen grünen Jungen, der ihr nicht das Wasser reichen konnte. Immer wieder stieß sie ein ordinäres Lachen aus, von dem er annahm, daß sie es einer Nutte nachäffte. Ebenso ordinär wie ihr Lachen waren die Ausdrücke, die sie von ihren neuen Freunden übernommen hatte. Sie redete prinzipiell nur noch von Titten, Schwänzen und Arschfickern. Wenn eine Frau ein Kind bekam, meinte sie, die hätte einen Braten in der Röhre. Wenn von einem Mann die Rede war, den sie nicht mochte, meinte sie, daß sie ihm am liebsten in die Eier treten würde.

Giggenbacher fragte sich, wann die menschlichen Niederungen, in die sie sich allabendlich begab, für sie den Reiz der Neuheit verlieren würden. Ihr verlebtes Aussehen widerte ihn an. Ihr Lebenswandel empörte ihn. Doch die Furcht, daß sie ihn als einen Spießer bezeichnen würde, veranlaßte ihn, seine Empörung vor ihr zu verhehlen. Dennoch empfand er es als untragbar, daß er, während sie ihren Rausch ausschlief, nicht nur das Kind hüten, sondern auch die anfallende Hausarbeit verrichten mußte. Sobald er sie mit dem Lärm, den er mitunter absichtlich machte, aus dem Schlaf schreckte, stieß sie ein wütendes Himmelarschundzwirn aus und hieß ihn eine lahme Ente oder einen geilen Drecksack. Manchmal tauchte sie auch in der Diele auf und verlangte keifend von ihm, daß er mit dem Kind die Wohnung verließ. Ihr Gezeter und ihr verwahrlostes Aussehen ängstigten Josephine, die gerade ihre ersten Gehversuche anstellte, dermaßen, daß sie sich schreiend an ihn klammerte.

Daß sie vor der eigenen Mutter Angst hatte, gab ihm zu denken. Um sie für die mangelnde Mutterliebe zu entschädigen, verhätschelte er sie nach Kräften. Er kaufte ihr Spielsachen und Süßigkeiten. Er ließ ihr ihre Unarten unbeanstandet durchgehen. Er bestrafte sie nicht einmal, wenn sie Exemplare des von ihm verfaßten Lyrikbands zerfetzte. Auch ging er, nachdem er gegen Mittag für sie irgendeinen Brei zubereitet hatte, den er der Einfachheit halber ebenfalls verzehrte, mit ihr zu einem Spielplatz, der sich in der Nähe des Teichs befand.

Anfangs war es ihm ein wenig peinlich, daß er auf diesem Kinderspielplatz der einzige Mann unter lauter Müttern war, die strickend und schwatzend auf zinnobergrünen Bänken um einen riesigen Sandkasten saßen. Doch bald begriff er, daß dies alles andere als ein Nachteil war. Rasch wurde er auf dem Spielplatz zum Hahn im Korbe und zum Mittelpunkt des allgemeinen Interesses. Zumal eine gewisse Frau Drühl und eine gewisse Frau Menke rissen sich darum, mit ihm auf einer Bank zu sitzen. Sie ließen ihn ihren selbstgebackenen Kuchen und ihre selbstgemachte Marmelade kosten. Sie kopierten für ihn Kochrezepte. Sie gaben ihm die Hausarbeit betreffend Tips, für die er ihnen dankbar war.

Obwohl es ihm zunächst unwürdig erschien, sich mit ihnen über die Vorzüge und Nachteile eines Waschmittels zu unterhalten, schwanden seine Bedenken innerhalb von kürzester Zeit. Er empfand es als wohltuend, daß man an seinem Geschick Anteil nahm. Ja, das Verständnis, das Frau Menke und Frau Drühl für ihn zeigten, ließ ihn alle Vorsicht vergessen. Unter dem Siegel der Verschwiegenheit schüttete er den beiden Frauen sein Herz aus.

Daß er Bettina dabei auf eine nicht wiedergutzumachende Weise anschwärzte, kümmerte ihn kaum. Während er anfangs Frau Drühl und Frau Menke gegenüber seine Anwesenheit auf dem Spielplatz damit begründet hatte, daß seine Frau berufstätig sei, gestand er ihnen jetzt, daß er einzig und allein die Hausarbeit verrichten und das Kind hüten mußte, weil sich Bettina nachtsüber unter dem Vorwand, Stoff für einen Roman zu sammeln, in Gesellschaft von Huren, Zuhältern und ehemaligen

Strafgefangenen in Spelunken herumzutreiben und tagsüber ihren Rausch auszuschlafen pflegte. Er verschwieg ihnen auch nicht, daß Bettina einmal mit Flöhen nachhause gekommen sei, die auf ihn und seine Tochter übergesprungen seien.

Daß Frau Drühl und Frau Menke das, was er ihnen unter dem Siegel der Verschwiegenheit anvertraut hatte, auf dem ganzen Spielplatz unter dem Siegel der Verschwiegenheit herumerzählten, beunruhigte ihn keineswegs. Vielmehr genoß er es, daß er von sämtlichen Müttern bedauert wurde. Bettinas Verruchtheit hob sein Ansehen ganz beträchtlich. Übernacht avancierte er auf dem Spielplatz zum tragischen Helden. Kaum daß er in Sicht war, kamen ihm Frau Drühl und Frau Menke entgegen. Frau Drühl wollte wissen, ob Bettina wieder erst beim Morgengrauen nachhause gekommen sei. Frau Menke wollte wissen, ob Bettina wieder betrunken gewesen sei. Von ihrer Entrüstung und von ihrem Mitgefühl hin und her gerissen, überboten sie sich gegenseitig darin, ihm kleine Wohltaten zu erweisen. Frau Drühl, die stets vor ihm auf dem Spielplatz war, hielt ihm einen schattigen Platz auf einer Bank frei, die unter einem Kastanienbaum stand. Frau Menke brachte ihm ein Sofakissen mit, damit er bequemer saß. Frau Drühl hatte, für den Fall, daß er Durst bekam, in einer Thermosflasche ein kaltes Getränk bereit. Frau Menke wartete nur darauf, daß er sie um eines von den Erfrischungstüchern bat, die sie, für den Fall, daß er schwitzte, in großen Mengen in einer Tragtasche aufbewahrte. Während Frau Drühl damit beschäftigt war, für ihn einen senffarbenen Wollschal zu stricken, vertrieb sich Frau Menke die Zeit damit, in blaßlila Taschentücher sein Monogramm zu stikken.

Um sich erkenntlich zu zeigen, stand Giggenbacher

den beiden Frauen, für die Bettina zum Inbegriff der Verderbtheit wurde, so bereitwillig Rede und Antwort, daß man hätte meinen können, er sei ihnen Rechenschaft schuldig. Er stellte sich geknickter, als er es tatsächlich war. Ja, bemüht, Frau Drühl und Frau Menke neuen Gesprächsstoff zu liefern, erfand er zudem Vorkommnisse, die sich niemals zugetragen hatten. Einmal berichtete er ihnen, daß Bettina mit einem blauen Auge nachhause gekommen sei. Ein andermal berichtete er ihnen, daß ihn Bettina mit einem Küchenmesser bedroht hätte.

Die beiden Mütter, die unter der Eintönigkeit ihres Daseins litten, waren ihm dankbar dafür, daß er ihnen einen Einblick in den Abgrund seines Ehelebens gewährte. Daß es von ihm höchst unvorsichtig war, zwei so klatschsüchtige Frauen in seine häuslichen Verhältnisse einzuweihen, erkannte er erst, als es zu spät war. Miteinemmal wurde ihm klar, wie wenig er über sie wußte und wie viel sie über ihn wußten. Er sagte sich, daß er sie, damit sie ihr Wissen nicht gegen ihn verwendeten, auch weiterhin bei Laune halten mußte. Mit dem Gefühl, einer leidigen Verpflichtung nachzukommen, ging er weiterhin zum Spielplatz. Schlechten Gewissens verklatschte er auch weiterhin Bettina.

Diese kam eines Nachts in einem völlig aufgelösten Zustand nachhause. Ihr Kleid war zerrissen. In ihrem Haar hingen Schmutzklumpen. Ihren Hals verunzierten zwei Würgemale, die blutunterlaufen waren. Zudem war ihr unterwegs ein Schuh abhanden gekommen. Von einem Weinkrampf geschüttelt, warf sie sich auf das taubenblaue Doppelbett und gestand Giggenbacher, der weder sonderlich erstaunt noch sonderlich erschüttert war, stockend und unter Tränen, daß sie um ein Haar von einem brutalen, viehischen Fernfahrer, der sie unter einem Vorwand auf eine Baustelle gelockt habe, vergewaltigt worden wäre. Der Unmensch habe sie zu Boden geworfen. Als sie um Hilfe gerufen habe, habe er ihr die Kehle zugedrückt. Nur das Heulen einer Polizeisirene habe ihn davon abgehalten, sie umzubringen.

Ohne die Polizeisirene wäre sie jetzt vermutlich eine Leiche, sagte sie und sie sah Giggenbacher an, als erwarte sie, daß er in ein Wehgeschrei ausbrach.

Aber er tat nichts dergleichen. Er gab ihr zu verstehen, daß sie es geradezu auf eine Vergewaltigung angelegt hätte.

Sie war über seine Gelassenheit fast empörter als über den Vergewaltigungsversuch. Den ganzen nächsten Tag sprach sie kein Wort mit ihm. Verbittert kühlte sie mit Eisbeuteln und feuchten Kompressen ihre Würgemale. Aber am Abend traf sie keinerlei Anstalten, die Wohnung zu verlassen.

Auch in der Folgezeit hütete sie sich davor, ihre Streifzüge in die menschlichen Niederungen fortzusetzen. Der Vergewaltigungsversuch hatte sie zur Raison gebracht. Obwohl dieser Vergewaltigungsversuch, der in Windeseile vonstatten gegangen war, keine Auswirkungen hatte, wurde er für sie zum zentralen Erlebnis schlechthin. Sie kam immer wieder darauf zu sprechen. In ihrer Zeitrechnung gewann der besagte Vergewaltigungsversuch die gleiche Bedeutung wie Christi Geburt. Jedes Datum setzte sie in bezug dazu. Das war einen Monat vor dem Vergewaltigungsversuch, meinte sie. Das muß eine Woche nach dem Vergewaltigungsversuch gewesen sein, meinte sie ein andermal. Um dem nichtssagenden Vorfall im nachhinein einen höheren Sinn zu unterschieben, schmückte sie ihn täglich mit neuen, ebenso widerwärtigen wie symbolträchtigen Details aus.

Daß sie diesen Vorfall so wichtig nahm, befremdete

Giggenbacher. Dennoch war er nicht verwundert, als sie ihm mitteilte, daß sie vorhätte, über den Vergewaltigungsversuch einen Roman zu schreiben. Trotz seiner Überzeugung, daß ihr Vorhaben scheitern würde, riet er ihr nicht davon ab. Er bestärkte sie in ihrer Absicht. Denn er wünschte sich sehnlichst, daß sie erneut einen Reinfall erlebte. Als er sie jedoch zum ersten Mal tippen hörte, war er dermaßen gereizt, daß er mit geballten Fäusten vor ihrer Zimmertür auf und ab ging. Er dachte an seinen Roman, dem er seit langem ihretwegen keine Zeile mehr hinzugefügt hatte. Daß sie nun, nachdem sie ihm die Hausarbeit und das Kind aufgebürdet hatte, ununterbrochen auf ihre Schreibmaschine einhämmerte, erschien ihm als blanker Hohn.

Mit jedem ihrer Anschläge wuchs sein Groll. Ein unbändiger Drang, ihr Vorhaben zu vereiteln, packte ihn. Miteinemmal sah er nicht mehr ein, warum er auf sie Rücksicht nehmen sollte. Er sagte sich, daß sie auch auf ihn keine Rücksicht genommen hatte. Jäh wurde es ihm bewußt, daß er seine Rücksichtslosigkeit lediglich unter dem Mantel der Fürsorglichkeit verbergen mußte. Nicht ohne zuvor angeklopft zu haben, trat er in ihr Zimmer und fragte sie, was er zu Mittag kochen solle.

Wie kannst du mich wegen solch einer Lappalie bei der Arbeit stören, rief sie.

Ich dachte nur, du hättest vielleicht irgendeinen Wunsch, meinte Giggenbacher.

Ich habe nur den Wunsch, in Ruhe arbeiten zu können, erwiderte Bettina.

Mit deiner dummen Fragerei hast du erreicht, daß ich jetzt den Faden verloren habe, fügte sie hinzu.

Giggenbacher verließ auf Zehenspitzen das Zimmer.

Kurz darauf hörte er Bettina wieder tippen. Er gab ihr fünf Minuten Zeit, ehe er erneut an ihre Zimmertür klopfte. Diesmal fragte er sie, ob sie etwas dagegen hätte, wenn er ein Omelett mit Champignons zubereiten würde. Das nächste Mal fragte er sie, wann er das Mittagessen auftragen solle. Er hatte genügend Fragen parat, die solche Störungen zu rechtfertigen schienen. Und jedesmal, wenn er Bettina störte, entschuldigte er sich so aufwendig bei ihr, daß sie glauben mußte, es ginge ihm gegen den Strich, sie zu stören.

Doch nicht nur mit seiner Fragerei sorgte er dafür, daß sie immer wieder den Faden verlor. Er lenkte sie auch dadurch von der Arbeit ab, daß er sie mit kleinen Aufmerksamkeiten überhäufte. Bald brachte er ihr einen geschälten Apfel. Bald brachte er ihr ein paar Käsehappen. Bald brachte er ihr Orangensaft, den er eigenhändig ausgepreßt hatte. Wenn er sie trotzdem wieder tippen hörte, wußte er dem dadurch Abhilfe zu schaffen, daß er Josephine so aufputschte, daß sie nicht mehr zu bändigen war. Wenn sie kreischend und mit Bällen, Bauklötzen und Teddybären um sich werfend durch die ganze Wohnung tobte, war Bettina außerstande, auch nur einen Satz zu Papier zu bringen. Früher oder später verließ sie ihr Zimmer und verfolgte mit einer ohnmächtigen Wut das Treiben ihrer Tochter.

In solchen Augenblicken frohlockte Giggenbacher innerlich. Er glaubte schon, eine todsichere Methode gefunden zu haben, Bettina am Schreiben zu hindern, als diese seine Hoffnungen mit einem Schlag zunichte machte. Eines Morgens setzte sie ihn beim Frühstück davon in Kenntnis, daß sie an diesem Tag mit einem Makler verabredet sei.

Warum sie sich mit einem Makler verabredet habe, erkundigte sich Giggenbacher erschrocken.

Weil sie vorhabe, irgendwo in der Nähe ein Apartment zu mieten, in dem sie in Ruhe arbeiten könne, erwiderte

Bettina. Sie würde lediglich jeden Tag für ein paar Stunden verschwinden.

Giggenbacher versuchte, ihr dieses Vorhaben auszureden. Doch Bettina machte sich nicht einmal die Mühe, die Einwände, die er erhob, zu entkräften. Für sie schien weder die Kostenfrage noch die Gefahr einer ehelichen Entfremdung, deren Folgen er in den düstersten Farben ausmalte, eine Rolle zu spielen. Er konnte nicht verhindern, daß sie sich mit dem Makler traf. Er konnte auch nicht verhindern, daß sie allmorgendlich aufbrach, um Apartments und Wohnungen zu besichtigen. Er zweifelte nicht daran, daß sie über kurz oder lang etwas Geeignetes finden würde. Trotzdem war er überrascht, als sie schon nach einer zehntägigen Suche mit einem Mietvertrag in der Handtasche nachhause kam. Statt eines Apartments hatte sie sich eine Zwei-Zimmer-Wohnung mit Küche und Bad gemietet.

Für das zweite Zimmer hast du doch gar keine Verwendung, meinte Giggenbacher voller Mißtrauen.

Ich kann mich darin ausruhen, erwiderte Bettina.

Ausruhen kannst du dich auch zuhause, sagte Giggenbacher.

Ich kann darin auch einmal einen Besucher empfangen, entgegnete Bettina.

Besucher kannst du auch zuhause empfangen, meinte Giggenbacher.

Aber es ist doch lächerlich, daß wir uns jetzt über den Verwendungszweck dieses Zimmers den Kopf zerbrechen, rief Bettina.

Viel wichtiger ist, daß die Wohnung nicht nur größer. sondern zudem billiger ist als alle Apartments, die mir von dem Makler gezeigt worden sind, fuhr sie fort, ehe sie Giggenbacher aufforderte, die Wohnung zu besichtigen.

Ohne zu zögern, machte er sich mit ihr und Josephine auf den Weg. Die Wohnung, die sich im Erdgeschoß eines Hinterhauses befand, das schon von außen recht verwahrlost wirkte, war nur fünf Minuten zu Fuß entfernt. Als er sie betrat, verstand Giggenbacher, warum die Miete so niedrig war. Die Zimmerdecken verunzierten lange, tiefe Risse. Von den Wänden hingen Tapetenfetzen herab. Die Fußbodendielen hatten sich so gelockert, daß man bei jedem Schritt Gefahr lief, zwischen ihnen durchzubrechen. Zudem lagen überall Abfälle herum, die der Vormieter zurückgelassen hatte.

Hier kannst du doch unmöglich einziehen, meinte Giggenbacher, nachdem er alle Räume besichtigt hatte.

Da hast du recht, erwiderte Bettina. Die Wohnung muß erst renoviert werden.

Weißt du schon, von wem du sie renovieren lassen willst, erkundigte sich Giggenbacher.

Ich dachte, wir beide könnten das gemeinsam tun, sagte Bettina. Wir haben schon so lange nichts mehr gemeinsam getan.

Es gibt eine Menge anderer Dinge, die wir gemeinsam tun könnten, entgegnete Giggenbacher.

Heißt das, daß du mich im Stich lassen willst, fragte Bettina.

Ich sehe einfach nicht ein, warum ich dir auch noch dabei behilflich sein soll, dich hier häuslich niederzulassen, erwiderte Giggenbacher.

Er hoffte, daß Bettina ihr Vorhaben aufgeben würde. Aber sehr bald mußte er feststellen, daß er ihre Willenskraft unterschätzt hatte. Mit einer regelrechten Wut stürzte sie sich in die Arbeit. Wenn sie morgens mit Werkzeugen, Farbtöpfen und Pinseln ausgerüstet aufbrach, machten ihm bereits Gewissensbisse zu schaffen. Wenn sie indes abends nicht nur farbbeschmiert und mit zerschundenen Händen, sondern zudem völlig entkräftet heimkehrte, kam er sich wie ein Schurke vor, weil er seine eigene Frau so schuften ließ. Ständig wartete er darauf, daß sie ihn erneut um Hilfe bitten würde.

Aber sie beklagte sich nicht einmal wegen seines Verhaltens. Kaum daß sie zuhause war, reinigte sie sich von oben bis unten im Badezimmer und behandelte daraufhin, ohne ein Aufhebens darum zu machen, die Wunden, die sie ihrem Ungeschick im Umgang mit Werkzeugen zu verdanken hatte. Danach verschlang sie mit der Wortkargheit eines Schwerarbeiters große Mengen Bratkartoffeln, Brot und Wurst. Staunend beobachtete Giggenbacher, wie sie sich ganze Hähnchen einverleibte.

Weil er es nicht mitansehen konnte, wie sie sich verausgabte, erklärte er sich eines Abends bereit, ihr zu helfen. Aber sie gab ihm zu verstehen, daß sie seine Hilfe nicht mehr nötig hätte.

Ich habe inzwischen einen zuverlässigen Helfer gefunden, meinte sie mit einem eigentümlichen Lächeln.

Wer in aller Welt hilft dir denn, erkundigte sich Giggenbacher fassungslos.

Ein junger Kunstmaler, sagte Bettina.

Hat dieser junge Maler auch einen Namen, fragte Giggenbacher mit einer bebenden Stimme.

Sein Name wird dir nichts sagen, erwiderte Bettina. Er heißt Dietmar Strützel.

Wo hast du ihn kennengelernt, erkundigte sich Giggenbacher.

Ich habe ihn im Treppenhaus getroffen, meinte Bettina. Er hat die Wohnung über meiner Wohnung gemietet.

Außer mir und ihm wohnt niemand in dem Hinterhaus, fügte sie hinzu.

Das sind ja heitere Zustände, rief Giggenbacher.

Nun ereifere dich doch nicht grundlos, erwiderte Bettina. Schließlich haben Dietmar und ich getrennte Wohnungen.

Duzt du dich etwa schon mit ihm, fragte Giggenbacher.

Daß ich mich mit ihm duze, hat nicht das geringste zu bedeuten, sagte Bettina. Unsere Beziehung ist rein freundschaftlicher Natur.

Du bist ja naiv, wenn du glaubst, daß dir dieser Herr Strützel aus purer Nächstenliebe unter die Arme greift, rief Giggenbacher.

Aber es gelang ihm nicht, Bettina stutzig zu machen.

Nicht jeder ist so berechnend wie du, sagte sie mit einer Verachtung, die Giggenbacher zu denken gab.

Weil er einsah, daß er sie vorläufig nicht von der Unlauterkeit der Motive Strützels überzeugen konnte, brach er das Gespräch ab. Trotzdem dachte er nicht daran, die Angelegenheit auf sich beruhen zu lassen.

Obwohl er das Gefühl hatte, daß Bettina hierüber keineswegs erfreut war, begleitete er sie am darauffolgenden Morgen gemeinsam mit Josephine zu der Wohnung. Unterwegs wurde ihm zwar bewußt, daß er nicht das Recht hatte, sie zu überwachen. Aber er überwand seine Skrupel, indem er sich sagte, daß er die Pflicht habe, sie vor jedwedem Schaden zu schützen.

Dennoch wirkte er alles andere als selbstsicher, als er vor dem Hinterhaus angelangt war, von dessen Fassade der häßliche gräulichgrüne Anstrich abbröckelte. Während er Bettina ins Treppenhaus folgte, kam er sich wie ein Eindringling vor. Am liebsten wäre er umgekehrt. Aus der Wohnung drang ein Hämmern, das ihm verriet, daß Strützel bereits bei der Arbeit war.

Zwar versuchte er, sich einzureden, daß es ihm gleichgültig sei, was der junge Maler über ihn dachte. Trotzdem hätte er die Begegnung mit diesem hilfsbereiten Menschen jetzt gerne vermieden.

Mit einem gequälten Lächeln betrat er dicht hinter Bettina die Wohnung. Zu seiner Überraschung war diese Wohnung nicht wiederzuerkennen. Die Risse an den Zimmerdecken waren verschwunden. Die Wände waren gestrichen oder tapeziert. Die Fußbodendielen waren festgenagelt und teils mit einem blaßlila Auslegeteppich, teils mit schwarzen und weißen Fliesen bedeckt, die ein Schachbrettmuster ergaben.

Neidisch schaute Giggenbacher sich um. Er sagte sich gerade, daß dies genau die Wohnung gewesen wäre, die er gebraucht hätte, um seinen Roman fertigzustellen, als Strützel mit einem Hammer in der einen Hand und einem langen dicken Nagel in der anderen in der Küchentür auftauchte. Fast vorwurfsvoll musterte er den jungen Mann, der Bettina so bereitwillig half, ihre selbstsüchtigen Pläne zu verwirklichen. Er stellte fest, daß Strützel ihr so ähnlich sah, daß man hätte meinen können, er wäre ihr Bruder. Er hatte ebenso flammend rote Haare wie sie. Er hatte ebenso blaugraue Augen wie sie. Er hatte eine ebenso gedrungene Gestalt wie sie. Selbst die Art und Weise, in der er sich jetzt mit dem Handrücken über die Nase fuhr, erinnerte Giggenbacher an Bettina.

Verwirrt senkte er den Blick auf die abgetragenen Leinenschuhe des Malers. Doch plötzlich wurde ihm bewußt, daß Strützel hierin ein Zeichen von Schwäche sehen könnte. Unter Aufbietung seiner ganzen Willenskraft zwang er sich dazu, dem Maler erneut in die Augen zu schauen.

Ich bin Bettinas Mann, sagte er.

Das habe ich mir gedacht, erwiderte Strützel mit einer völlig ausdruckslosen Miene, ehe er sich Bettina zuwendete, die gerade neben Giggenbacher getreten war.

Du wunderst dich sicher darüber, daß mein Mann mitgekommen ist, meinte sie nicht ohne Verlegenheit.

Das wundert mich nicht, entgegnete Strützel.

Mein Mann wollte sich nur vergewissern, wie weit wir vorangekommen sind, sagte Bettina.

Er wird gleich wieder gehen, fügte sie hinzu und sie sah Giggenbacher beschwörend an.

Obwohl dieser gar nicht die Absicht gehabt hatte, gleich wieder zu gehen, tat er, um sein Gesicht zu wahren, so, als wäre er in Eile. Hastig nahm er das Kind auf den Arm und verabschiedete sich. Erst nachdem er die Wohnung mit großen Schritten verlassen hatte, wurde ihm klar, daß er von Bettina praktisch vor die Tür gesetzt worden war.

Daß sie behauptet hatte, er würde gleich wieder gehen, empfand er als unverfroren. Allem Anschein nach war ihr daran gelegen, daß er möglichst rasch wieder von der Bildfläche verschwand. Für einen Augenblick war er drauf und dran umzukehren. Doch die Furcht, daß sich seine Vermutungen als zutreffend erweisen könnten, hielt ihn davon ab. Mit dem Gefühl, das hilflose Opfer eines Komplotts zu sein, setzte er seinen Weg fort.

11

Obwohl Giggenbacher darauf gefaßt sein mußte, daß die Wohnung in dem Hinterhaus früher oder später renoviert sein würde, reagierte er auf Bettinas Einzug in diese Wohnung wie auf einen Schicksalsschlag. Zumal die Bedachtsamkeit, mit der sie die beiden Zimmer eher gestaltete als einrichtete, machte ihn stutzig. Er fragte sich, wozu sie sich, wenn sie in der Wohnung tatsächlich nur arbeiten wollte, außer einem Schreibtisch und zwei Aktenschränken drei eierschalenfarbene Sessel, einen eierschalenfarbenen Rauchtisch und ein eierschalenfarbenes Sofa gekauft hatte, das man aufklappen und in ein Doppelbett verwandeln konnte. Auch gab ihm die Unbekümmertheit zu denken, mit der sie tagtäglich Gegenstände, die ihm im Lauf der Zeit lieb und teuer geworden waren, aus der ehelichen Wohnung entfernte.

Zu seiner Bestürzung packte sie nicht nur Gläser, Sofakissen, Aschenbecher, Wörterbücher und Gewürze ein. Sie schaffte auch den Wandteppich, der im Schlafzimmer hing, und die Jugendstillampe, die im Wohnzimmer stand, in ihre neue Wohnung. Giggenbacher stellte zudem fest, daß Büchsenöffner, Korkenzieher und Scheren verschwanden. Voller Groll registrierte er, daß in dem Fach des Bücherregals, in dem die einzelnen Bände eines wertvollen Nachschlagewerks gestanden hatten, eine große Lücke klaffte. Er hatte das Gefühl, einer Plünderung beizuwohnen, die schleichend und in Etappen vonstatten ging.

Daß er gegen diese Plünderung nicht einschreiten konnte, bedauerte er zutiefst. Nur allzu gut erinnerte er sich daran, daß nicht er, sondern Bettina die Gegenstände, die sie jetzt so bedenkenlos fortschaffte, erworben hatte. Trotzdem empfand er ihr Vorgehen als räuberisch. Voller Argwohn beobachtete er, wie sie sich umschaute und mal einen Zinnkrug, an dem er hing, mal einen alten Stich, den er nicht hätte missen wollen, ins Auge faßte. Er sah voraus, daß auch der Zinnkrug und der Stich über kurz oder lang verschwinden würden wie die Jugendstillampe, der Wandteppich und das Nachschlagewerk. Die Raffgier und die Eigennützigkeit, die Bettina an den Tag legte, widerten ihn an. Offensichtlich hatte sie kein schlechtes Gewissen. Ohne sich dessen bewußt zu sein, daß bei diesem Anlaß das volle Ausmaß ihrer Plünderung für ihn erst augenfällig werden würde, lud sie ihn und Josephine zu einer Besichtigung ihrer neuen Wohnung ein. Während sie ihn plaudernd und scherzend von einem Raum zum anderen führte, bekam er beim Anblick der vertrauten Gegenstände, auf die er auf Schritt und Tritt stieß, weiche Knie. Was ihn jedoch noch mehr erschütterte als die Anhäufung vertrauter Gegenstände, von denen er vor kurzem noch angenommen hatte, daß sie auch ihm gehörten, war ein ihm alles andere als vertrautes Ölbild, das über dem Sofa hing. Er hielt es für überflüssig, Bettina zu fragen, von wem dieses Ölbild stammte, auf dem ein Weizenfeld in neoimpressionistischer Manier dargestellt war. Er zweifelte nicht daran, daß es sich um ein Bild von Strützel handelte, den er über seinem Kopf rastlos auf und ab gehen hörte. Allerdings hätte er gern erfahren, ob Strützel Bettina das Bild geschenkt, verkauft oder leihweise zur Verfügung gestellt hatte. Daß sie nicht von sich aus auf das Bild zu sprechen kam, beunruhigte ihn. Mit einer Gelassenheit, die er als aufreizend empfand, schenkte sie Sekt und Orangensaft in zwei Gläser und prostete ihm lächelnd zu.

Um sie aus der Reserve zu locken, musterte er das Bild so nachdrücklich, daß sie sich wohl oder übel dazu äußern mußte.

Das Bild sei von Strützel, meinte sie, indem sie zur Zimmerdecke deutete, über der noch immer die Schritte des Malers zu hören waren. Ob er ihr dieses Bild geschenkt, verkauft oder geliehen hatte, behielt sie für sich. So als sei sie ihm, Giggenbacher, diesbezüglich keine Rechenschaft schuldig, wechselte sie das Thema, ehe er die Zeit dazu fand, ihr die Fragen zu stellen, die sie offensichtlich nicht beantworten wollte.

Ihre Gewandtheit entmutigte ihn. Er kam sich genasführt vor. Daran änderte auch die Tatsache nichts, daß sie ihm jetzt, in der Absicht, ihn zu beschwichtigen, um den Bart ging. Sie sagte zu ihm, daß sie hoffe, daß er sie häufig in ihrer neuen Wohnung besuchen werde. Sie behauptete, daß er ihr immer willkommen sei. Sie versicherte ihm, daß er auch ohne Voranmeldung an ihrer Tür klingeln dürfe. Auch ließ sie ihn wissen, daß sie für ihn, falls er zuhause irgendwelche Schwierigkeiten haben sollte, jederzeit telephonisch erreichbar sei.

Schließlich sei sie nicht aus der Welt, sondern nur einen Katzensprung entfernt, meinte sie, während sie ihre Telephonnummer auf einen Zettel kritzelte, den sie ihm aushändigte.

Mit einem flauen Gefühl in der Magengrube steckte er den Zettel in seine Jackentasche. Er fragte sich, wie sie wohl reagieren würde, wenn er tatsächlich von ihren Angeboten Gebrauch machte. Bemüht, ihr zu verstehen zu geben, daß er ihre Äußerungen nicht ernst nahm, musterte er sie mit unverhohlenem Hohn. Zu seiner Genugtuung gelang es ihm, sie in Verlegenheit zu bringen. Minutenlang betrachtete sie ihre Fingerspitzen, ehe sie ihm die Vorteile aufzuzählen begann, die ihm ihrer Meinung nach daraus erwachsen würden, daß sie sich eine Wohnung gemietet hatte. Sie wies ihn darauf hin, daß er auf sie keine Rücksicht mehr nehmen müsse. Sie schilderte ihm das Leben, das er während ihrer Abwesenheit führen könne, in den schillerndsten Farben. Er könne tun und lassen, wozu er Lust und Laune habe, meinte sie. Er könne Schallplatten hören, er könne Freunde empfangen.

Er könne sogar singend durch die ganze Wohnung tanzen, fügte sie hinzu und sie sah ihn an, als erwarte sie, daß er in Anbetracht derartiger Aussichten vor Glückseligkeit jauchzen würde.

Aber er lachte nur kurz und bitter auf.

Wer denn die Hausarbeit verrichten solle, während er Schallplatten höre, Freunde empfange und singend durch die Wohnung tanze, erkundigte er sich, um sie zum Verstummen zu bringen. Er fragte sich, ob sie das, was sie da geäußert hatte, wohl selber glaubte. Nachdenklich schaute er sich im Zimmer um. Er konnte nur ästhetisch gestaltete Dinge entdecken. Auch an der Farbgebung war nichts zu beanstanden. Der blaßlila Auslegeteppich harmonierte mit der eierschalenfarbenen Sitzgarnitur und den eierschalenfarbenen Vorhängen. Selbst die weißlila Schwertlilien, die in einer weißen Bodenvase steckten, erweckten den Eindruck, als seien sie nicht gewachsen, sondern eigens für diesen Raum entworfen worden.

Das einzige, was nicht hineinpaßte, waren die Keksbrösel und -bröckchen, die Josephine über den makellosen Teppich verstreute. Giggenbacher stellte fest, daß Bettina diese Brösel und Bröckchen mit einem gewissen Unwillen musterte. Er hatte den Eindruck, daß sie dicht daran war, ihre Tochter zur Ordnung zu rufen. Aber offensichtlich verkniff sie sich dies, um nicht kleinlich zu erscheinen. Selbst als Josephine mit ihrer klebrigen, speichelfeuchten Hand auf die blütenweiße Wand tatschte und darauf fünf deutlich sichtbare Fingerabdrücke hinterließ, gab sie sich nicht die Blöße, sie auszuschelten. Sie verfolgte lediglich angespannt, als rechne sie jeden Augenblick mit einer weiteren Katastrophe, das kindliche Treiben. Nur ihre Miene verriet Giggenbacher, daß sie Qualen ausstand. Er zweifelte nicht daran, daß sie es längst bereute, ihn und Josephine in ihre neue Wohnung eingeladen zu haben, in der die Reinlichkeit und der gute Geschmack Triumphe feierten. Hastig leerte er sein Glas, ehe er sich erhob und das Kind, das sich gerade anschickte, mit seinen staubigen Schühchen auf einen von den noch unbefleckten eierschalenfarbenen Sesseln zu klettern, auf den Arm nahm.

Ich werde dich jetzt von deiner Tochter befreien, sagte er und er küßte Bettina auf die Wange.

Obwohl er sich nicht einmal eine halbe Stunde in ihrer Wohnung aufgehalten hatte, bat sie ihn nicht, noch ein bißchen zu bleiben. Sichtlich bemüht, ihre Erleichterung zu verhehlen, begleitete sie ihn zur Wohnungstür.

Ihr müßt mich bald wieder besuchen, meinte sie mit einem Lächeln, dessen Unaufrichtigkeit Giggenbacher bedrückte. Wortlos setzte er Josephine in ihren Kinderwagen und durchquerte den Hinterhof, ohne Bettina dadurch, daß er sich noch einmal nach ihr umdrehte, Gelegenheit zu geben, ihm nachzuwinken.

Auf dem Heimweg war er völlig deprimiert. Obwohl die Wohnung in dem Hinterhaus nur fünf Minuten zu Fuß von der ehelichen Wohnung entfernt war, hatte er das Gefühl, daß Bettina für ihn immer unerreichbarer wurde.

Plötzlich fiel ihm Strützels Bild wieder ein. Erneut fragte er sich, ob der Maler Bettina dieses Bild geschenkt oder verkauft hatte. Er hätte nicht sagen können, was ihm lieber gewesen wäre. Mit einer grüblerischen Miene näherte er sich dem Mietshaus, in dem er wohnte. Er war so in Gedanken versunken, daß er den hageren alten Mann, der mit einer Reisetasche neben der Haustür wartete, zunächst nicht beachtete. Erst als er ihm gegenüberstand, erkannte er, daß es sich bei dem alten Mann um seinen Vater handelte, den er seit Jahren nicht mehr gesehen hatte. Er war erschrocken, wie abgerissen er wirkte. Zumal seinem Mantel merkte man es an, daß er offensichtlich eine milde Gabe war. Er war nämlich nicht nur abgetragen. Er war auch mindestens zwei Nummern zu groß. Ebensowenig wie der Mantel paßte ihm die Hose, deren Beine viel zu kurz waren. Zudem trug er einen Damenschal mit einem Röschenmuster.

Das einzig Respektierliche an ihm war seine funkelnagelneue Reisetasche. Giggenbacher, der gute Gründe hatte, an der Rechtschaffenheit seines Vaters zu zweifeln, hätte es nicht gewundert, wenn dieser die Reisetasche gestohlen hätte. Er fragte sich nicht, warum sein Vater plötzlich hier auftauchte. Er war sich darüber im klaren, daß dieser ganz gewiß nicht hierher gereist wäre, wenn er nicht auf dem letzten Loch gepfiffen hätte. Um von vornherein keine falsche Herzlichkeit aufkommen zu lassen, die sich sein Vater leicht zunutze hätte machen können, umarmte er diesen nicht. Er gab ihm lediglich die Hand.

Was für eine Überraschung, sagte er.

Ich wollte dich anrufen, erwiderte sein Vater. Aber ich wußte deine Telephonnummer nicht.

Meine Telephonnummer hättest du doch leicht in Erfahrung bringen können, meinte Giggenbacher.

Sein Vater bestritt dies nicht.

Du siehst prächtig aus, sagte er.

Mir geht es auch nicht schlecht, entgegnete Giggenbacher.

Das freut mich, meinte sein Vater.

Wie geht es dir, erkundigte sich Giggenbacher.

Mir geht es glänzend, erwiderte sein Vater. Ich kann nicht klagen.

Das freut mich, sagte Giggenbacher, der sich längst damit abgefunden hatte, daß er von seinem Vater aufs dreisteste angelogen wurde, und er musterte stirnrunzelnd dessen mindestens um zwei Nummern zu großen schäbigen Mantel, ehe er ihm die Haustür aufhielt.

Während er mit Josephine hinauf zum dritten Stockwerk stieg, erklärte ihm sein Vater, daß er nicht eingesehen habe, warum er sich für die Reise in Schale werfen sollte. Bei jeder längeren Zugfahrt würde die Kleidung auf eine nicht wiedergutzumachende Weise strapaziert, meinte er.

Er habe seine guten Sachen im Schrank gelassen, um sie zu schonen, fuhr er fort.

Aber Giggenbacher dachte nicht daran, so zu tun, als schenkte er ihm Glauben. Schon jetzt setzte es ihm zu, daß er einen so nichtsnutzigen Vater hatte. Daß dieser noch seine Stellung als Nachtwächter innehatte, bezweifelte er. Wortlos öffnete er die Wohnungstür und bat seinen Vater einzutreten.

Dieser sah sich neugierig in der Diele um.

Ist Elvira nicht zuhause, erkundigte er sich, nachdem er seinen Mantel und den Damenschal abgelegt hatte.

Ich bin nicht mit einer Elvira, sondern mit einer Bettina verheiratet, sagte Giggenbacher ärgerlich.

Mein Namengedächtnis war schon immer katastrophal, erwiderte sein Vater. Aber ich versichere dir, daß ich mich noch sehr gut an Bettina erinnere.

Ist sie noch immer als Gebrauchsgraphikerin tätig, fragte er.

Sie war nie als Gebrauchsgraphikerin tätig, erwiderte Giggenbacher. Sie ist Filmemacherin.

Außerdem schreibt sie neuerdings einen Roman, fügte er hinzu, indem er seinen Vater ins Wohnzimmer komplimentierte.

Dieser sah sich erneut ganz unerschrocken um. Dabei trat in seine Augen ein verschlagener Ausdruck. Leise pfiff er durch die Zähne.

Alle Achtung, meinte er. Du hast es ja tatsächlich zu etwas gebracht. Ihr seid ja geradezu feudal eingerichtet.

Die Möbel hat Bettina gekauft, entgegnete Giggenbacher.

Bezahlt sie auch die Miete, fragte sein Vater.

Giggenbacher nickte.

Sie verdient viel mehr als ich, sagte er, obwohl er fand, daß dies seinen Vater nichts anging.

Heißt das, daß sie dich ernährt, erkundigte sich der.

So könnte man es ausdrücken, erwiderte Giggenbacher mit einer Verlegenheit, die verriet, wie peinlich es ihm noch immer war, daß er sich von Bettina ernähren ließ.

Sein Vater sah ihn voller Anerkennung an.

Du bist ja ein Glückspilz, rief er. Ich kann dir nur gratulieren. Den wenigsten Männern gelingt es, sich eine Frau zu angeln, die sie ernährt. Mein Leben lang habe ich davon geträumt, wie schön es wäre, wenn eine Frau dafür Sorge tragen würde, daß ich mich nicht um meinen Lebensunterhalt zu kümmern brauchte.

Ich habe Bettina nicht aus Berechnung geheiratet, entgegnete Giggenbacher patzig.

Aber es ist doch gleichgültig, ob du sie aus Berechnung geheiratet hast oder nicht, meinte sein Vater. Entscheidend ist einzig und allein, daß du sie dazu gebracht hast, daß sie dich ernährt.

Du irrst dich gehörig, wenn du glaubst, ich hätte es darauf angelegt, erwiderte Giggenbacher.

Mir brauchst du doch nichts vorzumachen, rief sein Vater. Ich bin kein Sittenapostel. Ich verurteile dich doch nicht. Ich bewundere dich. Schon immer habe ich geahnt, daß du ein durchtriebener Bursche bist. Du hast die Chance genützt, die sich dir geboten hat. Jetzt hast du ausgesorgt. Jetzt kannst du dir ins Fäustchen lachen. Mit deiner Hochzeit ist dir wahrhaftig ein Coup geglückt.

Ich betrachte meine Hochzeit nicht als einen Coup, entgegnete Giggenbacher.

Nun stell doch dein Licht nicht unter den Scheffel,

sagte sein Vater. Deine Hochzeit war ein Coup, ob du es nun zugibst oder nicht. Ich hätte zwar gerne gewußt, wie du diesen Coup eingefädelt hast. Aber andererseits kann ich verstehen, daß du mich nicht ins Vertrauen ziehen willst. Schließlich haben wir uns jahrelang nicht gesehen. Wir sind einander fremd geworden. Daran bin ich nicht schuld. Daran bist du nicht schuld. Schuld sind allein die Umstände, die die enge Bindung, die einmal zwischen uns bestanden hat, zerrissen haben. Trotzdem möchte ich dir einen Rat erteilen. Ruh dich nicht auf deinen Lorbeeren aus. Unterbinde alles, was Bettina mißtrauisch machen könnte.

Sie darf nicht dahinter kommen, daß du sie ausnutzt, fuhr er mit einem listigen Lächeln fort.

Aber ich nutze sie nicht aus, rief Giggenbacher. Schließlich verrichte ich hier die Hausarbeit. Schließlich hüte ich das Kind.

Ich muß dir doch nicht erzählen, daß die Hausarbeit und das Kinderhüten verglichen mit dem, was Bettina leistet, Kinkerlitzchen sind, meinte sein Vater. Deine Frau steht mitten im Lebenskampf. Dir hingegen bleibt dieser Lebenskampf erspart. Woher willst du wissen, ob du den Anforderungen, die heutzutage gestellt werden, gewachsen wärst. Deine Hauptaufgabe besteht darin, daß du Bettina bei Laune hältst. Sie darf deiner ganz einfach nicht überdrüssig werden. Kleide dich adrett, damit sie nicht die Lust verliert, mit dir ins Bett zu gehen. Achte darauf, daß sie, wenn sie nachhause kommt, stets ein gemütliches Heim vorfindet. Mach dich bei ihr liebkind, indem du ihr ihre Lieblingsgerichte zubereitest. Zeig Interesse für ihre beruflichen Schwierigkeiten. Aber behellige sie nicht mit deinen kleinen häuslichen Sorgen und Nöten.

Und laß dich vor allem nicht dazu hinreißen, daß du

dich bei ihr darüber beklagst, daß dich die Hausarbeit nicht ausfüllt, fügte er hinzu und er musterte Giggenbacher abschätzend.

Wenn ich deine Ratschläge befolgen würde, würde ich auch noch den Rest Selbstachtung verlieren, der mir geblieben ist, erwiderte Giggenbacher.

Von deiner Selbstachtung kannst du nicht leben, sagte sein Vater.

Ich kann aber auch nicht ohne sie leben, entgegnete Giggenbacher.

Das bildest du dir nur ein, meinte sein Vater.

Selbstachtung ist ein Luxus, den sich nicht jeder leisten kann, fuhr er fort und er wollte offensichtlich noch etwas hinzufügen.

Aber Giggenbacher unterbrach ihn.

Können wir nicht endlich das Thema wechseln, sagte er, erschüttert über die moralische Verkommenheit seines Vaters.

Zu seiner Erleichterung verstummte sein Vater unverzüglich. Giggenbacher überlegte, welches Gesprächsthema er anschneiden sollte. Doch es fielen ihm nur Belanglosigkeiten ein. Es entging ihm nicht, daß auch sein Vater zu überlegen schien, worauf er zu sprechen kommen sollte. Jäh wurde ihm bewußt, daß er und sein Vater sich schon jetzt nichts mehr zu sagen hatten. Obwohl er gerade erst an der Frivolität dieses alten Mannes Anstoß genommen hatte, störte ihn nun dessen Schweigen. Fast wünschte er sich, sein Vater hätte wenigstens weitere Frivolitäten geäußert. Verlegen verfolgte er, wie Josephine über den Teppich purzelte.

Er wollte seinen Vater gerade fragen, ob er die Geburtsanzeige erhalten habe, die er ihm vor dreizehn Monaten geschickt hatte, als plötzlich das dreimalige Klingelzeichen ertönte, mit dem Bettina ihre Rückkehr anzukündigen pflegte. Hastig erhob er sich und öffnete ihr die Wohnungstür. Er war darauf gefaßt, daß sie über die schäbige Kleidung seines Vaters die Nase rümpfen würde. Auch erwartete er, daß sie es ihn spüren lassen würde, daß er eine verkrachte Existenz war.

Doch nichts dergleichen geschah.

Bettina verhielt sich seinem Vater gegenüber nicht herablassend. Vielmehr legte sie eine neckische Zuvorkommenheit an den Tag, die Giggenbacher verblüffte. Er hatte den Verdacht, daß sie seinen Vater nur so herzlich behandelte, weil er, Giggenbacher, nicht gut auf ihn zu sprechen war. Auch war er überzeugt davon, daß sie ihre Zuvorkommenheit recht bald bereuen würde. Schon jetzt sah er voraus, daß es schwer sein würde, diesen Gast wieder loszuwerden. Voller Vorbehalte beobachtete er seinen Vater, der, animiert durch Bettinas Freundlichkeit, mehr und mehr auflebte. Die billige Art und Weise, in der dieser alte Mann den Charmeur herauskehrte, stieß ihn ab. Er hörte ihn zu Bettina sagen, daß sie noch schöner geworden sei. Er hörte ihn sagen, daß er sich eine solche Schwiegertochter schon immer gewünscht hätte. Er hörte ihn sagen, daß sein Sohn eine Frau wie sie nicht verdient hätte.

Miteinemmal wünschte er sich von ganzem Herzen, mit seinem Vater nichts gemein zu haben. Allein die Tatsache, daß er von ihm gewisse körperliche Merkmale wie die großen braunen Augen und die kleine Nase geerbt hatte, machte ihm zu schaffen. Er litt entsetzlich darunter, daß er seinem Vater ähnlich sah. Weil er meinte, dessen Anblick nicht länger ertragen zu können, stand er auf und deckte den Abendbrottisch. Auf Bettinas Bitte hin öffnete er eigens eine Büchse Gänseleberpastete und eine Büchse Räucherlachs. Wenn es nach ihm gegangen wäre, hätte er dies nicht getan. Er hielt es für falsch, seinen Vater so zu verwöhnen.

Schließlich ist er ein Versager, sagte er sich und er stellte die Gänseleberpastete und den Räucherlachs auf den Bauerntisch, ohne sich zu fragen, ob er überhaupt das Recht hatte, seinen Vater zu verurteilen, weil dieser am Leben gescheitert war.

12

Obwohl Giggenbacher in den darauffolgenden Tagen sein ganzes Sinnen und Trachten darauf richtete, seinen Vater hinauszuekeln, gelang ihm dies nicht. Seine Versuche, Zwietracht zwischen sich und ihm zu säen, scheiterten an der Nachgiebigkeit seines Vaters. Seine Bemühungen, seinen Vater zu beleidigen, wurden durch dessen Mangel an Ehrgefühl zunichte gemacht. All seinen bösen Absichten zum Trotz konnte er ihn weder kränken noch in Wut versetzen. Seine Sticheleien wurden von seinem Vater beflissentlich mißverstanden. Seine Anwürfe prallten von ihm ab. Er mußte einsehen, daß er mit seinen Angriffen nichts erreichte. Denn sein Vater parierte diese Angriffe nicht, indem er sich verteidigte, sondern indem er ihm, Giggenbacher, recht gab und sich selbst bezichtigte. So brach er den besagten Angriffen die Spitze ab.

Die Dickfelligkeit und die Wendigkeit seines Vaters empörten Giggenbacher. Er fühlte sich in ein Schattenboxen verwickelt, bei dem er sich sinnlos verausgabte. Kein Schlag, zu dem er ausholte, traf seinen Vater. Er fand es bezeichnend, daß sich dieser wohlweislich davor hütete, irgendwelche festen Standpunkte zu vertreten, die er, Giggenbacher, hätte verwerfen oder brandmarken können. Die Anwesenheit seines Vaters, bei dessen Anblick er sich ständig der Gefahr bewußt war, daß er ebenso enden konnte wie er, rieb ihn auf. Jedesmal, wenn er ihn erblickte, fragte er sich, ob er nicht selber bereits auf dem besten Weg war, ein ebenso kriecherischer, hinterhältiger Schmarotzer zu werden wie er. Sobald er seinen Vater ansah, haßte er sich selbst.

Um ihm seinen Aufenthalt zu vergällen, bürdete er ihm mehr und mehr häusliche Pflichten auf. Bald bat er ihn, staubzusaugen, bald bat er ihn, den Tisch zu dekken, bald bat er ihn, das Geschirr abzuspülen. Er ließ ihn einkaufen, er ließ ihn sein Enkelkind hüten. Er ließ ihn einfache Gerichte zubereiten. Wenn sein Vater, um sich vor der Hausarbeit zu drücken, über Herzschmerzen, über Rückenschmerzen oder über rheumatische Beschwerden klagte, gab er ihm lachend zu verstehen, daß er ihm keinen Glauben schenkte. Er fiel auch nicht auf das Stöhnen herein, mit dem sein Vater kundtun wollte, daß er überfordert wurde. Ganz bedenkenlos zog er sich in sein Arbeitszimmer zurück und beschäftigte sich, wenn er nicht einfach dasaß und seinen Gedanken nachhing, mit seinem Roman.

Daß er die Notlage seines Vaters ausnutzte, kümmerte ihn kaum. Er genoß es, daß er ausnahmsweise einmal faul sein konnte. Damit sein Vater nicht argwöhnte, daß er nichts tat, legte er, bevor er in seinem Arbeitszimmer verschwand, eine Hektik an den Tag, die einschüchternd wirkte. Stets gab er vor, unter Zeitdruck zu stehen. Stets redete er von Terminen, die er angeblich einhalten müßte. Stets betrat er sein Zimmer in größter Eile.

Dabei lebte er in der ständigen Furcht, daß seinem Müßiggang ein jähes Ende bereitet werden könnte. Obwohl er nach wie vor unter der Anwesenheit seines Vaters litt, sehnte er nicht mehr dessen Abreise herbei. Vielmehr machte er, um sein geruhsames Dasein nicht zu gefährden, seinem Vater Konzessionen. Er hörte sich dessen Lügenmärchen an. Er lachte über dessen Kalauer. Ja, er ließ sich sogar von ihm bestehlen. Denn daß er von seinem Vater bestohlen wurde, lag für ihn auf der Hand. Dauernd kamen Dinge abhanden. Mal vermißte er einen silbernen Drehbleistift, mal vermißte er einen vergoldeten Brieföffner, mal vermißte er Manschettenknöpfe mit Halbedelsteinen.

Einen Teil der vermißten Dinge entdeckte er in der nagelneuen Reisetasche seines Vaters, die er während dessen Abwesenheit durchsuchte. Damit sein Vater merkte, daß er, Giggenbacher, wußte, daß er von ihm bestohlen wurde, nahm er den vergoldeten Brieföffner aus der Reisetasche und legte ihn auf seinen Schreibtisch zurück. Doch schon am nächsten Tag war der Brieföffner wieder verschwunden. Sein Vater bestahl ihn völlig unverfroren weiter. Allerdings versteckte er die gestohlenen Gegenstände nicht mehr in seiner Reisetasche. Wo er das Diebesgut verbarg, fand Giggenbacher nicht heraus.

Die Schamlosigkeit dieses alten Mannes erboste ihn. Mehrfach war er dicht daran, seinen Vater zur Rede zu stellen. Wenn er indes nur an die Peinlichkeiten dachte, die eine solche Aussprache mit sich gebracht hätte, geriet er bereits in Verlegenheit. Auch sagte er sich, daß er, ehe er seinen Vater des Diebstahls bezichtigte, erst das Versteck des Diebesguts finden mußte. Immer wieder durchsuchte er die Wohnung.

Ansonsten mühte er sich, die Angelegenheit Bettina zu verheimlichen. Aber er konnte nicht verhindern, daß diese sich ihrerseits Gedanken darüber machte, daß mal ein Zinnkrug, mal ein silbernes Teesieb, mal ein silberner Tortenheber und mal eine goldene Brosche, die die Form einer Spinne hatte, verschwand. Es dauerte nicht lange, bis sie seinen Vater verdächtigte, daß er stahl. Sie durchsuchte dessen Reisetasche. Und als sie darin nichts fand, äußerte sie Giggenbacher gegenüber die Vermutung, daß sein Vater die gestohlenen Gegenstände in einem Pfandhaus versetzte. Obwohl Giggenbacher ihr dies auszureden suchte, heftete sie sich seinem Vater an die Fersen, als dieser wieder einmal mit Josephine spazierenging. Während sie ihm in einem gewissen Abstand folgte, schlich Giggenbacher wie ein geprügelter Hund durch die Wohnung. Vor Scham ging er geduckt, als fürchte er, mit dem Kopf gegen die Zimmerdecke zu stoßen. Er zweifelte nicht daran, daß Bettina seinen Vater beim Versetzen irgendeines gestohlenen Gegenstands ertappen würde. Er wußte, wie selbstgerecht sie sein konnte. Auch sah er voraus, daß sie seinem Vater keine Peinlichkeit ersparen würde.

Er sagte sich, daß seinen Vater einzig und allein der Wohlstand, in dem sein Sohn und seine Schwiegertochter lebten, zum Stehlen verleitet hatte. Plötzlich wurde ihm bewußt, daß er seinem Vater die Demütigungen, die ihm ohne Zweifel vonseiten Bettinas zuteil wurden, hätte ersparen müssen. In Anbetracht der Schande, die seiner Meinung nach mittlerweile über seinen Vater hereingebrochen war, rang er die Hände. Er versuchte gerade, sich in dessen Situation zu versetzen, als ihn ein dreimaliges Klingelzeichen jäh zusammenzucken ließ. Nahezu kopflos stürzte er zur Wohnungstür.

Das triumphierende Lächeln Bettinas sagte ihm mehr, als es Erklärungen vermocht hätten. Mit zwei prallgefüllten Tragtaschen, aus denen der Henkel des vermißten Zinnkrugs und der Griff des vermißten Tortenhebers herausragten, betrat sie, gefolgt von seinem Vater, der Josephine vor sich herschob, die Diele.

Sieh dir nur an, was er uns alles gestohlen hat, meinte sie und sie begann, die beiden Tragtaschen auf dem Bauerntisch auszupacken.

Doch Giggenbacher zeigte für die gestohlenen Gegenstände, die sie nacheinander zutage förderte, nur wenig Interesse. Besorgt wendete er sich seinem Vater zu, der ganz entgegen seinen Erwartungen alles andere als gebrochen wirkte. Er war so ruhig, daß man annehmen mußte, daß er nicht zum ersten Mal bei einem Diebstahl ertappt worden war. Ohne ihn, Giggenbacher, eines Blickes zu würdigen, ging er mit einer halb aufsässigen, halb gehässigen Miene in Bettinas Arbeitszimmer, das man ihm für die Dauer seines Aufenthalts zur Verfügung gestellt hatte, und fing an, seine jämmerlichen Habseligkeiten in seine respektierliche Reisetasche zu packen. Er packte diese Habseligkeiten rascher ein, als Bettina sein Diebesgut auspackte. Wortlos ergriff er die Reisetasche und näherte sich mit eiligen Schritten der Wohnungstür.

Die Art und Weise, in der sich sein Vater aus dem Staube machen wollte, ging Giggenbacher zu Herzen. Er legte Wert auf einen versöhnlichen Abschied. Mit bittenden Gebärden stellte er sich seinem Vater in den Weg.

Willst du uns wirklich schon verlassen, erkundigte er sich.

Deine Frau hat mir gedroht, daß sie mich anzeigen würde, wenn ich nicht sofort verschwände, erwiderte sein Vater mit einem bitteren Auflachen.

Das hat Bettina doch nicht ernst gemeint, sagte Giggenbacher.

Ich hatte nicht den Eindruck, daß sie scherzte, meinte sein Vater.

Außerdem würde ich es hier ohnehin keinen Tag länger aushalten, fügte er hinzu.

Hast du dich hier nicht wohlgefühlt, fragte Giggenbacher.

Ich wüßte nicht, warum ich mich hätte wohlfühlen

sollen, sagte sein Vater. Letztlich bin ich von euch nicht wie ein Gast, sondern wie ein Bediensteter behandelt worden.

Ich war für euch gerade gut genug, um hier ohne Entgelt die Dreckarbeit zu verrichten, fuhr er fort, indem er Giggenbacher zur Seite schob, so daß er die Wohnungstür öffnen konnte.

Dieser wußte nicht, was er zu seiner Rechtfertigung vorbringen sollte. Schüchtern zupfte er seinen Vater am Ärmel seines um mindestens zwei Nummern zu großen Mantels.

Was willst du denn noch, erkundigte sich der voller Verdrossenheit.

Ich möchte dir nur sagen, daß ich es dir nicht übelnehme, daß du uns bestohlen hast, meinte Giggenbacher.

Mir ist es scheißegal, ob du mir das übelnimmst oder nicht, entgegnete sein Vater, ehe er ins Treppenhaus trat.

Wohin willst du denn gehen, fragte Giggenbacher.

Ich denke nicht daran, einen Krämergeist wie dich in meine Pläne einzuweihen, sagte sein Vater, während er treppabwärts stieg.

Ratlos sah Giggenbacher hinter ihm her. Erst als er hinter der Treppenbiegung verschwunden war, schloß er die Wohnungstür. Daß ihn sein Vater als einen Krämergeist bezeichnet hatte, setzte ihm arg zu. Noch nie zuvor hatte ihn jemand einen Krämergeist genannt. Benommen starrte er auf den Bauerntisch, auf dem Bettina mittlerweile das Diebesgut ausgebreitet hatte. Er fand, daß der Bauerntisch wie ein Gabentisch anmutete. Zögernd trat er näher.

Es entging ihm nicht, daß sich unter den gestohlenen Gegenständen auch solche befanden, die er nicht vermißt hatte. Er überlegte, wieviel Geld man seinem Vater für den ganzen Kram, der da vor ihm ausgebreitet lag, im Pfandhaus gegeben haben mochte. Mit einem abschätzenden Blick musterte er die gestohlenen Gegenstände, die ihm nichts bedeuteten.

Er war verwundert, daß der Anblick derart nichtiger Dinge bei Bettina die größte Befriedigung hervorrief. Doch gleich darauf wurde ihm klar, daß sie wohl weniger über den Anblick des Diebesguts, als über die Tatsache, daß sie seinen Vater des Diebstahls überführt hatte, so befriedigt war. Ihr Hang zur Rechthaberei und zur Selbstgerechtigkeit ekelte ihn so an, daß er meinte, keinen Tag länger mit ihr zusammenleben zu können. Jäh wurde ihm das Ausmaß seiner Unterdrückung bewußt. Er sagte sich, daß Bettina es nicht wert war, daß er sich für sie zugrunde richtete. Miteinemmal verspürte er den Drang, ihr ins Gesicht zu schlagen, damit die Befriedigung daraus wich, die ihren Zügen jene träge Sattheit verlieh, die sie sonst nur nach einem Orgasmus zeigten. Und eh er sich's versah, versetzte er ihr zwei klatschende Ohrfeigen, eine auf die rechte Wange und eine auf die linke. Er war darüber fast noch erschrockener als sie. Genauso entgeistert, wie sie ihn anstarrte, starrte er sie an. Ungläubig registrierte er, daß seine Finger auf ihren Wangen rote Abdrücke hinterlassen hatten.

Bist du wahnsinnig geworden, kreischte sie und sie tat einen Schritt auf ihn zu.

Doch er wich nicht vor ihr zurück. Um sich selbst zu beweisen, daß er kein Feigling war, stemmte er die Hände in die Hüften und schüttelte langsam den Kopf. Er erwartete, daß Bettina ihn fragen würde, aus welchem Grund er sie geschlagen hatte. Aber zu seiner Verblüffung wollte sie dies offensichtlich gar nicht wissen. Mit einer wilden Entschlossenheit stürzte sie ins Schlafzimmer.

Giggenbacher hörte sie hin und her hasten. Er zweifelte nicht daran, daß sie ihre Koffer packte. Tatsächlich sah er sie nach zehn Minuten mit zwei großen weinroten Lederkoffern sowie einem Kosmetikkoffer und einer Handtasche in den Händen und einem Pelzmantel und einem Wollmantel über dem Arm in der Diele auftauchen. Einen dritten Mantel hatte sie sich über die Schultern gehängt. Er fand, daß sie mit ihren beiden schweren Koffern und ihren drei Mänteln den Eindruck erweckte, sie sei im Begriff, eine Weltreise anzutreten. Ein Lachreiz überkam ihn, als er daran dachte, daß sie aller Wahrscheinlichkeit nach nur zu ihrer neuen Wohnung fahren würde. Doch er unterdrückte diesen Lachreiz, um nicht roh zu erscheinen. Seine Ruhe setzte ihn selber in Erstaunen.

Ungerührt verfolgte er, wie Bettina mit ihren Koffern, ihrem Kosmetikkoffer, ihrer Handtasche und ihren drei Mänteln, aus deren Taschen bunte Seidenschals hingen, die bei jedem ihrer Schritte wie Fahnen hin und her flatterten, auf die Wohnungstür zuwankte. Er hatte das Gefühl, daß sie damit rechnete, daß er sie im letzten Augenblick zurückhalten würde. Denn sie blieb, nachdem sie die Wohnungstür geöffnet hatte, ohne ersichtlichen Grund minutenlang stehen. Erst als es evident war, daß er nicht vorhatte, sie am Verlassen der Wohnung zu hindern, wuchtete sie die Koffer ins Treppenhaus und schlug krachend die Wohnungstür zu.

Ihr Aufbruch ernüchterte Giggenbacher keineswegs. Ungeachtet dessen, daß er ihr lediglich zwei Ohrfeigen verpaßt hatte, kam er sich wie ein Held vor. Den Gedanken an die Konsequenzen, die die beiden Ohrfeigen nach sich ziehen konnten, verdrängte er aus seinem Kopf. Er überlegte, was er jetzt tun sollte. Er hätte Geschirr spülen müssen, er hätte Wäsche aufhängen müssen, er hätte einkaufen müssen. Aber dazu hatte er keine Lust. Obwohl er ahnte, daß seine wiedergewonnene Freiheit eine Freiheit auf Abruf war, erschien es ihm angebracht, diese Freiheit zu feiern. Er schenkte sich einen doppelten Whisky ein und legte eine Jazzplatte auf. Doch der Alkohol und die Musik, die ihn an glücklichere Zeiten erinnerte, heiterten ihn nicht auf. Er wurde von Minute zu Minute melancholischer. Die beiden Ohrfeigen, die er Bettina verpaßt hatte, erschienen ihm miteinemmal bei weitem nicht mehr so heldenhaft. Beim besten Willen hätte er nicht beurteilen können, ob er klug oder töricht gehandelt hatte. Er sagte sich, daß sich dies erst noch herausstellen würde. Fast bereute er es schon, daß er handgreiflich geworden war. Seine so unvermittelt wiedergewonnene Freiheit machte ihm Angst. Er wußte nicht, was er damit anfangen sollte. Stumpf beobachtete er Josephine, die mit einer großen Schere spielte. Nach einem kurzen Zaudern stand er auf und nahm ihr die Schere ab. Doch als Josephine mit einem wütenden Geschrei dagegen protestierte, gab er ihr resigniert das gefährliche Spielzeug zurück, ehe er sie ins Bett brachte.

Um nicht in ein Loch des Trübsinns zu stürzen, aus dem er nicht so rasch herausgefunden hätte, rief er Florian Ode an und lud ihn zu sich ein. Eine halbe Stunde später stand Ode vor der Wohnungstür. Allerdings kam er nicht allein, sondern in Begleitung einer gewissen Ernesta Schnegel, die Giggenbacher auf einer Tagung des Schriftstellerverbandes kennengelernt hatte. Ernesta Schnegel verfaßte Artikel und Aufsätze, mit denen sie ihre Geschlechtsgenossinnen zum Kampf gegen die Männerherrschaft zu mobilisieren suchte. Auch leitete sie ein sogenanntes Frauenhaus, in dem Frauen, die von ihren Männern mißhandelt worden waren, und deren Kinder Zuflucht fanden.

Daß sie eine kämpferische Feministin war, sah man ihr auf den ersten Blick an. Ihr Äußeres zeugte von dem Bestreben, trotz ihres aparten Gesichts und trotz ihrer schlanken Gestalt um keinen Preis attraktiv zu wirken. Tatsächlich hatte sie alles getan, um sich zu entstellen. Ihre Haare waren so kurz geschnitten, daß man ihren Kopf fast als kahlgeschoren hätte bezeichnen können. Ihre Augen waren von einem häßlichen schwarzen Brillengestell umrahmt. Ihre Fingernägel sahen aus, als hätte sich ein hungriges Nagetier an ihnen zu schaffen gemacht. Ihre Brüste hob kein Büstenhalter. Sie verschwanden gänzlich unter einem unförmig weiten bernsteinfarbenen Pullover, der auch einem korpulenten Mann nicht zu eng gewesen wäre. Statt einer Handtasche trug sie eine abgestoßene Aktentasche, die offensichtlich nicht leicht war. Denn sie setzte sie ächzend auf dem Fußboden der Diele ab.

Giggenbacher nahm an, daß die Aktenmappe mit feministischen Schriften und Pamphleten vollgestopft war, in denen die Männer zu brutalen Unterdrückern und zu gemütsarmen Triebmenschen gestempelt wurden. Während er seine beiden Gäste ins Wohnzimmer führte, fragte er sich nicht zum ersten Mal, warum Ernesta Schnegel, die im allgemeinen schon aus ideologischen Gründen mit Frauen ins Bett zu gehen pflegte, hin und wieder rückfällig wurde und einem von jenen gemütsarmen Triebmenschen, die sie gewöhnlich entweder mit Haß verfolgte oder mit Verachtung strafte, ihre Gunst gewährte. Er sagte sich, daß Ernesta Schnegel allem Anschein nach drauf und dran war, einen weiteren Rückfall zu erleiden. Belustigt füllte er erst Whisky und daraufhin Mineralwasser in drei Gläser und prostete seinen beiden Gästen zu, die sich keineswegs wie Verliebte verhielten. Sie belauerten sich wie zwei Geschäftsleute, die einander hereinlegen wollen. Mit hektischen Bewegungen stopfte sich Ernesta Schnegel eine Pfeife, die sie aus der Gesäßtasche ihrer Hose gezogen hatte. Mit einer provozierenden Gemächlichkeit stopfte sich Ode seinerseits eine Pfeife. Die Atmosphäre war so angespannt, daß Giggenbacher das Gefühl hatte, seine beiden Gäste warteten nur auf einen Anlaß, der es ihnen erlaubt hätte, einen Streit vom Zaun zu brechen. Die Hast, in der sie ihre Gläser leerten, verriet ihm ihr Unbehagen. Erneut schenkte er ihnen Whisky und Mineralwasser ein. Er hätte Ode gern von den beiden Ohrfeigen erzählt. Aber die Anwesenheit Ernesta Schnegels ließ es ihm ratsam erscheinen, den Mund zu halten. Als sich Ode nach Bettina erkundigte, erwiderte er, daß diese momentan in ihrer neuen Wohnung sei.

Kommt sie auch abends nicht nachhause, fragte Ode überrascht.

Sie arbeitet wie besessen an ihrem Roman, sagte Giggenbacher.

Offensichtlich setzt sie ihren ganzen Stolz darein, mich zu überflügeln, fügte er hinzu.

Wann wirst du denn deinen Roman fertiggestellt haben, fragte Ode.

Vielleicht werde ich ihn niemals fertigstellen, meinte Giggenbacher. Seit Monaten muß ich hier die Hausarbeit verrichten.

Seit Monaten muß ich das Kind hüten, fügte er hinzu, indem er abermals Whisky und Mineralwasser in die Gläser schenkte.

Warum sagen Sie das eigentlich mit solch einer Leidensmiene, rief Ernesta Schnegel. Wissen Sie nicht, daß Millionen und Abermillionen Frauen das, was Sie erst seit ein paar Monaten tun, ihr Leben lang tun müssen.

Mir fällt es nicht schwer, mich in die Lage dieser

Frauen zu versetzen, erwiderte Giggenbacher. Ich weiß aus eigener Erfahrung, wie zermürbend und niederdrükkend es ist, wenn man sich tagein, tagaus mit Lappalien befassen muß.

Finden Sie es etwa unter Ihrer Würde, daß Sie sich um den Haushalt und das Kind kümmern müssen, erkundigte sich Ernesta Schnegel.

Ich finde es nicht unter meiner Würde, sagte Giggenbacher. Es demoralisiert mich lediglich. Obwohl ich den ganzen Tag lang beschäftigt bin, fühle ich mich nicht ausgelastet. Zumal in den kurzen Zwischenpausen, da ich darauf warte, daß die Kartoffeln gar werden, daß die Eier hart werden, daß die Wäsche trocken wird, daß das Bügeleisen heiß wird, wird mir bewußt, daß ich mich mit lauter Nichtigkeiten verzettele. Würden diesen Nichtigkeiten ein Ende nehmen, würde ich kein Wort darüber verlieren. Was mich jedoch geistig paralysiert, ist die Tatsache, daß sie auf eine impertinente Weise wiederkehren. Kaum daß ich sie erledigt habe, muß ich mich von neuem damit befassen. Oft habe ich das Gefühl, ich würde von ihnen überwältigt. Bald gerate ich in eine regelrechte Hysterie. Bald droht eine eigentümliche Zerstörungswut, mich zu übermannen. Ich möchte das Geschirr zertrümmern, damit ich es nie wieder abzuspülen brauche. Ich möchte mit der Axt die Möbelstücke zerhacken, damit ich sie nie wieder abzustauben brauche. Ich möchte die über die ganze Wohnung verstreuten Spielsachen meiner Tochter in die Mülltonne werfen, damit ich sie nie wieder zusammenklauben muß. Aber ich tue nichts dergleichen.

Allmorgendlich trete ich den Kampf gegen den Staub, den Schmutz und die Unordnung mit dem Bewußtsein an, daß dieser Kampf mit meiner Niederlage enden wird, fuhr er fort und er lächelte Ernesta Schnegel und Ode wehmütig an.

Wenn du so weitermachst, wirst du bald den männlichen Typus verkörpern, von dem Ernesta und ihre Mitstreiterinnen träumen, erwiderte sein Freund. Du müßtest dich nur noch kastrieren lassen, um ihren Wunschvorstellungen zu entsprechen.

Ich komme mir auch ohne Kastration wie ein Eunuche vor, meinte Giggenbacher. Ich bin weder Fisch noch Fleisch. Daß ich noch immer beim Beischlaf die Rolle des Mannes übernehme, ist nur von untergeordneter Bedeutung. Viel wichtiger ist, daß ich das Leben einer braven, biederen Hausfrau führe. Das färbt auf mich ab. Ich merke, daß ich immer weibischer werde. Ich bin Bettina ebenso treu ergeben, wie es ehrbare Hausfrauen ihren Männern sind. Wie die meisten Hausfrauen stelle ich meine eigenen Interessen hintan. Wie die meisten Hausfrauen bin ich, weil mich die Hausarbeit vom Geldverdienen abhält, vom Wohlwollen meines Ehepartners abhängig.

Warum opferst du dich für Bettina auf, rief Ode. Warum läßt du nicht alles stehen und liegen und widmest dich deinem Roman.

Weil die Wohnung verrotten und verkommen würde, erwiderte Giggenbacher.

Manch ein Meisterwerk ist inmitten von Schmutz und Unordnung entstanden, sagte Ode und er sah Giggenbacher prüfend an.

Dieser reagierte auf die Äußerung seines Freundes wie auf eine Offenbarung.

Wie recht du doch hast, rief er, indem er voller Todesverachtung die Asche von seiner Zigarette auf den handgeknüpften weißen Wollteppich schnippte.

So ist's richtig, sagte Ode und er sprang auf und warf sämtliche Sofakissen zu Boden.

Giggenbacher wollte ihm nicht nachstehen. Er schleuderte die mittlerweile leere Whiskyflasche gegen die Wand, so daß sie zerschellte. Während er eine zweite Flasche Whisky holen ging, riß Ernesta Schnegel einen Asternstrauß aus einer Blumenvase und verstreute die Blumen über den Parkettfußboden. Der Anblick der über den Parkettfußboden verstreuten Astern brachte Giggenbacher auf die Idee, seinen Papierkorb im Wohnzimmer auszuleeren.

Als überall zerknüllte Papierbogen, aufgeschlitzte Briefcouverts und leere Zigarettenschachteln herumlagen, schenkte er sich ein Glas Whisky ohne Mineralwasser ein und trank es mit großen Schlucken aus. Er fand, daß die Unordnung, die nun herrschte, groß genug war. Ein Chaos wollte er nicht schaffen. Mit einem schweren Zungenschlag gab er seinen Gästen, die nur noch aus der Flasche tranken, zu verstehen, daß er jetzt seinen Roman fertigstellen könne.

Aber Ode und Ernesta Schnegel hielten es, angetrunken, wie sie waren, für ihre Pflicht, seine Arbeitsbedingungen noch zu verbessern. Ode hatte den Einfall, sämtliche Schuhe, die sich im Schuhschrank in der Diele befanden, in alle vier Himmelsrichtungen zu werfen. Ernesta Schnegel verschwand in der Küche und tauchte mit einem Abfalleimer wieder auf.

Für einen Augenblick war Giggenbacher dicht daran, ihr den Abfalleimer aus den Händen zu reißen, ehe sie dessen Inhalt über den Fußboden verstreuen konnte. Aber gleich darauf wurde ihm bewußt, daß er sich hiermit eine Blöße geben würde. Mit gemischten Gefühlen ließ er Ernesta Schnegel gewähren. Aufseufzend schenkte er sich ein weiteres Glas Whisky ein. Als er es geleert hatte, störte es ihn nicht mehr, daß der Fußboden mit Kaffeesatz, mit Eierschalen, Kartoffelschalen, Bananenschalen, mit Speckschwarten, Wurstpellen, Obstkernen, mit leeren Büchsen, mit ausgepreßten Zitronen, mit abgenagten Knochen und fauligen Salatblättern besät war. Grinsend erhob er sich und legte eine Schallplatte auf. Darauf forderte er Ernesta Schnegel mit einem tiefen Bückling, der ihn aus dem Gleichgewicht brachte, zum Tanzen auf.

Weil diese sich jedoch aus ideologischen Gründen weigerte, seinem Wunsch nachzukommen, nahm er mit Ode vorlieb, der ebenfalls tanzen wollte. Ohne auf den Rhythmus zu achten, bewegte er sich mit seinem Freund mit wilden Sprüngen und Verrenkungen durch den Raum. Er war gerade vor der Tür angelangt, als Ode plötzlich auf einem Salatblatt ausrutschte und der Länge nach hinschlug. Fluchend rappelte er sich hoch und hinkte zum Sofa, um seine Verletzungen in Augenschein zu nehmen.

Obwohl er sich bei seinem Sturz nur eine Hautaufschürfung am Knie und eine Prellung am Oberschenkel zugezogen hatte, gebärdete er sich, als hätte er sich das Bein gebrochen. Mit einem schmerzverzerrten Gesicht ließ er sich von Giggenbacher verarzten, der mit Verbandzeug, Wundsalben und kalten Kompressen herbeieilte. Sobald dieser das auf dem Sofa langgestreckte Bein, das behaart und muskulös war, auch nur an einer von den Verletzungen weit entfernten Stelle berührte, zuckte sein Freund zusammen.

Odes Zimperlichkeit verblüffte ihn. Er hätte nie geglaubt, daß der Publizist, der davon träumte, der Anführer eines Volksaufstands zu sein, der sich damit brüstete, daß er mit einem Maschinengewehr umgehen konnte, so zartbesaitet war. Fast schämte er sich für ihn. Verstohlen musterte er Ernesta Schnegel. Er war darauf gefaßt, daß sie für Ode nichts als Verachtung übrig haben würde. Doch die Feministin war eingeschlafen.

Den Kopf auf die Hand gestützt, hockte sie mit angezogenen Knien in einem der Sessel. Mit der anderen Hand hielt sie die leere Whiskyflasche umklammert. Daß sie keinen Tropfen zurückgelassen hatte, erschien Giggenbacher bezeichnend. Ärgerlich ging er zu seinem Barschrank, der außer mehreren Fläschchen Magenbitter nur noch eine Flasche Wermut und eine Flasche Cointreau enthielt. Weil er Wermut nicht mochte, schenkte er sich und Ode Cointreau ein. Schwungvoll hob er sein Glas und erkundigte sich bei Ode, worauf man trinken solle. Aber sein Freund winkte nur ab und deutete, so als sei er überzeugt davon, daß der Alkohol den Heilungsprozeß nur verzögern konnte, weinerlich auf sein Bein.

Er müsse sich auf den Heimweg machen, meinte er, indem er das Bein mit beiden Händen umfaßte und es achtsam und ohne es zu knicken in die Richtung des Fußbodens schob. Als es nach einem umständlichen Manöver endlich den Teppich berührte, traf er Anstalten, sich zu erheben. Weil er indes darauf bedacht war, sein Bein unter keinen Umständen zu knicken, dauerte es eine Weile, bis er stand. Man sah es ihm an, wie sehr er litt. Sein Gesicht war aschfahl. Giggenbacher fand, daß es miteinemmal wie von einer unheilbaren Krankheit gezeichnet wirkte. Kopfschüttelnd folgte er Ode, der so schwerfällig zur Wohnungstür humpelte, daß man hätte meinen können, sein Bein sei nicht aus Fleisch und Blut, sondern aus Holz. Vor der Wohnungstür angelangt, klopfte er seinem Freund beschwichtigend auf die Schulter und wünschte ihm gute Besserung.

Aber Ode gab ihm zu verstehen, daß er mit einer Verschlechterung seines Befindens rechne.

Ihn schmerze nicht nur das Bein, sagte er. Ihm tue alles weh: der Kopf, die Brust, das Becken und der Rücken.

Zumal das Bein, dem äußerlich nichts anzumerken sei, schmerze ärger als das Bein, dem äußerlich etwas anzumerken sei, fügte er hinzu.

Ob er sich das nicht nur einbilde, erkundigte sich Giggenbacher. Er erwartete, daß ihm Ode widersprechen würde.

Aber dieser schaute ihn lediglich traurig an, ehe er treppabwärts humpelte.

Leise schloß Giggenbacher die Wohnungstür. Wieder im Wohnzimmer angelangt, stellte er fest, daß Ernesta Schnegel noch immer schlief. Kurzentschlossen holte er eine Wolldecke und breitete sie über die Knie der Feministin. Darauf sah er sich im Zimmer um. Die Unordnung und die Unsauberkeit, die er und seine beiden Gäste mit Bedacht geschaffen hatten, ging ihm gegen den Strich. Er verspürte den Drang, wenigstens die Abfälle wegzuräumen. Doch er kämpfte gegen diesen Drang an. Er hatte nämlich das Gefühl, daß das Aufräumen des Zimmers einer Kapitulation gleichzusetzen sei.

Hastig trank er den Cointreau, den er sich und Ode eingeschenkt hatte. Er merkte, daß er immer betrunkener wurde. Als er die beiden Gläser geleert hatte, mußte er lachen. Obwohl er nicht genau wußte, worüber er lachte, lachte er Tränen. Es gab nichts, was er nicht komisch gefunden hätte. Alles erheiterte ihn: die schlafende Feministin, die supermodernen Sessel, auf denen das Sitzen zu einer Strapaze ausartete, der formvollendete Rauchtisch, der mit den ebenfalls formvollendeten Bücherregalen harmonierte, das Ölbild über dem Sofa, auf dem die nackte Frau dargestellt war, die mit brennenden Haaren zwischen zwei Tigerdoggen eine in Nebelschwaden gehüllte Pappelallee entlanglief.

Er fand, daß die ganze Einrichtung der Wohnung jedermann ein Wohlverhalten abverlangte. Kichernd betrachtete er den Unrat auf dem Parkettfußboden und auf dem handgeknüpften weißen Wollteppich. Die Besudelung dieses bis ins kleinste Detail gestalteten Raums kam ihm wie ein Sakrileg vor. Er hatte das Gefühl, daß an diesem Abend eine Tempelschändung stattgefunden hatte. Plötzlich wurde ihm bewußt, daß sein Leben in den letzten Jahren aus nichts anderem als einer Folge von Ritualen bestanden hatte, die dazu gedient hatten, Bettina zu huldigen und sie milde zu stimmen. Er fragte sich, wie es dazu gekommen war, daß er eine zwar ehrgeizige, aber keineswegs ungewöhnliche Frau zum Mittelpunkt eines Götzendienstes gemacht hatte. Doch er war zu betrunken, um den Entwicklungsprozeß innerhalb seines Ehelebens rekapitulieren zu können. Wankend ging er durch die offene Verbindungstür ins Schlafzimmer und warf sich mit Kleidern und Schuhen auf das taubenblaue Doppelbett.

Am nächsten Morgen weckte ihn Josephine, die aus ihrem Bettchen geklettert war und jetzt begeistert durch den Unrat im Wohnzimmer stampfte. Mutz, Mutz, rief sie, indem sie in ein Häufchen Kaffeesatz trat. Lachend nahm sie Giggenbacher auf den Arm, damit sie sich nicht an den Scherben der zertrümmerten Whiskyflasche schnitt, und küßte sie. Schmutz war immerhin ihr erstes Wort. Daß sie statt Schmutz nicht Papa oder Mama gesagt hatte wie andere Kinder, störte ihn in keiner Weise. Hauptsache war für ihn, daß sie endlich zu sprechen begann. Voller Vaterstolz wendete er sich Ernesta Schnegel zu, die sich im Lauf der Nacht auf das Sofa gelegt hatte. Er erwartete, daß sich die Feministin anerkennend über seine Tochter äußern würde. Aber Ernesta Schnegel erkundigte sich lediglich, ob sie ein heißes Bad nehmen könne.

Wortlos holte er ihr ein frisches Handtuch. Während

sie badete, taute er Brötchen aus der Tiefkühltruhe auf dem Toaströster auf und deckte er den Frühstückstisch. Auch entfernte er wegen des Kindes die Scherben der Whiskyflasche und die leeren Büchsen, an deren scharfen Rändern man sich leicht verletzen konnte, aus dem Wohnzimmer. Alles übrige ließ er so, wie es war. Zu seiner Freude rief Josephine von neuem: Mutz, Mutz. Vergnügt beobachtete er, wie sie Eierschalen zerdrückte und mit einem abgenagten Knochen auf den Fußboden hämmerte. Ihre Lebenslust steckte ihn an. Pfeifend ging er durch die Wohnung und warf mit einem Mutwillen, der ihn selbst überraschte, mal eine Zeitschrift, mal einen Apfel, mal ein Taschentuch zu Boden. Im Badezimmer hörte er Ernesta Schnegel trällern und singen. Er fand, daß sie eine angenehme Stimme hatte.

Obwohl sie nichts getan hatte, um ihn für sich einzunehmen, wurde sie ihm immer sympathischer. Als sie rosig und duftend aus dem Badezimmer kam, lächelte er sie an. Daß sie Bettinas Morgenrock anhatte, störte ihn nicht. Ohne den Morgenrock zu erwähnen, goß er ihr Kaffee ein. Er streckte ihr gerade den Brotkorb hin, als ihn das Geräusch näherkommender Schritte, das aus dem Treppenhaus drang, jäh innehalten ließ. Horchend legte er den Kopf schief. Er hörte, daß ein Schlüssel in das Schloß der Wohnungstür gesteckt wurde.

Zwar sagte er sich, daß er die Ruhe bewahren müsse. Dennoch begann sein Herz heftig zu klopfen, als die Tür geöffnet wurde. Er hatte nicht damit gerechnet, daß sich Bettina so rasch wieder blicken lassen würde. Entgeistert starrte er sie an. Er war dicht daran, sich bei ihr wegen des Zustands der Wohnung zu entschuldigen. Nur die Anwesenheit von Ernesta Schnegel hielt ihn davon ab. Daß diese Bettinas Morgenrock anhatte, war ihm peinlich. Miteinemmal wurde es ihm bewußt, daß Bettina glauben mußte, er hätte mit der Feministin geschlafen. Er war auf eine Eifersuchtsszene gefaßt.

Aber Bettina machte ihm keine Vorhaltungen.

Sie wolle nur ein paar Sachen holen, die sie gestern vergessen habe, behauptete sie, nachdem sie Ernesta Schnegel, die keinerlei Anzeichen von Verlegenheit zeigte, mit der Geringschätzung gemustert hatte, die ehrbare Frauen Prostituierten gegenüber an den Tag zu legen pflegen.

Ihre Gelassenheit war Giggenbacher nicht geheuer. Er fragte sich, ob ihr die Sachen, die sie angeblich gestern vergessen hatte, nicht als Vorwand dienten, um zuhause nach dem Rechten zu sehen. Angespannt verfolgte er, wie sie von Zimmer zu Zimmer ging. Die Unverblümtheit, mit der sie ihm nachspionierte, empörte ihn. Er sagte sich, daß sie es ihn jetzt spüren ließ, wer allmonatlich die Miete bezahlte.

Verbittert bestrich er sich ein Brötchen mit Butter und Marmelade. Er rechnete damit, daß sie ihn wegen der Verunreinigung des Wohnzimmers, wo Josephine noch immer mit dem abgenagten Knochen auf dem Fußboden hämmerte, zur Rede stellen würde. Aber sie verließ das Wohnzimmer, ohne mit der Wimper zu zucken. Nur ihr bösartiger Gesichtsausdruck verriet Giggenbacher, daß sie die Angelegenheit nicht auf sich beruhen lassen würde.

Ich hoffe, du weißt, was du zu tun hast, sagte sie, indem sie die Wohnungstür öffnete.

Ich kann dir versichern, daß ich das weiß, erwiderte Giggenbacher, und beeindruckt von der Festigkeit seiner Äußerung schwor er sich, daß er diesmal nicht kleinbeigeben würde.

13

Zunächst fiel es Giggenbacher nicht leicht, mitanzusehen, wie der Schmutz und die Unordnung in der Wohnung langsam überhandnahmen. Doch mit der Zeit gewöhnte er sich daran, daß die Betten nicht gemacht waren. Er gewöhnte sich daran, daß die Möbel mit einer dicken Staubschicht bedeckt waren. Er gewöhnte sich daran, daß überall Spielsachen und angebissene Kekse herumlagen. Er gewöhnte sich daran, daß sich im Badezimmer schmutzige Wäsche und in der Küche schmutziges Geschirr häufte. Das einzige, was ihn störte, war der Geruch der verfaulenden Abfälle, die Ernesta Schnegel auf den Fußboden geschüttet hatte.

Seine Lebensweise färbte auf ihn ab. Seine Äußerungen wurden unfeiner. Sein Benehmen wurde unmanierlicher. Er furzte und rülpste. Er trank aus der Flasche. Er aß die Fertiggerichte, die er neuerdings für sich und Josephine aufzuwärmen pflegte, aus der Büchse. Auch ging er nicht mehr zum Friseur. Er ließ sich einen Vollbart wachsen, der seinem ein wenig femininen Gesicht einen verwegenen Anstrich verlieh.

Wenn er mit Josephine spazierenging, drehten sich die Passanten nach ihm um, als argwöhnten sie, daß er nicht der Vater des Kindes, sondern dessen Kidnapper sei. Zumal auf junge Mädchen wirkte sein Äußeres imponierend. Die Verkäuferinnen im Selbstbedienungsladen nannten ihn Rasputin. Biedere Hausfrauen zerbrachen sich bei seinem Anblick den Kopf darüber, welchen Beruf er wohl ausüben mochte. Manche hielten ihn für einen Sektenführer. Andere hielten ihn für einen Freischärler. Alle waren sich darin einig, daß er ein Ausländer sei.

Nur Bettina zeigte sich zu seinem Leidwesen nicht beeindruckt. Sie kam einmal in der Woche in die eheliche Wohnung, um sich zu vergewissern, ob er kleinbeigegeben hatte. Allem Anschein nach wollte sie ihn mit ihren Kontrollen einschüchtern. Doch dies gelang ihr nicht. Gelassen sah er ihr zu, wie sie die mehr und mehr verrottenden, unaufgeräumten Zimmer besichtigte. Auch als sie ihm kein Haushaltsgeld mehr gab und am Monatsanfang die Miete nicht bezahlte, geriet er nicht in Panik. Gleichmütig sagte er sich, daß sie ihn offensichtlich aushungern wollte. Ihre Maßnahmen fand er ebenso niveaulos wie entlarvend. Um ihr zu beweisen, daß er nicht auf Gedeih und Verderb von ihrem Wohlwollen abhängig war, verfaßte er ein seitenlanges Exposé für ein Hörspiel, das er mehreren Rundfunkanstalten mit einem Begleitbrief schickte, in dem er um einen baldigen Bescheid bat.

Vierzehn Tage lang war er voller Zuversicht. Immer wieder rechnete er sich aus, was er mit dem geplanten Hörspiel verdienen würde. Obwohl er sich dies nicht leisten konnte, kaufte er Josephine teuere Spielsachen und aß mit ihr in den besten Restaurants. Er fuhr mit dem Taxi, damit er sich nicht um einen Parkplatz kümmern brauchte. Er engagierte einen Babysitter, damit er in Ruhe in der Halle des Hotels VIER JAHRESZEITEN einen Daiquiri trinken und in ausländischen Journalen blättern konnte. Er war nicht knausrig, wenn es darum ging, sich diesen oder jenen Sonderwunsch zu erfüllen. Wie eine liebevolle Gattin bedachte er sich mit kleinen Aufmerksamkeiten. Bald erwarb er eine echte Brasil, die er mit tränenden Augen rauchte. Bald erwarb er extravagante handgefertigte Manschettenknöpfe. Er führte das Leben eines Erfolgsautors. Die Rechnungen bezahlte er mit Euroschecks. Ob diese Schecks gedeckt waren, wußte er nicht. Denn er öffnete die blauen Couverts mit den Bankauszügen, die ihm der Briefträger brachte, wohlweislich nicht mehr. Er ging auch nicht mehr zur Bank, weil er fürchtete, daß sich dort etwas gegen ihn zusammenbraute. Zwar ahnte er, daß es für ihn ein böses Erwachen geben würde. Aber er verdrängte diese Ahnung aus seinem Kopf. Voller Leichtsinn lebte er in den Tag hinein.

Erst als er von den Rundfunkanstalten, denen er das Exposé für das Hörspiel zugesandt hatte, eine Absage nach der anderen erhielt, wich sein Leichtsinn einer Niedergeschlagenheit, die ihn jeglichen Ansporns beraubte. Wenn er nicht einfach im Bett liegen blieb, hockte er in seinem schmuddeligen Pyjama am Bauerntisch, dessen Platte mit Speiseresten besät war, und suchte die Ursache seines Unglücks zu ergründen.

Allerdings führten seine Überlegungen zu keinem Ergebnis. Bald gab er seinen Eltern und Erziehern die Schuld für seine derzeitige Situation. Bald fühlte er sich einem Verhängnis überantwortet, dem er nicht entrinnen konnte. Seine Zukunft malte er sich in den düstersten Farben aus. Er war überzeugt davon, daß er noch erbärmlicher enden würde als sein Vater. Daß sich Bettina nicht mehr blicken ließ, fand er bezeichnend. Er zweifelte nicht daran, daß sie fest damit rechnete, daß er zukreuze kriechen würde.

Noch war er nicht dazu bereit.

Weil er keine Scheckvordrucke mehr hatte, verzehrte er mit dem Gefühl, daß ihm nurmehr eine Galgenfrist gewährt wurde, gemeinsam mit Josephine die Nahrungsmittel, die er in besseren Zeiten in der Tiefkühltruhe und in der Speisekammer gehortet hatte. Als diese Nahrungsmittel einen Tag vor dem Heiligen Abend verbraucht waren, fragte er sich, was er tun sollte. Wenn es nach ihm gegangen wäre, hätte er die Wohnung nicht mehr verlassen. Die Vorstellung, daß er Hungers sterben würde, erschien ihm jedoch nur so lange verlockend, als sein Magen voll war. Nachdem er einen halben Vormittag lang gehungert hatte, geriet er in Panik.

Kopflos eilte er von Zimmer zu Zimmer. Er wagte es noch immer nicht, zu seiner Bank zu gehen. Auch fühlte er sich außerstande, bei seinem Lebensmittelhändler anschreiben zu lassen. Daß er nicht einmal einen Christbaum für Josephine kaufen konnte, setzte ihm zu. Während er in einer Weltuntergangsstimmung durch die verwahrloste Wohnung hastete, wurde ihm immer klarer, daß er seine Protestaktion schon des Kindes wegen abbrechen mußte. Miteinemmal bedauerte er, daß er diese Protestaktion überhaupt begonnen hatte. Resigniert ließ er warmes Wasser in einen Putzeimer laufen.

Er brauchte fast sechs Stunden, um den Schmutz und die Unordnung zu beseitigen. Als die Wohnung blitzte und blinkte, gab er sich einen Ruck und rief Bettina an, um sie von seiner Kapitulation in Kenntnis zu setzen.

Als diese am nächsten Tag mit einem kleinen Christbaum und zahlreichen Geschenkpaketen die eheliche Wohnung betrat, meinte er, nicht seiner Ehefrau, sondern einer Gönnerin gegenüberzustehen. Zum Glück verhielt sie sich so, als hätte nie eine Protestaktion stattgefunden. Nichts in ihrem Benehmen verriet, daß sie aus dem ehelichen Machtkampf als Siegerin hervorgegangen war.

Wenn sie angesichts der sauberen, ordentlichen Wohnung Genugtuung verspürte, so ließ sie es sich nicht anmerken. Sie sah sich so unauffällig um, daß Giggenbacher nicht den Eindruck hatte, bevormundet zu werden. Auch die Art und Weise, in der sie ihm das Haushaltsgeld aushändigte, hatte nichts Erniedrigendes an sich. Während sie ihm die Geldscheine hinstreckte, entschuldigte sie sich aufwendig, weil sie angeblich vergessen hatte, sie ihm rechtzeitig zu geben.

Er tat so, als glaube er ihr. Aus Furcht, doch noch von ihr gedemütigt zu werden, wenn er nicht gute Miene zum bösen Spiel machte, war er darauf bedacht, daß das abgekartete Einvernehmen gewahrt blieb, das dank ihrer Unaufrichtigkeit und dank seiner Unaufrichtigkeit zwischen ihnen zustande gekommen war. Trotzdem wußte er nicht, ob er über ihre Gewandtheit lachen oder weinen sollte.

Erst als sie feststellte, daß sowohl der Kühlschrank als auch die Tiefkühltruhe und die Speisekammer leer waren, wurde sie ein wenig verlegen. Offensichtlich war es ihr peinlich, daß sie ihn durch einen Entzug ihrer finanziellen Zuwendungen in die Knie gezwungen hatte. Er zweifelte nicht daran, daß es ihr lieber gewesen wäre, wenn ihn nicht der Hunger, sondern eine höhere Einsicht dazu veranlaßt hätte, seine Protestaktion zu beenden. Vorübergehend wirkte sie fast kleinlaut.

Mit einer erstaunlichen Beiläufigkeit erkundigte sie sich, ob er vergessen hätte einzukaufen. Um keine Mißstimmung aufkommen zu lassen, bejahte er ihre Frage. Sie tat daraufhin so, als amüsiere sie sich über seine vermeintliche Vergeßlichkeit. Beide trugen dazu bei, daß das heuchlerische Einvernehmen zwischen ihnen von Minute zu Minute größer wurde. Selbst die Tatsache, daß die Geschäfte bereits geschlossen waren und die meisten Restaurants Ruhetag hatten, konnte dieses Einvernehmen nicht beeinträchtigen. Obwohl die Situation, in die sie geraten waren, alles andere als erfreulich war, gewannen sie ihr die Reize eines Abenteuers ab.

Wir haben keinen einzigen Lebkuchen, meinte Bettina.

Wir haben kein einziges Stück Stollen, erwiderte Giggenbacher.

Wir haben kein einziges Plätzchen, sagte Bettina.

Wir haben keine einzige Nuß, entgegnete Giggenbacher.

Das ist ja schlimmer als im Krieg, meinte Bettina und sie fing an, lauthals zu lachen.

Anbiederisch stimmte Giggenbacher in ihr Gelächter ein.

Ihr Heiterkeitsausbruch, der von ihnen künstlich in die Länge gezogen wurde, griff auch auf Josephine über, die die ganze Zeit über versonnen an einem Hausschuh herumgekaut hatte. Aufjauchzend wälzte sie sich auf dem Fußboden. Es entstand der trügerische Eindruck, daß die Giggenbachers eine beispielhaft glückliche Familie seien. Nichts wies darauf hin, daß soeben erst ein ehelicher Machtkampf bis auf weiteres beigelegt worden war.

Weil sich die Peinlichkeiten, die Bettinas Sieg und Giggenbachers Niederlage mit sich brachten, so am ehesten überspielen ließen, lachten die beiden auch noch, als sie gemeinsam zum Hauptbahnhof fuhren, wo sie zwei Tragtaschen voller trockener Sandwiches mit angelaufenem Schinken und hart gewordenem Schweizer Käse erstanden. Die Hälfte der Sandwiches verzehrten sie schon auf der Heimfahrt. Die übrigen steckten sie in Frischhaltebeutel und legten sie in den Kühlschrank. Anschließend schmückten sie gemeinsam den Christbaum, für den Josephine zu ihrer Enttäuschung keinerlei Interesse zeigte. Als die Kerzen angezündet waren, umarmten sie sich und wünschten sich ein frohes Fest.

Doch schon bei der Bescherung kam es zu weiteren Peinlichkeiten. Diese Peinlichkeiten entstanden dadurch, daß Bettina die einzige war, die etwas zu verschenken hatte. Während sie bepackt mit Geschenkpaketen ins Wohnzimmer trat, stand Giggenbacher, der nicht damit gerechnet hatte, daß er von ihr gleich nach

Beendigung der Feindseligkeiten mit Geschenken überschüttet werden würde, mit leeren Händen und einer betretenen Miene neben dem Christbaum und krümmte und wand sich vor Verlegenheit.

Er fand es entsetzlich, daß er nicht einmal mit einem Fläschchen Parfum aufwarten konnte. Dankesworte stammelnd, nahm er die Geschenkpakete entgegen, die ihm Bettina, nachdem sie Josephine beschenkt hatte, mit einer eigentümlichen Instinktlosigkeit aushändigte. Geknickt schlich er zum entferntesten Winkel des Zimmers und begann die Pakete auszuwickeln. Weil er merkte, daß er von Bettina beobachtet wurde, heuchelte er Neugierde, obwohl er keineswegs neugierig war. Noch bevor er einen Blick auf die Geschenke geworfen hatte, wußte er, daß sie ihm keine Freude machen würden. Sie dienten hauptsächlich dazu, ein weiteres Mal Bettinas Generosität zu demonstrieren.

Jedes Fest war für sie ein willkommener Anlaß, ihn spüren zu lassen, wie spendabel sie war. Er hatte mit ihr noch kein einziges Weihnachtsfest gefeiert, bei dem sie ihn nicht die Geschenke betreffend in den Schatten gestellt hätte. Zeitweilig hatte er sich von ihr in ein regelrechtes Wettschenken verwickeln lassen. Doch seine Versuche, diesbezüglich mitzuhalten, waren allesamt gescheitert. Schon immer war er sich bei den Bescherungen, die sie inszenierte, erbärmlich vorgekommen. Jetzt hingegen überwältigte ihn das Gefühl seiner Jämmerlichkeit. Mit zitternden Händen förderte er einen Taschenrechner, ein vergoldetes Feuerzeug, eine Gesamtausgabe der Werke von Edgar Allan Poe, einen Herrenknirps, einen Aktenkoffer, der mit Oberhemden, Taschentüchern und Rasierwasser gefüllt war, einen Werkzeugkasten, einen seidenen Kimono und eine weinrote Lederjacke zutage, der man es ansah, daß sie ein kleines Vermögen gekostet hatte. Während er die Geschenke betrachtete, fiel ihm auf, wie unpersönlich sie waren. Er fand, daß man sie ebenso gut einem Industriemanager oder einem Bauunternehmer hätte schenken können. Keines von den Geschenken hatte er sich gewünscht. Imgrunde konnte er auch keines gebrauchen.

Dennoch war er sich darüber im klaren, daß er sie allesamt würde benutzen müssen. Er sah voraus, daß Bettina es ihm übelnehmen würde, wenn er sich nicht in die Lektüre der Werke von Edgar Allan Poe vertiefte, der ihn seit eh und je gelangweilt hatte. Er sah voraus, daß sie es ihm übelnehmen würde, wenn er nicht mit dem Aktenköfferchen, mit dem er wie ein Bankfilialenleiter wirken würde, durch die Stadt spazierte, wenn er nicht in dem seidenen Kimono allmorgendlich sein Frühstück verzehrte, wenn er nicht mit dem Werkzeugkasten irgendetwas bastelte, für das niemand Verwendung hatte, wenn er nicht die elegante weinrote Lederjacke anzog, von der sie gerade behauptete, daß sie aus Antilopenleder sei.

Trotzdem tat er so, als freue er sich über die Geschenke. Es entging ihm nicht, daß Bettina sich an seiner Verlegenheit weidete. Mit genüßlich aufgeworfenen Lippen wickelte sie die Seidenbändchen, die um die Geschenkpakete geschnürt gewesen waren, um ihre Finger. Er fragte sich, ob er sich bei ihr entschuldigen sollte, weil er ihr nichts geschenkt hatte. Aber die passenden Worte wollten ihm einfach nicht über die Lippen. Verstockt stand er vor seinen Geschenken und beobachtete Josephine, die ganz benommen inmitten ihrer neuen Spielsachen auf dem Parkettfußboden hockte. Er zündete sich gerade mit dem neuen Feuerzeug, das die Form eines Goldbarrens hatte, eine Zigarette an, als sich Bettina bei ihm erkundigte, ob er seine Sachen nicht anprobieren wolle. Widerspruchslos zog er die Antilopenlederjacke an, an der sich zahlreiche winzige Täschchen mit Reißverschlüssen befanden, die einen rein dekorativen Zweck erfüllten. Zu seinem Leidwesen war sie weder zu groß noch zu klein.

Die Jacke sei ein Modell von Lorregio, sagte Bettina ehrfurchtsvoll, während er die Jacke, auf deren Vorderteil in Herzhöhe ein metallenes L angebracht war, wieder auszog.

Unwillkürlich mußte er an Florian Ode denken, den diese Jacke mitsamt ihren vielen Täschchen glücklich gemacht hätte. Er selbst fühlte sich darin so unbehaglich, als steckten noch die Nadeln in den Nähten. Hastig schlüpfte er in den seidenen schwarzen Kimono, dessen Rückenteil ein ostasiatisches Muster verzierte, von dem Bettina behauptete, daß es handgemalt sei.

Der Kimono sei ein Modell von Berthelin, meinte sie und sie musterte Giggenbacher, der schon wieder dabei war, sich dieses Kleidungsstücks zu entledigen, so fachmännisch, als hätte sie vor, ihn als Dressman zu engagieren.

Er solle ihn doch gleich anbehalten, fügte sie hinzu.

Erst wolle er noch die Oberhemden anprobieren, erwiderte Giggenbacher.

In der Hoffnung, daß sie an diesem Abend nicht mehr auf den Kimono zurückkommen würde, zog er die Hemden, die allesamt Modelle eines gewissen Roberto Balbini waren, der Reihe nach an. Mit ihren runden Kragen, ihren weiten Ärmeln und ihren verspielten Stoffmustern wirkten diese Hemden wie Blusen. Allein die Tatsache, daß an den Vorderteilen keine Abnäher waren, wies ihn darauf hin, daß sie nicht für Damen bestimmt waren.

Als er das letzte Hemd aus dem Aktenköfferchen hob, entdeckte er darunter zu seinem Schrecken eine Herrenhandtasche, die ebenso weinrot war wie die Jacke, die Lorregio kreiert hatte. Fassungslos starrte er das Täschchen an, dessen Schlichtheit unüberbietbar war. Außer einem Reißverschluß und einem schlaufenförmigen Griff an der Seite befand sich daran nur ein metallenes L.

Trotzdem war und blieb es eine Handtasche. Die Gewißheit, daß er nicht darum herumkommen würde, sich mit dieser weinroten Handtasche, in der nicht einmal ein mittelgroßes Buch Platz gefunden hätte, auf der Straße blicken zu lassen, setzte ihm dermaßen zu, daß er weiche Knie bekam. Aus ganzem Herzen haßte er Lorregio, dessen Namen ihm erst an diesem Heiligen Abend ein Begriff geworden war. Wortlos ließ er sich in einen der sienafarbenen Sessel sinken.

Bettina erinnerte ihn an den seidenen Kimono.

Um die familiäre Harmonie, die diesen Heiligen Abend bestimmte, nicht zu gefährden, schlüpfte er in den Kimono. Er trug ihn den ganzen Abend lang, ohne zu murren. Schließlich war er ein Geschenk, über das er sich zu freuen hatte. Erst als er zubett ging, zog er ihn wieder aus. Am nächsten Morgen streckte ihm Bettina, ehe er aufstand, den Kimono entgegen.

Mach es dir ruhig bequem, meinte sie gönnerhaft.

Weil er nicht gut behaupten konnte, daß der Kimono unbequem sei, erschien er erneut in glänzende schwarze Seide gehüllt am Frühstückstisch.

Während er frühstückte, überlegte er, wie er sich an dem Modeschöpfer rächen konnte. Am liebsten hätte er ihm das Handwerk gelegt. Nervös zupfte er an dem Kimono herum, der aufreizend lange Schlitze an den Seiten hatte, die bei jeder Bewegung seine weißen, behaarten Beine entblößten. Zudem sprang er, weil er nur mit einer goldenen Kordel, an deren Enden zwei goldene

Troddeln hingen, zusammengehalten war, ineinemfort über der Brust auseinander.

Bettina behauptete, daß er in dem Kimono sehr männlich wirke. Sie warf ihm einen lüsternen Blick zu. Aber er schenkte ihr keinen Glauben. Er kam sich in dem Kimono wie ein homosexueller Provinzschauspieler vor, der seine Erfolglosigkeit durch Starallüren zu bemänteln sucht. Er war froh, daß weder der Briefträger noch die Hausmeisterin an der Wohnungstür klingelte. Gleich nach dem Frühstück zog er den Kimono wieder aus.

Er wusch sich gerade im Badezimmer, als ihm Bettina eines von den blusenartigen Oberhemden von Balbini brachte. Mit der gleichen Schicksalsergebenheit, mit der er zuvor den Kimono angezogen hatte, zog er nun das Hemd an. Schließlich war auch dieses Hemd ein Geschenk, über das er sich zu freuen hatte.

Erneut behauptete Bettina, daß er in dem Hemd sehr männlich wirke. Wieder wunderte er sich darüber, wie lüstern sie ihn ansah. Aber er schenkte ihr noch immer keinen Glauben. Vielmehr erschien es ihm so, als sei er dem Prozeß einer langwierigen Entmannung ausgesetzt, die schleichend und schmerzlos vonstatten ging.

Er verbarg das Hemd unter einem Pullover, so daß nur noch der runde Kragen und ein Stück des geblümten Stoffes sichtbar waren. Anschließend beschäftigte er sich mit der Frage, wie er am Mittag mit Bettina und Josephine ohne die weinrote Antilopenlederhandtasche essen gehen könnte. Immer wieder schaute er aus dem Fenster. Wenn es geschneit oder geregnet hätte, hätte er behaupten können, daß der Schnee oder der Regen die Handtasche ruinieren würde. Aber es schneite nicht. Es regnete auch nicht. Der Himmel war wolkenlos.

Mit dem Gefühl, daß ihm nichts erspart bleibe, trat er am Mittag in seiner weinroten Jacke und mit seiner weinroten Handtasche auf die Straße. Während er neben Bettina hertrottete, kam er sich mit seiner unüberbietbar schlichten Handtasche zugleich exponiert und wehrlos vor. Daß die Jacke zu der Handtasche paßte, machte nach seinem Dafürhalten die Sache nur noch schlimmer. Wie eine heiße Kartoffel ließ er die Handtasche von der linken Hand in die rechte Hand und von der rechten Hand in die linke Hand gleiten. Sobald sich ein Passant näherte, verbarg er sie hinter seinem Rücken. Sobald er hinter sich die Schritte eines Passanten hörte, verbarg er sie vor seiner Brust.

Als er das Lokal betrat, in dem er einen Tisch hatte reservieren lassen, meinte er, einige von den anwesenden Gästen kichern zu hören. Kurzentschlossen hängte er die Handtasche in der Hoffnung, daß sie irgendwer stehlen würde, an einen der Garderobenhaken, die sich an der Wand neben dem Eingang befanden. Aber sein Wunsch ging nicht in Erfüllung. Nachdem er sich eine knusprige Gänsebrust und einen rohen Kloß einverleibt hatte, mußte er feststellen, daß keiner von den Gästen an der Handtasche Gefallen gefunden hatte. Sie hing noch immer an dem Garderobenhaken, an dem er sie zurückgelassen hatte. Unwillig nahm er sie an sich. Es überraschte ihn nicht, daß ihm Bettina, die erst jetzt dahinter kam, daß er die kostbare Tasche an einen Garderobenhaken gehängt hatte, wegen seines Leichtsinns Vorhaltungen machte.

Er könne von Glück reden, daß die Handtasche nicht gestohlen worden sei, meinte sie und sie sah ihn kopfschüttelnd an.

Ohne sich zu rechtfertigen, trat er mit der Tasche in der Hand den Heimweg an. Obwohl sie federleicht war, empfand er sie als eine Last.

Auch in der Folgezeit versuchte er immer wieder, sich

ihrer zu entledigen. Doch sein Unterfangen scheiterte an der Rechtschaffenheit seiner Mitbürger. Wenn er die Tasche in einem Laden liegenließ, lief todsicher irgendein Kunde oder Verkäufer mit dem verhaßten weinroten Utensil hinter ihm her. Wenn er sie auf einer Bank liegenließ, legte todsicher irgendein Spaziergänger seinen ganzen Stolz darein, sie ihm zurückzugeben. Es dauerte eine Weile, ehe er begriff, daß seine weinrote Antilopenlederjacke jedermann schon von weitem darauf hinwies, daß er der Besitzer der weinroten Handtasche war.

Mit der Zeit fand er sich damit ab, daß er sie nicht loswerden konnte. Er fand sich auch damit ab, daß er neuerdings häufig von wildfremden Männern angesprochen wurde. Ein etwa fünfzigjähriger, modisch gekleideter Herr mit halblangen, violett schimmernden grauen Haaren, dessen gebräuntes Gesicht verriet, daß er viele Stunden auf der Sonnenbank verbrachte, stellte ihm regelrecht nach. Nicht anders als er selbst trug dieser Herr, der sich Udo Brusius nannte, Modelle von Lorregio. Bald entdeckte Giggenbacher das metallene L am Blouson von Brusius, bald an dessen Bundhose, bald an dessen Regenschirm. Daß Brusius stets ein Handtäschchen von Lorregio bei sich hatte, das farblich mit seinen Kleidungsstücken harmonierte, verstand sich von selbst.

Bezeichnenderweise hatten ihm auch die Handtäschchen, die sie miteinander gemein hatten, als Vorwand gedient, Giggenbacher anzusprechen. Obwohl dieser viel größer und kräftiger war als sein eher zierlicher Verehrer, fühlte er sich Brusius nicht gewachsen. Er wußte nicht, wie er diesen kultivierten, gebildeten Menschen abwimmeln sollte, der Verse von Baudelaire und Rimbaud in französischer Sprache rezitieren konnte und über die Werke von Genet so gut Bescheid wußte, als hätte er sie verfaßt. Daß er Brusius fortwährend traf, hielt er für keinen Zufall.

Jedesmal, wenn er ihm begegnete, zeigte sich Brusius so beglückt darüber, ihn zu sehen, daß er, Giggenbacher, es nicht über sich brachte, ihn abzuweisen. Die guten Umgangsformen des Homosexuellen verboten es ihm, grob zu werden. Unwirsch gestattete er es Brusius, ihn zu begleiten. Er redete sich ein, daß er sich nichts vergäbe, wenn er mit einem Homosexuellen am Ufer des Teichs spazierenging. Denn Brusius hütete sich davor, ihm einen Anlaß zu liefern, der es ihm erlaubt hätte, den Kontakt mit ihm abzubrechen. Er war weit davon entfernt, ihm unsittliche Anträge zu machen. Er verhielt sich wie ein perfekter Gentleman.

Er himmelte Giggenbacher zwar an. Aber er trat ihm nie zu nahe. Er wahrte ihm gegenüber die Zurückhaltung, die wohlerzogene Herren verheirateten Damen gegenüber an den Tag zu legen pflegen. Auch tat er sein Menschenmögliches, um zu verhindern, daß sich Giggenbacher in seiner Gesellschaft langweilte. Der letztere konnte nicht leugnen, daß dieser Homosexuelle, der alle Themen, die sie während ihrer Spaziergänge am Ufer des Teichs anschnitten, mit einer feinen Ironie erörterte, unterhaltsam war. Was Brusius, der von den Zinsen lebte, die das Erbe seiner verstorbenen Mutter abwarf, zu äußern pflegte, hatte Niveau. Zudem war er ein Kindernarr. Er bedauerte es wiederholt, daß ihn seine sexuellen Neigungen daran gehindert hatten, Vater zu werden. Auf eine rührende Weise nahm er sich Josephines an, die jedesmal, wenn er sich verabschiedete, ein jämmerliches Geschrei anstimmte.

Sie hatte Brusius, den sie Udu nannte, so gern, daß sich Giggenbacher schon ihretwegen verpflichtet fühlte, den Kontakt mit dem Homosexuellen aufrechtzuerhalten. Er sagte sich, daß er es Brusius nicht vorwerfen könne, daß der sich in ihn verliebt hatte. Er mühte sich, nicht in Verlegenheit zu geraten, wenn Brusius ihn anhimmelte, wenn Brusius ihn förmlich mit den Augen streichelte, wenn Brusius ihm Komplimente machte, wenn Brusius seine Zähne als raubtierhaft bezeichnete, wenn Brusius meinte, helle Kleidungsstücke brächten sein wundervolles Haar besser zur Geltung als dunkle, wenn Brusius ihm eine Nachtcreme schenkte, damit er, Giggenbacher, keine Falten bekam.

Wenn er die Trauer in den Augen dieses Ästheten sah, tat es Giggenbacher leid, daß er die Ursache seines Unglücks war. Er wollte Brusius nicht quälen. Fast entschuldigte er sich bei ihm, weil er heterosexuell war. Er flehte ihn an, sich keine falschen Hoffnungen zu machen. Denn es entging ihm nicht, wie sehr seinem Verehrer die Vergeblichkeit seiner Bemühungen zusetzte. Trotz seiner Bräune wirkte Brusius tagtäglich angegriffener. In seinen Augen lag ein fiebriger Glanz. Seine unglückselige Leidenschaft verzehrte ihn. Er magerte ab. Er bekam Hängebacken. Auch seine Mundwinkel und seine Tränensäcke hingen herab. Trotz der teueren Cremes und Masken, mit denen er sein Gesicht bearbeitete, wurde seine Haut schlaffer und schlaffer. Im Lauf von Wochen alterte er, als wären Jahre vergangen. In seiner Panik kleidete er sich immer jugendlicher. Er trug T-Shirts, auf die Tigerköpfe und Pistolen gedruckt waren. Seine Hosen wurden immer enger. Sie verbargen weder sein Altmännerbäuchlein noch sein Geschlechtsteil. Wie ein Knödel wölbte sich sein Hodensack unter dem Hosenlatz. Seine Haare wurden immer länger und immer violetter. Jeden zweiten Tag wusch er sie, damit sie ihren Glanz nicht verloren. Er pflegte sich mit der

Hektik einer alternden Diva. Wenn er nicht auf der Sonnenbank lag, ließ er sich in einem Friseursalon die Haare tönen oder in einem Kosmetiksalon seine Haut massieren.

Giggenbacher konnte es nicht mitansehen, wie Brusius seinetwegen litt. Auf seine Weise mochte er den Homosexuellen gern. Es schmeichelte ihm, daß Brusius sich den schmalen Gedichtband besorgt hatte, den er, Giggenbacher, verfaßt hatte. Er lebte sichtlich auf, wenn der Homosexuelle auf ihren gemeinsamen Spaziergängen die Gedichte zitierte und interpretierte. Ja, in Anbetracht der Tatsache, daß sein Freund aus diesen Gedichten weitaus mehr Erkenntnisse gewann, als er, Giggenbacher, hatte vermitteln wollen, geriet er in eine Euphorie. Wenn Brusius nicht in ihn verliebt gewesen wäre, hätte er ihn in seinem Überschwang umarmt. Weil er jedoch fürchtete, daß dieser es mißverstehen könnte, drückte er ihm nur dankbar die Hand. Es hob sein Selbstbewußtsein ganz beträchtlich, daß es auf dieser Welt zumindest einen Menschen gab, der ihn für einen Dichter hielt.

Abends, wenn die Hausarbeit verrichtet und Josephine ins Bett gebracht worden war, setzte er sich an seinen Schreibtisch und las seine eigenen Gedichte. Seine Verse berauschten ihn. Matt und träge träumte er von dem Ruhm, den er möglicherweise nach seinem Tod erlangen würde. Er sagte sich, daß auch Rimbaud und Büchner nur ein schmales Œuvre hinterlassen hatten. Oft dachte er an Kafka, der zu seinen Lebzeiten ebenso unbekannt gewesen war wie er selbst. Er redete sich sogar ein, es sei ein gutes Omen, daß sein Name nur wenigen ein Begriff war.

Daß Brusius den Wert der Gedichte als erster erkannt hatte, rechnete er ihm hoch an. Neuerdings traf er sich fast täglich mit ihm. Wenn es schneite oder regnete, gingen sie in ein Café, in dem sie ungestört miteinander plaudern konnten. Manchmal suchten sie auch in der Wohnung von Brusius Zuflucht, die wegen der wertvollen Möbel und Kunstwerke, die darin angehäuft waren, wie ein Museum anmutete. Giggenbachers Angst, daß der Homosexuelle zudringlich werden könnte, erwies sich als unbegründet. Brusius unterließ jeden Annäherungsversuch. Obwohl ihr Verhältnis immer vertraulicher wurde, wahrten sie beide eine gewisse Distanz. Sie duzten einander nicht. Sie redeten sich lediglich mit den Vornamen an.

Giggenbacher hätte seinen Freund, der ihm chinesischen Tee, türkisches Gebäck, englischen Sherry, portugiesische Oliven, französische Gänseleberpastete und kanadischen Lachs vorsetzte, gerne auch einmal bei sich zuhause empfangen. Aber er fürchtete, daß Bettina, deren Hohn und Spott ihn oft genug verletzt hatten, unvermutet hereinplatzen könnte.

Er hatte ihr nämlich bislang nichts von seinem neuen Bekannten erzählt. Warum er sie nicht informiert hatte, wußte er selber nicht genau. Er sagte sich zwar, daß er nichts zu verbergen hätte. Seine Heimlichtuerei erschien ihm unangebracht. Er war sich darüber im klaren, daß Bettina, falls sie ihm auf die Schliche kam, sein Schweigen einem Schuldbekenntnis gleichsetzen würde. Trotzdem hielt ihn eine merkwürdige Scheu davon ab, Brusius ihr gegenüber auch nur beiläufig zu erwähnen. Er kannte ihren Hang, alles so lange zu analysieren, bis sich ein Abgrund von Niedertracht und Schlechtigkeit auftat. Er zweifelte nicht daran, daß sie ihm unterstellen würde, seine Beziehungen zu Brusius seien sexueller Art. Zudem war er fast sicher, daß sie sich über Brusius lustig machen würde, sobald sie diesen alternden Schöngeist mit seinen hautengen Hosen und mit seinen langen, violetten Haaren zu Gesicht bekam. Er fand, daß er ihr Brusius betreffend keine Rechenschaft schuldig war. Seit einiger Zeit hatte er das Gefühl, daß auch sie ihm eine Menge verschwieg. Es gab ihm beispielsweise zu denken, daß sie nie auf Dietmar Strützel zu sprechen kam, der ihr beim Renovieren der Wohnung geholfen hatte. Ohnehin wurde sie ihm immer fremder. Daran änderte auch die Tatsache nichts, daß er noch mit ihr schlief. Längst lag es für ihn auf der Hand, daß ihre Karriere ihr wichtiger war als er. Wenn er über seine häuslichen Sorgen und Nöte redete, heuchelte sie nicht einmal Interesse. Das einzige, was sie interessierte, war ihr Roman, den sie mittlerweile fertiggestellt und an einen Verlagskonzern verkauft hatte, der einen literarischen Verlag nach dem anderen verschlang und außer Bestsellern auch Schallplatten und Kassetten sowie Papierservietten, Tapeten, Klebefolien, Brathähnchen, Fertigsuppen und Strumpfhosen auf den Markt warf.

Nachdem Giggenbacher den Roman, dessen Titel MIRANDA lautete, gelesen hatte, verstand er, warum der besagte Verlagskonzern, der sich nach dem Namen des Besitzers Mock-Konzern nannte, Bettina dafür einen hohen Vorschuß bezahlt hatte. Er verstand auch, warum der Mockkonzern das Buch in einer Erstauflage von immerhin 50000 Exemplaren herausbringen wollte. Es strotzte vor hochgestochenen Banalitäten, Binsenweisheiten, die gewichtig wie Erkenntnisse vorgebracht wurden, und billigen Spannungseffekten. Damit der Eindruck entstand, daß es sich um ein niveauvolles Buch handelte, war sattsam Bildungsgut eingestreut, das darauf hinwies, wie belesen die Verfasserin war. Die Heldin Miranda war die Verkörperung einer Bettina ohne Untugenden und Schwächen. Sie war eben das, was man gemeinhin als einen wertvollen Menschen bezeichnet. Von der Willensstärke bis zur Aufopferungsfähigkeit versammelte sie in sich sämtliche Eigenschaften, die man einem Sterblichen nachrühmen konnte. Die übrigen Figuren waren so klischiert, daß sich jedermann mit ihnen identifizieren konnte.

Giggenbacher las das Manuskript an einem Abend. Und während er es las, verfolgte Bettina angespannt, ob er bei den komischen Stellen schmunzelte und bei den traurigen Anzeichen von Rührung zeigte. Er mühte sich, seine Betroffenheit vor ihr zu verhehlen. Die Lektüre offenbarte ihm nämlich Wesenszüge von Bettina, die er bislang nicht hatte wahrhaben wollen. Die gewichtige Plattheit und die schnoddrige Sentimentalität, die in dem Roman zum Ausdruck kamen, widerten ihn gleichermaßen an wie die Unerschrockenheit, mit der Bettina ihre Heldinnen und Helden über die sogenannten letzten Dinge räsonieren ließ. Am peinlichsten fand er indes die poetischen Partien, die durch eine hemmungslose Reihung falscher Metaphern gekennzeichnet waren.

Obwohl er nicht bezweifelte, daß der Roman ein Bestseller werden würde, schämte er sich für Bettina. Daß er sich in einer der Hauptfiguren wiedererkannte, empfand er keineswegs als schmeichelhaft. Bettina hatte aus ihm einen haltlosen, aber liebenswerten Schwächling gemacht, der sich selbst im Wege stand, weil er zu hoch hinauswollte. Er nahm ihr dies nicht einmal übel. Denn er begriff, daß es ihr ohne eine solche Einschätzung seiner Person schwergefallen wäre, ihr eigenes Handeln zu rechtfertigen.

Als er das Manuskript gelesen hatte, bat sie ihn, ihr in aller Offenheit seine Meinung zu sagen. Ja, sie behauptete sogar, daß sie für jede fundierte Kritik dankbar sei.

Er solle kein Blatt vor den Mund nehmen, meinte sie und sie sah ihn erwartungsvoll an.

Aber er war weder so töricht, ihr reinen Wein einzuschenken, noch so devot, den Roman in den höchsten Tönen zu loben. Um sie nicht mißtrauisch zu machen, gab er ihr zu verstehen, daß er erst eine gewisse Distanz gewinnen müsse, ehe er sich ein Urteil bilden könne. Wortlos gab er ihr das Manuskript zurück. Er durfte gar nicht daran denken, daß er die Arbeit an seinem Roman hatte aufgeben müssen, nur damit sie ihrerseits Muße hatte, ein derart abgeschmacktes Machwerk zu verfassen. Bleich vor Bitterkeit ging er in sein Zimmer und vertiefte sich ein weiteres Mal in die Lektüre seiner eigenen Gedichte.

14

Voller böser Vorahnungen zog Giggenbacher den neuen Frühjahrsanzug an, den ihm Bettina gekauft hatte, damit er auf dem Empfang, den der Mockkonzern an diesem Abend im Rahmen einer Werbekampagne für ihren soeben erschienenen Roman veranstaltete, eine gute Figur machte. Der Anzug war ockerfarben und hatte feine lachsfarbene Nadelstreifen. Daß es sich dabei um ein Modell von Lorregio handelte, verrieten außer dem metallenen L auf dem Hosenbund die vielen winzigen Täschchen am Jackett, die einen rein dekorativen Zweck erfüllten.

Obwohl der Anzug nur auf eine höchst dezente Weise extravagant war, kam sich Giggenbacher darin wie ein kostümierter Biedermann vor. Stirnrunzelnd betrachtete er sich im Spiegel. Er fand, daß er genauso aussah, wie man sich den Ehemann einer Erfolgsautorin vorstellte.

Während er sich anstarrte, gewann er den Eindruck, daß selbst sein Vollbart so wirkte, als hätte er ihn sich eigens wachsen lassen, weil er die Absicht hatte, sich in Künstlerkreise einzuschleichen. Am liebsten wäre er zuhause geblieben. Weil er jedoch fürchtete, daß ihm Bettina, wenn er sich weigerte, sie zu begleiten, unterstellen würde, er mißgönne ihr ihren Erfolg, band er sich unwirsch die zu dem Anzug passende, lachsfarbene Krawatte um, ehe er mit einem gequälten Lächeln in die Diele trat, wo die Germanistikstudentin, die Bettina für diesen Abend als Babysitter engagiert hatte, mit Josephine spielte. Sie schien stolz darauf zu sein, daß sie einer Schriftstellerin, deren Roman vom Mockkonzern in Tageszeitungen, Boulevard-Blättern, Illustrierten und Frauenzeitschriften angepriesen wurde, einen Dienst erweisen durfte. Mit einer unverhohlenen Bewunderung beobachtete sie Bettina, die mit einem Freiexemplar ihres bonbonrosa Romans, auf dessen Schutzumschlag in silbernen Lettern BETTINA BEGEMANN, MIRANDA zu lesen stand, vom Schlafzimmer zum Badezimmer, vom Badezimmer zur Küche und von der Küche zum Wohnzimmer hastete, ohne daß ersichtlich wurde, warum sie dies tat.

Obwohl sie vorhatte, mit einer gewissen Verspätung auf dem Empfang zu erscheinen, war sie seit dem frühen Nachmittag aufbruchbereit. Sie hatte sich alle Mühe gegeben, nicht nur mondain, sondern zudem rätselhaft zu wirken. An ihren Ohren hingen Ohrringe, die die Form von Skorpionen hatten. Ihr Gesicht war so weiß gepudert, daß man hätte meinen können, sie hätte tagelang in einem Sarg gelegen. In ihrer schwarzen Seidenhose und in ihrem schwarzen Seidenumhang, der ein goldenes Futter hatte, ähnelte sie einem weiblichen Vampir, der auf der Suche nach neuen Opfern war.

Giggenbacher fand ihre Aufmachung zu exzentrisch. Als er an ihrer Seite das Hotel VIER JAHRESZEITEN betrat, in dem der Empfang stattfand, warf er den Pagen ängstliche Blicke zu. Aber sie verzogen keine Miene. Er sagte sich, daß Bettina in ihrem schwarzen Umhang nicht exotischer aussah als die in den Fauteuils der Hotelhalle sitzenden Araber in ihren weißen Gewändern. Erleichtert durchquerte er dicht hinter ihr die Halle.

Vor dem Eingang des Saals, den der Mockkonzern gemietet hatte, wurde sie zu seiner Überraschung von einer Handvoll Autogrammjägern umringt. Während er zuschaute, wie sie so routiniert, als täte sie dies schon seit langem, BETTINA BEGEMANN in die ledergebundenen Alben schrieb, die ihr die Autogrammjäger hinstreckten, versuchte er, sich einzureden, daß es ihm gleichgültig sei, daß keiner von diesen Autogrammjägern auf den Gedanken kam, ihn ebenfalls um ein Autogramm zu bitten. Trotzdem erschien ihm das Desinteresse der Autogrammjäger als ein Fingerzeig. Jäh wurde er sich seiner Bedeutungslosigkeit bewußt. Er hatte das Gefühl, daß ihn diese Bedeutungslosigkeit wie ein Kainsmal kennzeichnete. Geduckt und zögernd betrat er den Saal, wo Bettina von einem repräsentabel wirkenden Herrn begrüßt wurde, der in der Nähe eines langen Tisches stand, auf dem Exemplare ihres bonbonrosa Romans gestapelt waren. Als ihr der repräsentable Herr die Hand schüttelte, flammten Blitzlichter auf.

Einer von den Photographen bat Giggenbacher, er möge ein Stück zur Seite treten. Bereitwillig erfüllte er diesen Wunsch. Er stellte sich vor den Büchertisch und blätterte, weil es ihm peinlich war, daß er keinen Gesprächspartner hatte, in einem Exemplar des bonbonrosa Romans. Er fühlte sich völlig fehl am Platz. Die Anwesenden schenkten ihm nicht mehr Beachtung als einer Stubenfliege. Die einzigen, die von seiner Person Notiz nahmen, waren die Kellner, die mit Champagnergläsern und Schlemmerhappen, die auf kleinen Spießen steckten und in winzigen Steingutschüsselchen serviert wurden, die Runde machten.

Mit dem Gefühl, daß ihm dies gar nicht zustand, verzehrte er norwegischen Stör in Olivenöl, Hummerkrabben auf Eichenlaub, Filetspitzen mit chinesischen Morcheln, Entenbrust mit Armagnac und rohe Jungtierlende, die in hauchdünne Scheiben geschnitten war. Er empfand es als tröstlich, daß er sich zumindest den Bauch vollschlagen konnte. Kauend musterte er die Anwesenden, von denen nicht wenige ein Exemplar des bonbonrosa Romans in der Hand hielten. Er hatte den Eindruck, daß sich in diesem Saal hauptsächlich Kulturmanager versammelt hatten. Auf einen Teil von ihnen hatte der Umgang mit Schriftstellern, Dichtern und Bestsellerautoren offensichtlich abgefärbt. Mithilfe von Bärten, halblangen Haaren und extravaganten Brillen mühten sie sich, ihren feisten Dutzendgesichtern einen durchgeistigten Anstrich zu verleihen. Ihre Kleidung war gerade so salopp, daß sie damit auf einem Empfang des Mockkonzerns nicht aus dem Rahmen fielen. Hin und wieder sah er zwischen ihnen Bettina auftauchen. So, als würde sie an der Leine geführt, lief sie mit einem vorgestreckten Kinn hinter dem repräsentabel wirkenden Herrn her, um sich von ihm ihren potentiellen Förderern vorstellen zu lassen. Ihr Gesicht war von einer hektischen Röte überzogen, die verriet, wie anstrengend es sein mußte, die Rolle einer Erfolgsautorin zu spielen. Fast hatte Giggenbacher Mitleid mit ihr. Er rechnete schon gar nicht mehr damit, daß sie sich seiner annehmen würde, als sie ganz unvermittelt auf ihn zukam und ihn mit dem respektabel wirkenden Herrn, der Doktor Schelch hieß, bekannt machte.

Das ist mein Mann, sagte sie.

Doktor Schelch, der seine Aufgeschlossenheit dadurch kundzutun suchte, daß er eine quittengelbe Krawatte und quittengelbe Socken trug, behauptete zwar, daß er sich freue, Bettinas Mann kennenzulernen. Doch nahm er sich nicht einmal die Zeit, ein paar floskelhafte Bemerkungen mit Giggenbacher zu wechseln. Kaum daß er dem letzteren die Hand geschüttelt hatte, stellte er ihn, um ihn loszuwerden, einem in der Nähe stehenden, kahlköpfigen Herrn, der eine frappierende Ähnlichkeit mit dem Frauenmörder Landru hatte, als Herrn Begemann vor.

Darf ich Sie mit Herrn Begemann bekannt machen, meinte er, ehe er Giggenbacher sich selbst überließ.

Dieser wußte nicht, was er sagen sollte. Es erschien ihm als der blanke Hohn, daß man ihn als Herrn Begemann bezeichnet hatte. Er wollte den Irrtum gerade aufklären, als ihn der kahlköpfige Herr, um ihn loszuwerden, einer verlebt aussehenden, rothaarigen Dame vorstellte.

Herr Begemann ist der Gatte von Bettina Begemann, meinte er überflüssigerweise.

Die verlebt aussehende Dame hatte offensichtlich den Ehrgeiz, einer Wildkatze zu ähneln. Ihr vollschlanker Körper war in zwei Leopardenfelle gehüllt, die an den Schultern mit Spangen zusammengehalten waren. Sie lächelte Giggenbacher wohlwollend an.

Sie sind also Herr Begemann, meinte sie, ohne allem Anschein nach zu ahnen, was sie ihm mit dieser Anrede antat.

Er sagte sich, daß er den Irrtum aufklären mußte, ehe er um sich zu greifen begann. Aber er fürchtete, daß man ihn als einen Wichtigtuer betrachten würde, wenn er darauf hinwies, daß er nicht Begemann, sondern Giggenbacher hieß. Er zweifelte nicht daran, daß die Entschuldigungen, die ein solcher Hinweis zur Folge haben würde, noch peinlicher sein würden als die falsche Anrede. Bedrückt schaute er seine Gesprächspartnerin an, die jetzt seinen Arm ergriff.

Ich muß Sie unbedingt Peggy Vidal vorstellen, meinte sie.

Sie schreibt nämlich für die Frauenzeitschrift ILONA eine Reportage über die Ehemänner bedeutender Frauen, fügte sie hinzu, indem sie ihn in die Richtung der Journalistin zog.

Ich habe Herrn Begemann aufgespürt, rief sie.

Das ist ja wundervoll, rief Peggy Vidal, eine etwa vierzigjährige Frau mit bläulichen Tränensäcken, die wie ein Hippiemädchen aufgemacht war, und sie unterzog Giggenbacher einer eingehenden Musterung.

Er sagte sich erneut, daß es höchste Zeit sei, den Irrtum aufzuklären. Doch die Journalistin ließ ihn nicht zu Wort kommen.

Ich habe Sie schon gesucht, meinte sie. Aber niemand konnte mir sagen, wie Herr Begemann aussieht.

Sie zog einen Notizblock aus ihrer Umhängetasche und lächelte Giggenbacher an.

Sie sind doch sicher bereit, mir ein paar Fragen zu beantworten, erkundigte sie sich.

Giggenbacher bejahte ihre Frage nicht. Er lege keinen Wert darauf, als der Ehemann einer bedeutenden Frau in der Zeitschrift ILONA erwähnt zu werden, meinte er.

Doch die Journalistin ließ sich nicht abwimmeln.

Selbst der Ehemann von Oda Orlanda hätte ihre Fragen beantwortet, sagte sie.

Was der Ehemann von Oda Orlanda täte, sei für ihn nicht maßgebend, erwiderte Giggenbacher.

Ob er, Begemann, es als eine Schande empfände, der Ehemann einer bedeutenden Frau zu sein, fragte die Journalistin.

Er empfände dies nicht als eine Schande, entgegnete Giggenbacher.

Wenn er es nicht als eine Schande empfände, würde er doch die Fragen beantworten, meinte die Journalistin.

Giggenbacher schwieg. Er fühlte sich in die Enge getrieben. Plötzlich wurde ihm bewußt, daß er sich eine große Blöße geben würde, wenn er die Fragen der Journalistin nicht beantwortete.

Was sie denn wissen wolle, erkundigte er sich.

Die Journalistin fragte ihn, ob es ihm lieber wäre, wenn seine Frau nicht so erfolgreich wäre.

Er bestritt dies.

Die Journalistin fragte ihn, ob er unter dem Erfolg seiner Frau leide.

Er bestritt auch dies.

Die Journalistin fragte ihn, ob er sich von seiner Frau in den Schatten gestellt fühle.

Er habe nicht den Ehrgeiz, im Scheinwerferlicht zu stehen, behauptete er und starrte verstockt auf den Notizblock, in den die Journalistin seine Antworten notierte.

Ob er auch schon einmal versucht habe, sich schriftstellerisch zu betätigen, fragte sie ihn.

Er war über ihre Frage so erschüttert, daß er sie nicht darauf hinwies, daß er bereits einen Gedichtband publiziert hatte. Auch die Uraufführung seines Stücks erwähnte er nicht. Er hielt dies alles miteinemmal für unwichtig.

Er habe nicht die Zeit, um sich schriftstellerisch zu betätigen, meinte er.

Es gäbe ohnehin viel zu viele Schriftsteller, erwiderte die Journalistin, ehe sie ihn bat, er möge ihr noch seinen Vornamen sagen.

Er heiße Alfred, entgegnete er.

Er beobachtete, wie die Journalistin vor dem Nachnamen Begemann seinen Vornamen in den Notizblock schrieb. Es stand da klar und deutlich der Name ALFRED BEGEMANN zu lesen. Trotzdem unternahm er nichts, um den Irrtum aufzuklären. Es erschien ihm nicht mehr so wichtig, ob man ihn Alfred Begemann oder Alfred Giggenbacher nannte. Schweigend verfolgte er, wie die Journalistin, indem sie meinte, die Zeitschrift ILONA würde seine Antworten ungekürzt veröffentlichen, den Notizblock in ihre bestickte Umhängetasche steckte. Er erhob auch keine Einwände, als Peggy Vidal eine Photographin herbeiwinkte, die ihn für die Zeitschrift ILONA photographieren sollte.

Während die Photographin ihre Kamera auf ihn richtete, mühte er sich, einen selbstbewußten Eindruck zu machen. Er sagte sich, daß es am besten wäre, wenn er lächeln würde. Auch die Photographin bat ihn, nicht so ernst zu sein. Nach mehreren mißglückten Versuchen gelang es ihm zu lächeln. Die Photographin photographierte ihn aus den verschiedensten Blickwinkeln. Dabei erzählte sie ihm, daß sie auch den Ehemann von Oda Orlanda photographiert hätte. Sie rühmte die Selbstlosigkeit dieses Ehemanns.

Er lebe ganz für Oda Orlanda, meinte sie. Er schreibe für sie die Geschäftsbriefe, er begleite sie auf ihren Tourneen, er berate sie, wie sie ihr Geld anlegen solle, er führe für sie Verhandlungen, er beruhige sie vor ihren Fernsehauftritten.

Er halte ihr auch die Autogrammjäger vom Leibe, fügte sie hinzu.

Schließlich senkte sie ihre Kamera und teilte Giggenbacher mit, daß sie ihn noch zusammen mit Bettina aufnehmen müsse. Er sah sich suchend in dem Saal um, der sich jetzt zu leeren begann. Bettina stand am anderen Ende. Sie verabschiedete sich gerade von einem älteren Herrn, dessen herabhängende linke Gesichtshälfte verriet, daß er schon einen Schlaganfall hinter sich hatte. Ohne Überraschung registrierte Giggenbacher, daß Herr Schelch noch immer an ihrer Seite war. Gemeinsam mit ihrem Beschützer folgte sie der Photographin. Dabei jammerte sie, weil sie sich photographieren lassen mußte. Giggenbacher wunderte sich darüber, daß sie schon jetzt Starallüren herauskehrte. Die Photographin bat ihn, den Arm um Bettinas Schultern zu legen. Ohne zu zögern, kam er ihrer Bitte nach. Lächelnd schaute er in die Richtung der Kamera. Weil die Photographin jedoch meinte, daß es besser wirken würde, wenn er seine Frau anschaue, blickte er auf Bettinas Scheitel. Bettina schaute ihrerseits in die Kamera. Obwohl sie behauptete, daß sie es hasse, photographiert zu werden, trug sie das Lächeln einer erfolgreichen Frau zur Schau. Herr Doktor Schelch, der hinter der Photographin Aufstellung genommen hatte, war von dem Bild, das sich ihm bot, sichtlich angetan.

Ausgezeichnet, ausgezeichnet, meinte er jedesmal, wenn die Photographin auf den Auslöser drückte.

Er erlaubte es ihr, zehn Aufnahmen zu machen. Bevor die elfte Aufnahme zustande kam, fühlte er sich bemüßigt, Bettina zu erlösen, wie er es nannte.

Frau Begemann hat einen anstrengenden Tag hinter sich, sagte er zu der Photographin. Wortlos ergriff er Bettinas Arm und führte sie zum Ausgang des Saals, wo er sich mit zugespitzten Lippen über ihre Hand beugte.

Sie haben sich wacker geschlagen, meinte er, ehe er

sich Giggenbacher zuwendete und ihn bat, er möge dafür Sorge tragen, daß Bettina sofort zubett ginge.

Sie wissen ja so gut wie ich, Herr Begemann, daß morgen ihre Lesetournee beginnt, fügte er hinzu und er sah fast ängstlich hinter Bettina her, die jetzt die Hotelhalle durchquerte, die gerade von einem Trupp wild aufeinander einschwatzender Asiaten überflutet wurde.

Am nächsten Morgen wurde Bettina von einem Angestellten des Mockkonzerns, einem gewissen Herrn Brebeck, abgeholt, der den Auftrag hatte, sie auf ihrer Lesetournee zu begleiten, die sie in insgesamt vierzig Städte und Städtchen führen sollte. Um die Strapazen, die eine solche Tournee mit sich brachte, zu verringern, hatte ihr der Mockkonzern einen Mercedes mit Chauffeur zur Verfügung gestellt. Auf dem Rücksitz des Mercedes waren Plakate mit ihrem Konterfei gestapelt. Eines von diesen Plakaten händigte sie vor der Abfahrt Giggenbacher aus, der mit Josephine heruntergekommen war, um ihr zu winken. Während er wieder hinauf zum dritten Stockwerk stieg, sagte er sich, daß sie es ihm vermutlich übelnehmen würde, wenn er das Plakat nicht an irgendeine Wand pinnte. In der Wohnung angelangt, befestigte er es mit vier Reißzwecken an der Wand neben der Wohnzimmertür, obwohl es ihm lächerlich erschien, daß er sich wie ein Fan seiner eigenen Frau verhielt.

Am Abend rief er Bettina an, die ihm eine Liste zurückgelassen hatte, auf der mit dem jeweiligen Datum ihrer Ankunft die Adressen und die Telephonnummern der Hotels angeführt waren, in denen sie absteigen wollte. Als ihn die Dame an der Rezeption, die die Verbindung herstellte, nach seinem Namen fragte, sagte er ihr der Einfachheit halber, daß sein Name Begemann sei. Zu seiner Enttäuschung war Bettina in größter Eile.

Kaum daß er sich bei ihr erkundigt hatte, ob sie gut angekommen sei, hängte sie schon wieder ein.

Auch an den darauffolgenden Abenden hatte sie keine Zeit, sich ausführlicher mit ihm zu unterhalten. Mal mußte sie sich für die nächste Lesung zurechtmachen. Mal wartete in der Hotelhalle ein Reporter auf sie. Mal hatte sie mit dem Redakteur einer Fernsehanstalt eine Verabredung. Mal war sie zu erschöpft, um Bericht zu erstatten. Häufig war sie überhaupt nicht zu erreichen. Bald hieß es, daß sie das Hotel gerade verlassen hätte, bald hieß es, daß sie noch nicht zurückgekommen sei, bald hieß es, daß sie unter keinen Umständen gestört werden wollte.

Jedesmal, wenn er sie anrief, kam sich Giggenbacher wie ein Bittsteller vor. Weil er das Gefühl hatte, daß ihr seine Anrufe lästig waren, bat er sie, sie möge ihn anrufen. Sie versprach ihm, dies zu tun. Doch sie ließ nichts von sich hören. Zwar läutete das Telephon von früh bis spät. Aber die meisten Anrufer wollten nicht ihn, sondern Bettina sprechen. Es meldeten sich Rundfunkredakteure, Herausgeber von Zeitschriften, Veranstalter von Poesie-Festivals, ja, sogar Filmproduzenten, die sich für Bettinas Roman interessierten, der bereits auf den Bestsellerlisten angeführt wurde. In den Feuilletons erschienen ausführliche Besprechungen des Romans, die durchwegs sehr positiv waren.

Es verblüffte Giggenbacher, was die Rezensenten alles in das Buch hineininterpretierten. Sie behaupteten, daß den Roman MIRANDA kein Mann hätte schreiben können. Sie sahen in dem Roman einen Niederschlag des Ewigweiblichen. Sie redeten von einer weiblichen Ästhetik. Sie lobten Bettinas Einfühlungsvermögen. Die Heldin Miranda wurde als die Verkörperung der emanzipierten Frau schlechthin bezeichnet.

Giggenbacher fragte sich, ob er den Roman falsch eingeschätzt hatte. Miteinemmal wurde er sich bewußt, daß bei seiner Einschätzung Neid und Mißgunst eine Rolle gespielt haben mochten. Beschämt las er das Buch ein zweites Mal. Doch als er es gelesen hatte, war er nicht klüger als zuvor. Der Roman erschien ihm lediglich noch platter und abgeschmackter als bei der ersten Lektüre. Er sagte sich, daß er Bettina zu gut kannte, um sich ein objektives Urteil über ihren Roman bilden zu können. Nachdenklich betrachtete er den bonbonrosa Schutzumschlag, auf dessen Rückseite sich ein Photo von ihr befand. Plötzlich hatte er das Bedürfnis, mit ihr ein paar Worte zu wechseln. Er holte die Liste, auf der die Adressen und die Telephonnummern der Hotels angeführt waren, in denen sie absteigen wollte, und rief sie an.

Ganz entgegen seinen Erwartungen erreichte er sie sofort. Allerdings war ihre Stimme so schrill, daß er erschrak. Er hatte den Eindruck, daß sie drauf und dran war, einen hysterischen Anfall zu erleiden.

Es gehe ihr entsetzlich, sagte sie. Sie sei am Ende ihrer Kraft. Er könne sich nicht vorstellen, wie zermürbend es sei, Tag für Tag in eine andere Stadt fahren zu müssen, Nacht für Nacht in einem anderen Hotelzimmer schlafen zu müssen. Er könne sich nicht vorstellen, wie zermürbend es sei, Abend für Abend die gleichen Texte vorlesen zu müssen, Abend für Abend die gleichen Fragen beantworten zu müssen, Abend für Abend den gleichen Roman signieren zu müssen. Sie hasse mittlerweile den Roman, sie hasse die Zuhörer und die Autogrammjäger, sie hasse die Veranstalter der Lesungen, mit denen sie nach den Lesungen ein Gläschen Wein trinken müsse.

Am meisten hasse sie sich selbst, fügte sie hinzu.

Giggenbacher versuchte, sie zu beruhigen. Er kam auf ihren Erfolg zu sprechen.

Du hast doch erreicht, was du erreichen wolltest, meinte er.

Aber Bettina ließ sich nicht so leicht beschwichtigen.

Wenn sie geahnt hätte, was auf sie zukommen würde, hätte sie nie einen Roman geschrieben, behauptete sie. Er wisse nicht, wie gut er es habe. Sie beneide ihn, weil er in aller Stille Hausarbeit verrichten könne. Er müsse sich nicht durchsetzen. Er müsse sich nicht bei eitlen Kulturmanagern anbiedern. Er müsse nicht ständig auf sein Image achten. Er müsse nicht ständig darauf bedacht sein, daß er sich keine Blöße gäbe. Er müsse sich nicht ständig intelligente Äußerungen zurechtlegen.

Er wisse nicht, wie gut er es habe, wiederholte sie.

Giggenbacher fragte sich, ob sie nicht vielleicht recht hatte. Er hätte nicht mit ihr tauschen mögen. Aber er verschwieg ihr dies. Nachdem er sich von ihr verabschiedet hatte, sagte er sich, daß er den Anforderungen, die heutzutage an einen Schriftsteller gestellt würden, vermutlich nicht gewachsen wäre. Plötzlich fand er, daß er keinen Grund hatte, sich zu beklagen. Die Verdrossenheit, mit der er die Hausarbeit zu verrichten pflegte, erschien ihm miteinemmal unangebracht. Stirnrunzelnd sah er sich in der Wohnung um. Nach seinem Dafürhalten merkte man, daß er nur das Notwendigste tat. Überall entdeckte er etwas Beanstandenswertes. Daß ihm Bettina wegen seiner Nachlässigkeit keine Vorhaltungen machte, wunderte ihn. Ganz unvermittelt hatte er das Gefühl, daß er ihre Nachsicht nicht verdiente. Er kam sich wie ein Parasit vor. Jäh wurde ihm bewußt, daß er eine falsche Einstellung zur Hausarbeit hatte. Er hielt es für ein Vorurteil, daß er die Hausarbeit bislang als diskriminierend betrachtet hatte.

Sie ist eine Arbeit wie jede andere auch, sagte er sich.

In der darauffolgenden Woche veranstaltete er einen

Hausputz, der alles, was er zuvor auf diesem Gebiet unternommen hatte, in den Schatten stellte. Er saugte und wischte nicht einfach nur Staub wie gewöhnlich. Er wachste und bohnerte die Fußböden. Er entfernte die Flecken aus den Polstermöbeln. Er rieb sämtliche Teppiche mit Schaum ein. Er steckte sämtliche Vorhänge in die Waschmaschine. Er räumte die Schränke aus und säuberte sie. Er brachte die Kacheln in der Küche und im Badezimmer auf Hochglanz. Er schrubbte die Heizkörper ab. Er polierte die Türklinken und die Wasserhähne. Er entfernte die Kalkrückstände aus der Badewanne und die Urinrückstände aus der Klosettschüssel. Selbst die Bücher, die er bei sich als Staubfänger bezeichnete, wischte er mit einem feuchten Lappen ab. Immer wieder stieß er auf etwas, das er sich noch vornehmen mußte. Die ganze Wohnung roch nach den Reinigungsmitteln, die er in einer Drogerie erstanden hatte. Sie verhießen alle einen strahlenden Glanz. Obwohl er in Schweiß gebadet war, fand er, daß sie die Arbeit ganz ungemein erleichterten.

Während er sich abrackerte, fragte er sich, was Bettina angesichts der Wohnung sagen würde. Noch am Tag ihrer Rückkehr, einem regnerischen Sommertag, hastete er mit einem Putzlappen in der Hand durch die einzelnen Räume. Sogar die Blätter der Zimmerpalme rieb er ab. Er brachte Josephine sehr frühzeitig ins Bett, damit sie nicht noch im letzten Augenblick Schaden stiften konnte. Ohnehin machte es ihm zu schaffen, daß über die frisch geputzten Fenster Regentropfen rannen. Um Bettina gebührend zu empfangen, hatte er eigens frische Blumen gekauft. Auch hatte er eine Erdbeertorte gebacken, die jetzt auf der Mitte des gedeckten Bauerntisches stand. Zum Abendessen wollte er Bettina Stangenspargel mit Katenschinken vorsetzen. Er schälte gerade den Spargel, als ihm ein dreimaliges Klingelzeichen ihre Ankunft ankündigte. Lächelnd öffnete er die Wohnungstür.

Obwohl er damit gerechnet hatte, daß die Strapazen der Lesetournee bei Bettina Spuren hinterlassen würden, war er über ihr Aussehen erschrocken. Ihr Gesicht war teigig und aufgedunsen wie das Gesicht einer Säuferin. Unter ihren Augen waren tiefe dunkle Ringe sichtbar. Neben ihren Mundwinkeln hatten sich zwei scharfe Falten eingegraben. Zu seiner Enttäuschung kam sie nicht allein. An ihrer Seite stand Herr Brebeck, der Angestellte des Mockkonzerns, mit ihren Koffern.

Er gehe sofort, meinte er, indem er die Koffer in der Diele absetzte.

Aber ehe er Anstalten zum Gehen treffen konnte, forderte ihn Bettina dazu auf, doch noch ein Stück Erdbeertorte zu probieren.

Brebeck schien auf eine solche Aufforderung nur gewartet zu haben. Plötzlich hatte er es nicht mehr eilig.

Da sage er nicht nein, meinte er, während er sich dem gedeckten Bauerntisch näherte, ohne sich darum zu scheren, daß er mit seinen regennassen Straßenschuhen Schritt für Schritt häßliche Abdrücke auf dem mit Schaum gereinigten Auslegeteppich hinterließ.

Giggenbacher, dem diese Abdrücke nicht entgingen, war dicht daran, ihn zu bitten, daß er sich die Schuhe auszog. Stumm und vorwurfsvoll starrte er auf die Abdrücke, die er am liebsten sofort mit Teppichschaum entfernt hätte. Er fand, daß sich Brebeck zumindest entschuldigen hätte können. Doch der schien nicht einmal zu ahnen, was er angerichtet hatte. Gierig verschlang er sein Stück Erdbeertorte.

Giggenbacher war darauf gefaßt, daß der Angestellte des Mockkonzerns das frische Tischtuch bekleckern würde, das er am Vormittag eigens gebügelt hatte. Aber ganz entgegen seinen Erwartungen war es nicht Brebeck, sondern Bettina, die beim Einschenken des Kaffees das Tischtuch verunreinigte. Hastig erhob er sich und holte ein Küchenhandtuch, das er unter den Kaffeefleck schob, damit zumindest die Tischplatte, die er vor kurzem geschrubbt und eingewachst hatte, nicht in Mitleidenschaft gezogen wurde.

Er fragte sich, welcher von den beiden Anwesenden wohl den nächsten Schaden stiften würde. Ihre Achtlosigkeit erschien ihm als der blanke Hohn. Auch wurmte es ihn, daß sich Bettina noch immer nicht über den Zustand der Wohnung geäußert hatte. Er konnte sich des Eindrucks nicht erwehren, daß sie gar nicht merkte, welche Veränderungen während ihrer Abwesenheit vonstatten gegangen waren. Mit einem lauernden Gesichtsausdruck beobachtete er sie.

Sie unterhielt sich angeregt mit Brebeck über kleine Vorkommnisse und Zwischenfälle, die sich während ihrer Lesetournee zugetragen hatten. Obwohl sie versuchte, Giggenbacher in das Gespräch einzubeziehen, wußte dieser nur wenig zu sagen. Mehr als die Lesetournee beschäftigten ihn die staubigen Abdrücke, die Brebeck auf dem Auslegeteppich hinterlassen hatte. Immer wieder schaute er auf den Teppich. Er fragte sich, wann der Angestellte des Mockkonzerns endlich aufbrechen würde.

Brebeck hatte zwar schon mehrfach angekündigt, daß er gleich gehen würde. Aber er ließ seinen Worten keine Taten folgen. Eine merkwürdige Unentschlossenheit, bei der es sich möglicherweise um eine Ermüdungserscheinung handelte, veranlaßte ihn dazu, sein Vorhaben immer wieder aufzuschieben. Kaum daß er eine Zigarette zuende geraucht hatte, zündete er sich auch schon, meinend: dies sei die letzte, die nächste Zigarette an.

Auch als Bettina vorschlug, man solle noch ein Gläschen Sherry miteinander trinken, erhob er keine Einwände.

Da sage er nicht nein, meinte er und er folgte Bettina ins Wohnzimmer, wo er Asche von seiner Zigarette auf den Parkettfußboden fallen ließ, der so glatt war, daß man darauf Schlittschuhe hätte laufen können.

Giggenbacher warf ihm einen haßerfüllten Blick zu. Es war ihm ganz und gar nicht recht, daß Bettina ihrem Gast nun auch noch die Möglichkeit bot, das Wohnzimmer zu verunreinigen. Er schenkte ihr Sherry ein und hieß sie herzlich willkommen. Aber er hatte das Gefühl, daß sie ihm nicht zuhörte. Schnuppernd sog sie die Luft ein.

Wonach riecht es hier eigentlich, fragte sie.

Nach Reinigungsmitteln, erwiderte Giggenbacher.

Du hast wohl geputzt, fragte Bettina.

Sieht man das denn nicht, erkundigte sich Giggenbacher aufgebracht.

Nun sei doch nicht gleich aufgebracht, meinte Bettina. Es riecht hier jedenfalls wie in einem Krankenhaus, fügte sie lachend hinzu.

Auch Brebeck lachte.

Es fehlen nur noch die Krankenschwestern und der Chefchirurg, meinte er.

Wir können uns ja weiße Kittel anziehen, erwiderte Bettina.

Erneut lachten beide. Nur Giggenbacher verzog keine Miene. Die Übereinstimmung, die zwischen Bettina und Brebeck herrschte, setzte ihm zu. Er fühlte sich mißverstanden und ausgeschlossen. Fast mißgönnte er den beiden ihre gemeinsamen Erlebnisse. Erneut beobachtete er Brebeck, der gerade die Asche von seiner Zigarette neben den Aschenbecher auf den Tisch schnippte, den er, Giggenbacher, auf Hochglanz gebracht hatte. Zu seiner

Überraschung zündete sich auch Bettina eine Zigarette an.

Seit wann rauchst du denn, fragte er sie.

Ich habe während der Lesetournee damit angefangen, erwiderte sie.

Im Gegensatz zu dir bin ich dabei, mir das Rauchen abzugewöhnen, sagte Giggenbacher.

Warum willst du es dir plötzlich abgewöhnen, erkundigte sich Bettina.

Weil von dem Qualm die Vorhänge gelb werden, entgegnete Giggenbacher, ehe er in die Küche ging, um den Rest des Spargels zu schälen.

Das Spargelschälen beruhigte ihn. Er hatte tags zuvor einen Schnellkochtopf gekauft, den er jetzt ausprobieren wollte. In der letzten Zeit hatte er immer wieder Haushaltsgeräte angeschafft, die er in einem modernen Haushalt für unentbehrlich hielt. Jede Neuheit, die auf den Markt für Haushaltsartikel geworfen wurde, interessierte ihn brennend. Es waren nicht mehr die Buchhandlungen, in denen er seine freien Nachmittage verbrachte, sondern die Haushaltsabteilungen der Warenhäuser, die er mit Udo Brusius aufsuchte, um sich von den Verkäuferinnen die Novitäten vorführen zu lassen. Ein neuer Zwiebelschneider konnte ihn gleichermaßen begeistern wie eine neue Saftpresse, eine neue Espressomaschine oder eine neue Bratpfanne, in der kein Gericht anbrennen konnte. Er wußte, welche Firma die saugfähigsten Wischtücher herstellte. Er wußte, wo er samtweiche Poliertücher bekommen konnte. Im Hinblick auf die Produkte der Reinigungsmittelindustrie wurde er allmählich zum Experten. Namen wie Ergil, Adol oder Nigrin waren ihm ein Begriff. Er schwor auf Ergil, weil es die größte Reinigungskraft besaß. Aber er verwendete auch Adol, weil es Glanz auf das Geschirr, auf die Kacheln und die Küchenmöbel brachte und obendrein im Gegensatz zu Ergil oder Nigrin die Hände schonte. Er konnte einen WC-Reiniger vom anderen unterscheiden, er hatte längst herausgefunden, welcher Weichspüler die Wäsche am flauschigsten machte.

Um sich über die neuesten Errungenschaften zu informieren, verfolgte er die Werbesendungen in Funk und Fernsehen, die ihn früher tödlich gelangweilt hatten. Er fand, daß die Fabrikanten der diversen Produkte selten zu viel versprachen. Er war auch überzeugt davon, daß ihn der neue Schnellkochtopf nicht enttäuschen würde. Achtsam legte er den Spargel in den bereits mit Wasser gefüllten Topf und stellte ihn darauf auf eine Herdplatte. Darauf verteilte er die Katenschinkenscheiben, die es zum Spargel geben sollte, auf einer Porzellanplatte. Damit sie appetitanregender wirkten, legte er sie in Falten. Zwischen die Falten steckte er Petersilienstengel. Die Kartoffeln hatte er schon am Mittag vorgekocht. Jetzt bräunte er sie in der neuen Bratpfanne, in der nichts anbrannte.

Ehe die Kartoffeln angebräunt waren, war der Spargel butterweich. Giggenbacher beförderte ihn mit einem Spargelheber auf eine zweite Porzellanplatte, die er mit Zitronenscheiben dekorierte, auf die er jeweils einen Klecks Mayonnaise spritzte. Er war begeistert von dem neuen Schnellkochtopf. Nur die Gewißheit, daß Bettina für seine Begeisterung kein Verständnis aufbringen würde, hielt ihn davon ab, den Topf, der alles andere als billig gewesen war, anzupreisen. Eilig deckte er den Tisch für drei Personen. Denn er rechnete nicht damit, daß Brebeck vor dem Abendessen aufbrechen würde. Zwar behauptete dieser erneut, daß er gehen müsse. Angesichts des Spargels und des Katenschinkens ließ er sich jedoch von Bettina nur allzu bereitwillig dazu überreden, am gedeckten Tisch Platz zu nehmen.

Da könne er nun doch nicht nein sagen, meinte er, indem er sich den Teller vollud.

Giggenbacher fragte sich, wozu dieser Angestellte des Mockkonzerns überhaupt nein sagen konnte. Tatsächlich sagte Brebeck weder zu dem Espresso nein, den Giggenbacher auf Bettinas Bitte hin nach dem Essen in der neuen Espressomaschine zubereitete, die ihm Brusius geschenkt hatte, noch zu dem Irish Coffee, den sich Bettina von Giggenbacher erbat.

Erst als Bettina jedermann davon in Kenntnis setzte, daß sie reif fürs Bett sei, erschien es Brebeck angebracht, die Gastfreundschaft der Giggenbachers nicht länger in Anspruch zu nehmen. Ehe er ging, entschuldigte er sich, weil er so lange geblieben war.

Seine Frau erwarte ihn schon seit Stunden, meinte er mit einem hündischen Lächeln.

Ohne ihm etwas zu erwidern, schloß Giggenbacher die Wohnungstür. Er war froh, daß er sich endlich den Abdrücken widmen konnte, die Brebeck auf dem Auslegeteppich in der Diele hinterlassen hatte. Unverzüglich holte er aus der Küche die Spraydose mit dem Teppichschaum und sprühte Schaum auf die Abdrücke. Während er den Schaum mit einer Bürste in die Teppichfasern einrieb, hörte er Bettina im Schlafzimmer herumhantieren. Er hoffte, daß sie an diesem Abend keine zärtlichen Anwandlungen mehr bekommen würde.

Zu seiner Beunruhigung hatte er im Lauf der letzten Wochen nicht das leiseste sexuelle Verlangen verspürt. Am Vormittag hatte er sich zwar für den Fall, daß er seine Mannbarkeit unter Beweis würde stellen müssen, in einer Apotheke ein Aphrodisiakum besorgt, das ihm Brusius, dem er seine Probleme nicht verheimlicht hatte, empfohlen hatte. Doch obwohl er nicht weniger als sechs Tabletten eingenommen hatte, regte sich sein Geschlechtstrieb noch immer nicht. Er war wie abgestorben. Worauf dies zurückzuführen war, hätte Giggenbacher nicht zu sagen gewußt. Er hatte lediglich festgestellt, daß ihn Reinigungsmittel in letzter Zeit mehr interessierten als weibliche Reize. Nachdenklich trug er die Dose mit dem Teppichschaum in die Küche. Er nahm sich vor, die mit Schaum besprühten Teppichstellen gleich am nächsten Morgen abzusaugen. Als er die Küche wieder verließ, rief Bettina mit einer schmeichlerischen Stimme: Freddilein, wo bleibst du.

Er erwiderte, daß er sofort kommen würde. Daß sie ihn Freddilein genannt hatte, gab ihm zu denken. Denn Freddilein nannte sie ihn immer nur dann, wenn er ihr zu einem Orgasmus verhelfen sollte. Mürrisch ging er ins Schlafzimmer und fing an, sich auszuziehen. Fast wünschte er sich, daß sich Bettina einen Liebhaber anschaffen würde.

Sie lag bereits in dem frischbezogenen Bett und beobachtete ihn mit einer trägen Lüsternheit.

Du hast ja richtige Brüste bekommen, rief sie miteinemmal.

Ich weiß nicht, was ich dagegen tun soll, erwiderte Giggenbacher.

Wenn das mit dir so weitergeht, brauchst du bald einen Büstenhalter, sagte Bettina kichernd.

Mach dich nur über mich lustig, meinte Giggenbacher. Er knipste die Bauhauslampen aus und schlüpfte unter seine Daunendecke.

Bist du etwa gekränkt, fragte Bettina.

Er gab ihr keine Antwort. Wohlweislich stellte er sich gekränkter, als er es war. Stumm zog er sich die Daunendecke, die wundervoll nach Fenil, dem neuen Vollwaschmittel mit Weichspüler, duftete, bis zu seiner Nase hoch.

Doch Bettina ließ nicht locker.

Nun sei bitte nicht so empfindlich, sagte sie, indem sie sich an ihn schmiegte.

Die Nähe ihres nackten Körpers erweckte bei ihm keinerlei Begierden. Selbst wenn er eine Erregung verspürt hätte, hätte er gezögert, den Beischlaf zu vollziehen. Er wollte nämlich die frische, duftende Bettwäsche nicht verunreinigen. Als Bettina seinen Bauch zu streicheln begann, wich er vor ihr bis zum Bettrand zurück. Doch sie rückte unaufhaltsam nach.

Warum zierst du dich wie eine alte Jungfer, fragte sie, ehe sie sich an seinem schlaffen Glied zu schaffen machte.

Obwohl er sich von ihren Bemühungen nichts versprach, ließ er sie gewähren. Er fragte sich, wie oft sie wohl schon in den verflossenen Ehejahren auf diese Weise bei ihm eine Erektion zustande gebracht haben mochte. Sie hatte ihm gegenüber oft genug damit geprahlt, daß sie mit ihrer Technik jeden Mann dazu bringen könne, mit ihr zu schlafen. Er erwartete nicht von ihr, daß sie für sein sexuelles Versagen Verständnis aufbringen würde. Er fand, daß Brusius viel mehr Verständnis für ihn zeigte als Bettina.

Er liebt mich eben mehr als sie, sagte er sich.

Mechanisch strich er ihr mit der Hand über den Rükken. Dabei spürte er die Fettpolster, die sich über ihren Hüften festgesetzt hatten, zwischen seinen Fingern. Er sagte sich, daß sie auch nicht jünger wurde.

Die Verbissenheit, mit der sie sich seinem Glied widmete, verriet ihm, daß sie ihn offensichtlich während ihrer Lesetournee nicht betrogen hatte. Es wäre ihm lieber gewesen, wenn sie dies getan hätte. Er wollte seine Ruhe haben. Ihre Gier, die ihn früher aus seiner Lethargie gerissen hatte, stieß ihn jetzt ab. Er fühlte, daß sein Glied mehr und mehr zusammenschrumpfte. Bettina hatte es mittlerweile in ihren Mund gesteckt. Wie an einem zähen Stück Suppenfleisch kaute und zullte sie daran herum.

Er fragte sich, wie lange es wohl noch dauern würde, bis sie einsah, daß ihre Bemühungen zu nichts führten. Plötzlich stieß sie sein Glied mit der Zunge aus ihrem Mund. Es war fast so, als spuckte sie es aus. Speichelfeucht und glitschig, wie es war, glitt es zwischen ihren Lippen hindurch und fiel auf seinen linken Oberschenkel. Er überlegte, ob er sich bei Bettina entschuldigen sollte, die jetzt wieder zum Kopfende des Bettes kroch. Aber er fand nicht die rechten Worte, um sein Bedauern zum Ausdruck zu bringen. Eine unüberwindbare Scheu hielt ihn davon ab, ihr zu erklären, daß er sich seit einiger Zeit nicht wie ein Mann, sondern wie eine geschlechtslose Mißgeburt vorkam, die weder zeugen noch gebären konnte.

15

Mit einer an Betulichkeit grenzenden Sorgfalt wischte Giggenbacher die Sohlen von Bettinas Sandalen ab und stellte diese Sandalen auf den Scheuerlappen, auf den neuerdings jeder, der hereinkam, treten mußte. Am liebsten hätte er auch Bettinas Fußsohlen abgewischt. Aber er fürchtete, daß sie sich über sein Reinlichkeitsbedürfnis ereifern würde. Es hatte ihn ohnehin schon genug Nerven und Geduld gekostet, ihr beizubringen, daß sie sich beim Hereinkommen stets die Schuhe auszog. Argwöhnisch verfolgte er, wie sie mit ihren nackten Füßen zum Badezimmer tappte.

Sie wolle sich nur eben die Hände waschen, meinte sie.

Es sei am besten, wenn sie sich auch gleich die Füße

waschen würde, erwiderte Giggenbacher, während er die Klinke der Wohnungstür, auf der Bettina Fingerabdrücke hinterlassen hatte, mit einem feuchten Mehrzwecktuch abwischte und darauf mit einem trockenen Poliertuch polierte.

Ihre Füße seien nicht schmutzig, behauptete sie.

Giggenbacher verzog das Gesicht zu einem besserwisserischen Lächeln. Er war überzeugt davon, daß Bettinas Füße, die den ganzen Tag über in den offenen Sandalen gesteckt hatten, nicht sauber waren. Aber er äußerte dies nicht. Vielmehr wischte er wortlos mit dem Mehrzwecktuch die Klinke der Badezimmertür ab, auf der er ebenfalls Fingerabdrücke von Bettina entdeckt hatte. Er fand, daß ihr jegliches Gespür für Sauberkeit fehlte. Ständig war er auf den Beinen, um die Spuren ihrer Anwesenheit zu beseitigen. Sie behauptete zwar, daß sein Sauberkeitsfimmel krankhaft sei. Aber das war ihm gleichgültig. Für ihn war sein Reinlichkeitsbedürfnis eine Notwendigkeit. Wenn beispielsweise im Waschbecken Zahnpastareste klebten, störte ihn dies nicht nur. Es machte ihn rasend. Er regte sich auch entsetzlich darüber auf, wenn in der Badewanne abgeschnittene Fingernägel schwammen, wenn in der Haarbürste lange rote Haare hingen, wenn die Handtücher mit Lidschatten beschmiert waren, wenn Brotkrumen auf den Teppich unter dem Frühstückstisch fielen, wenn er auf dem Tischtuch einen Flecken entdeckte.

Auch die spanische Zugehfrau, die auf Bettinas Drängen hin ein paarmal die Wohnung geputzt hatte, hatte ihn rasend gemacht. Mit einem Putzlappen in der Hand war er ohne Unterlaß hinter ihr her gehastet und hatte, um ihr zu demonstrieren, was er unter Sauberkeit verstand, vor ihren Augen alles das, was sie gerade geputzt hatte, seinerseits noch einmal geputzt. Sie war ihm weißgott keine Hilfe gewesen. Sie hatte ihn lediglich in Rage gebracht. Als sie nicht wiedergekommen war, war er erleichtert gewesen. Er hatte Bettina, die ihm unbedingt eine andere Zugehfrau hatte aufschwatzen wollen, gebeten, sich nicht weiter nach einer anderen Zugehfrau umzusehen. Denn er bezweifelte, daß sie eine Zugehfrau finden würde, die den Anforderungen, die er stellte, gerecht wurde.

Er war froh, daß sich Bettina tagsüber, um ihren zweiten Roman zu schreiben, in die Wohnung in dem Hinterhaus zurückzog, in dem sie noch immer allein mit dem Maler Dietmar Strützel hauste. Er war froh, daß er nicht den ganzen Tag lang mit seinen diversen Wischtüchern und Polierlappen hinter ihr her hasten mußte. Jedesmal, wenn sie zurückkam, wurde er nervös.

Auch jetzt war er überzeugt davon, daß sie im Badezimmer wieder einmal Spuren hinterlassen hatte, die jedermann darauf hinwiesen, daß sie sich die Hände gewaschen hatte. Mit einer indignierten Miene streckte er den Kopf ins Badezimmer. Schon auf den ersten Blick fielen ihm die Seifenschaumspritzer auf den hellgelben Kacheln über dem Waschbecken ins Auge. Eilig holte er eines von seinen Fensterledern aus der Küche und reinigte die besudelten Kacheln.

Ich habe wirklich aufgepaßt, sagte Bettina, die sich gerade die Haare kämmte.

Wenn du wirklich aufgepaßt hättest, wären die Kacheln nicht mit Seifenschaum bespritzt, erwiderte Giggenbacher. Mit schiefgelegtem Kopf begutachtete er die Kacheln über dem Waschbecken, die jetzt wieder glänzten. Dann verließ er das Badezimmer.

In der Diele angelangt, blieb er minutenlang unschlüssig stehen und strich sich mit beiden Händen über die Schürze, die er sich schon am Morgen umgebunden hatte. Er begriff nicht mehr, warum er sich früher gesträubt hatte, eine Schürze zu tragen. Die Schürze, die er augenblicklich trug, war eine sackfarbene Männerschürze, auf der in großen roten Lettern der Satz VATI KANN ES BESSER zu lesen stand. Aus hygienischen Gründen hatte er sich ein Dutzend ähnlicher Männerschürzen angeschafft, auf die allesamt Sprüche gedruckt waren. Es waren auch hygienische Gründe gewesen, die ihn dazu veranlaßt hatten, sich seinen Bart abzurasieren. Zudem hatte er sich Gummihandschuhe zugelegt, um seine Hände zu schonen, die von der Hausarbeit beträchtlich in Mitleidenschaft gezogen wurden. Trotz der Handcreme, die ihm Brusius empfohlen hatte, waren sie rot und rauh.

Typische Hausfrauenhände, sagte er sich auch jetzt, während er seine gespreizten Finger musterte. In seinem ehemaligen Arbeitszimmer, das neuerdings als Kinderzimmer verwendet wurde, hörte er Josephine, wie immer, wenn sie vor dem Einschlafen war, vor sich hinbrabbeln. Er hatte ihr von sich aus sein Arbeitszimmer zur Verfügung gestellt, weil sie sich darin besser austoben konnte als in dem kleinen, engen Kinderzimmer, in dem er seine Schreibmaschine und seine Ordner untergebracht hatte. Trotzdem diente ihm das ehemalige Kinderzimmer, dessen Wände noch immer pinkfarben waren, nicht als Arbeitszimmer. Er bügelte darin, er besserte darin Wäsche aus. Auch übte er sich im Nähen an Bettinas Nähmaschine.

Für den Fall, daß er dennoch einmal Lust haben sollte, ein Gedicht zu verfassen, hatte ihm Bettina einen aparten Sekretär mit geschwungenen Beinen geschenkt, der ihm seinen Schreibtisch ersetzte, den er Guido Ibscher vermacht hatte, weil er für das Kinderzimmer viel zu groß war. Auf dem Sekretär hatte er Ausgaben der Frauenzeitschrift ILONA gestapelt, die er wegen der für ihn wertvollen Haushaltstips abonniert hatte. Im Sekretär bewahrte er außer den Ansichtskarten, die ihm mitunter von Freunden und Bekannten aus deren Urlaubsorten geschickt wurden, hauptsächlich Kochrezepte auf, die er in ein Album kleben wollte.

Ich habe heute ein neues Rezept für eine Wildschweinpastete ausprobiert, sagte er jetzt, während er Bettina folgte, die gerade ins Wohnzimmer getreten war.

Da bin ich aber gespannt, erwiderte sie ohne Interesse.

Er warf ihr einen lauernden Blick zu. Er wartete darauf, daß sie sich zu den Fenstern, die er an diesem Tag geputzt hatte, anerkennend äußern würde.

Aber sie schenkte den Fenstern keine Beachtung. Aufseufzend ließ sie sich auf das Sofa sinken. Doch kaum, daß sie dies getan hatte, sprang sie wieder auf.

Warum sagst du mir nicht, daß das Sofa naß ist, rief sie.

Ich wollte dir gerade sagen, daß ich das Sofa und die Sessel heute mit Schaum eingerieben habe, entgegnete Giggenbacher.

Der Teppich ist ja auch naß, rief Bettina.

Ich habe ihn ebenfalls mit Schaum eingerieben, erwiderte Giggenbacher.

Wir können uns also wieder einmal nicht im Wohnzimmer aufhalten, meinte Bettina.

Aber das ist doch nicht so schlimm, entgegnete Giggenbacher. Morgen ist alles wieder trocken.

In letzter Zeit sind unsere Polstermöbel und unsere Teppiche viel häufiger naß als trocken, sagte Bettina.

Wenn ihr euch mehr in acht nehmen würdet, müßte ich sie nicht fortwährend mit Schaum einreiben, meinte Giggenbacher.

Dummerweise will Dietmar Strützel heute abend vorbeikommen, sagte Bettina.

Hast du ihn zum Abendessen eingeladen, fragte Giggenbacher.

Wahrscheinlich wird er eine Kleinigkeit mit uns essen, erwiderte Bettina. Jedenfalls läßt er dir ausrichten, daß du dir seinetwegen keine Umstände machen sollst. Er ist mit einem Butterbrot zufrieden.

Ich würde keinem Gast nur ein Butterbrot vorsetzen, meinte Giggenbacher.

Wenn du Dietmar deine Wildschweinpastete vorsetzt, wird er sicherlich begeistert sein, entgegnete Bettina.

Ich kann ihm doch nicht nur Wildschweinpastete vorsetzen, sagte Giggenbacher, indem er zur Küche stürzte, wo er den Kühlschrank, die Speisekammer und die Tiefkühltruhe inspizierte. Er legte neuerdings seinen ganzen Stolz darein, daß er sich Eventualitäten wie dem Besuch von Dietmar Strützel gewachsen zeigte. Er entnahm der Tiefkühltruhe mehrere Gefrierbeutel und machte sich an die Arbeit.

Obwohl es für ihn längst kein Geheimnis mehr war, daß Strützel seit geraumer Zeit Bettinas Liebhaber war, pflegte er den jungen Maler wie einen Ehrengast zu bewirten, damit dieser nicht meinte, er, Giggenbacher, wäre eifersüchtig auf ihn. Tatsächlich war er auf Strützel nicht eifersüchtig. Vielmehr war er ihm dankbar dafür, daß er ihm, Giggenbacher, die für ihn höchst unerquicklich gewordene Aufgabe abgenommen hatte, Bettina sexuell zu befriedigen. Er mochte gar nicht daran denken, was geschehen würde, wenn es irgendwann zu einem Bruch zwischen den beiden kam. Wenn sich Bettina und Strützel hin und wieder stritten, tat er sein Menschenmögliches, damit sie sich wieder versöhnten. Oft ergriff er nicht für Bettina, sondern für den jungen Maler Partei. Denn er schätzte Strützel rein menschlich. Ihm lag die bescheidene introvertierte Art dieses Malers, der im Gegensatz zu Felix Beese nie das Genie herauskehrte, der weder brillant noch eloquent war. Er fand, daß Strützel etwas von einem Handwerker an sich hatte. Auch war er überzeugt davon, daß der Maler Bettina, deren exzentrische Anwandlungen in letzter Zeit immer seltener auftraten, positiv beeinflußte. Zwar war er sich ziemlich sicher, daß sich Strützel von Bettina aushalten ließ. Aber dies erschien ihm keineswegs beanstandenswert. Er sagte sich, daß er selbst sich schließlich auch von Bettina aushalten ließ.

Pfeifend bereitete er ein Trüffelpüree zu, das er in die Kalbsröllchen füllen wollte, die er mittlerweile aufgetaut hatte. Miteinemmal war er glänzender Laune. Er freute sich auf Strützels Besuch. Denn er betrachtete Strützel als einen ebenso angenehmen Gast wie Brusius, den er kürzlich mit Bettina bekannt gemacht hatte. Wie Brusius zog sich Strützel unaufgefordert beim Hereinkommen die Schuhe aus. Wie Brusius ließ Strützel beim Essen keine Krumen auf den Teppich fallen. Wie Brusius achtete er darauf, daß er das Tischtuch nicht befleckte. Wie Brusius half er beim Abräumen des Tischs. Auch ansonsten erkundigte er sich immer wieder, was er helfen könne. Zudem hörte er Giggenbacher geduldig zu, wenn der sich des langen und breiten über Reinigungsmittel und Kochrezepte ausließ. Er zeigte weitaus mehr Verständnis für Giggenbachers kleine häusliche Sorgen und Nöte als Bettina. Wenn es nach Giggenbacher gegangen wäre, hätte der Maler ruhig häufiger kommen können. Schon des öfteren hatte er versucht, Strützel klarzumachen, daß er ihm, Giggenbacher, gegenüber keine Gewissensbisse zu haben brauchte. Trotzdem küßte der Maler Bettina in Giggenbachers Anwesenheit nicht einmal freundschaftlich auf die Wange, weil er meinte, dies würde ihn verletzen.

Als er an diesem Abend eintraf, wirkte er noch gehemmter als gewöhnlich. Giggenbacher hatte das Gefühl, daß Strützel etwas auf dem Herzen hatte. Während man das Menu verzehrte, das aus Wildschweinpastete, Kalbsröllchen mit Trüffelpüree, Zucchini und Croquetten sowie aus Mousse au chocolat bestand, war der Maler auffallend wortkarg. Stumm saß er über seinen Teller gebeugt und vermied es, Giggenbacher in die Augen zu schauen.

Auch Bettina machte einen verlegenen Eindruck. Wenn sie nicht gerade den Mouton Cadet, den Giggenbacher eigens aus dem Keller geholt hatte, in sich hineingoß, redete sie unentwegt über Belanglosigkeiten. Was Giggenbachers Argwohn erweckte, war die Tatsache, daß sie ihm auf die vordergründigste Weise um den Bart ging. Obwohl sie seit langem nicht mehr kochte, ließ sie sich von ihm die Zubereitung der Kalbsröllchen erläutern. Ja, sie half ihm sogar den Tisch abzuräumen.

Giggenbacher hatte den Verdacht, daß sie vorhatte, ihm irgendeine Eröffnung zu machen. Beunruhigt stellte er das schmutzige Geschirr in die Geschirrspülmaschine, die ihm Bettina auf seinen Wunsch hin zum Geburtstag geschenkt hatte. Obwohl er seine Lebensumstände nicht als ideal empfand, legte er Wert darauf, daß alles so blieb, wie es war.

Aufhorchend hielt er für einen Augenblick inne. Er hörte Bettina und Strützel, die mittlerweile wieder am Bauerntisch Platz genommen hatten, miteinander flüstern. Dann herrschte Stille. Es erschien ihm durchaus denkbar, daß sich die beiden jetzt in Zeichensprache verständigten. Er fand dies nicht nett. Aber er sagte sich, daß er gelegentlich auch mit Brusius hinter Bettinas Rükken flüsterte.

Nachdem er die Geschirrspülmaschine angestellt hatte, holte er sein Stickgarn, seinen Stickrahmen und die Tischdecke, die er schon bis zur Hälfte bestickt hatte, und setzte sich wieder zu Bettina und Strützel an den Tisch. Während er das Tischtuch in den Stickrahmen spannte, merkte er, daß ihn beide fast ängstlich musterten.

Ist etwas, fragte er so gelassen, als es ihm möglich war.

Dietmar möchte dir etwas sagen, erwiderte Bettina.

Ich finde, daß es besser wäre, wenn du es Alfred sagen würdest, meinte Dietmar Strützel. Schließlich bist du seine Frau.

Ich hätte dich nicht für einen solchen Feigling gehalten, entgegnete Bettina.

Wenn ich ein Feigling wäre, säße ich jetzt nicht hier, sagte Strützel.

Nun spannt mich doch nicht auf die Folter, meinte Giggenbacher und er sah erst Bettina und dann Strützel fragend an.

Der letztere gab sich schließlich einen Ruck.

Wir möchten Ihnen mitteilen, daß Bettina ein Kind von mir bekommt, sagte er mit einer lächerlichen Förmlichkeit.

Giggenbacher wußte zunächst nicht, was er zu dieser Eröffnung sagen sollte. Er fragte sich, welche Konsequenzen die Tatsache, daß Bettina von Strützel ein Kind bekam, für ihn selbst nach sich ziehen würde.

Hast du vor, mich zu verlassen, erkundigte er sich bei ihr.

Aber wo denkst du denn hin, rief Bettina. Ich hänge an dir genauso wie an Dietmar. Mir wäre es am liebsten, wenn zwischen dir, Dietmar und mir alles so bliebe, wie es ist.

Falls dir allerdings Dietmars Kind ein Dorn im Auge sein sollte, werde ich es abtreiben lassen, fügte sie hinzu.

Meinetwegen mußt du es nicht abtreiben lassen, sagte Giggenbacher. Josephine ist ohnehin in dem Alter, in dem ein Kind ein Brüderchen oder ein Schwesterchen braucht.

Du bist ein wundervoller Mensch, rief Bettina.

Sie sprang auf und umarmte und küßte Giggenbacher. Ihre Zärtlichkeitsbekundungen waren so stürmisch, daß er Angst hatte, Dietmar Strützel könnte eifersüchtig werden. Mit sanftem Druck schob er sie von sich und zwinkerte Strützel, der sich bei ihm mit einem warmen Händedruck bedankte, komplizenhaft zu. Er war gerührt über die eigene Großmütigkeit. Er kam sich nicht nur nobel, sondern auch ungemein fortschrittlich vor. Er fragte sich, wie viele Ehemänner in diesem Land wohl auf eine Eröffnung, wie sie ihm soeben gemacht worden war, ähnlich reagiert hätten wie er. Er war davon überzeugt, daß ihre Anzahl verschwindend gering war.

Mit dem Gefühl, ein wahrer Pionier zu sein, holte er aus der Küche die Flasche Champagner, die er für derartige Anlässe stets bereithielt. Während er den Champagner in drei Gläser füllte, bot er Strützel das Du an.

Strützel behauptete, er habe gerade das gleiche tun wollen.

Man trank miteinander Brüderschaft. Danach redete Strützel Giggenbacher zwar noch des öfteren mit Sie an. Aber Giggenbacher nahm ihm dies nicht übel. Angeregt unterhielt er sich mit Strützel über das ungeborene Kind, das Bettina Abraham nennen wollte, falls es ein Junge war. Einen Mädchennamen betreffend schwankte sie noch zwischen Diotima und Salome. Sie fragte Giggenbacher, ob er sich einen Jungen oder ein Mädchen wünschte. Giggenbacher erwiderte ihr, daß er sich über ein Mädchen genauso freuen würde wie über einen Jungen. Strützel behauptete, daß er die gleiche Einstellung hätte.

Er finde es ungerecht, wenn sich Väter bei der Geburt eines Töchterchens enttäuscht zeigten, meinte er.

Man sprach über die Vorzüge, die ein Mädchen hatte. Bettina warnte vor Verallgemeinerungen. Lächelnd erhob sie sich und zeigte Strützel und Giggenbacher ihren nackten Bauch. Sie forderte beide auf zu fühlen, ob man schon etwas merkte. Strützel meinte, daß er schon etwas fühle. Giggenbacher hingegen fand, daß man noch nicht merkte, daß Bettina schwanger war. Jetzt drehte sich das Gespräch um die Schwangerschaftsgymnastik, die alle Anwesenden für sehr nützlich hielten. Darauf kam man auf den Sport zu sprechen. Giggenbacher und Strützel waren sich darin einig, daß sie viel zu wenig Sport trieben. Sie beschlossen, demnächst zusammen eine Bergtour zu machen. Sie wollten auch gemeinsam schwimmen gehen. Bettina versprach, daß sie auf Josephine aufpassen würde. Schließlich verabschiedete sich Strützel. Ehe er ging, forderte er Giggenbacher auf, sich doch einmal seine Bilder anzuschauen. Er gab ihm zu verstehen, daß er ihm gerne eines davon schenken würde. Man trennte sich in größter Übereinstimmung.

Kaum daß Strützel aufgebrochen war, verschwand Bettina im Badezimmer. Während sie sich abschminkte und wusch, wartete Giggenbacher mit dem Mehrzwecktuch in der Hand vor der Badezimmertür. Als sie in einem durchsichtigen blaßgrünen Nachthemd in die Diele trat, drehte er ganz angelegentlich den Kopf zur Seite. Es war ihm peinlich, daß ihr Nachthemd von ihrem immer gedrungener werdenden Körper mehr enthüllte als verbarg. Schon Strützels wegen hoffte er, daß sie nicht noch dicker werden würde.

Sie darf sich nicht so gehenlassen, sagte er sich, während er sich daran machte, die Spuren zu beseitigen, die sie im Waschbecken und auf den Kacheln hinterlassen hatte. Nachdem er die Zahnpasta-, die Make-up- und die Seifenreste entfernt hatte, sah er sich im Badezimmer um. Es störte ihn beträchtlich, daß Bettina ihre Kleidungsstücke wieder einmal über den Rand der Badewanne gehängt hatte. Kurzentschlossen ergriff er das Bündel und trug es ins Schlafzimmer, wo Bettina gerade dabei war, in das taubenblaue Doppelbett zu steigen. Aufseufzend legte sie sich lang. Doch gleich darauf schnellte sie auch schon wieder hoch.

Das Bett ist ja ganz naß, rief sie.

Ich mußte es unbedingt mit Schaum einreiben, erwiderte Giggenbacher.

Aber du hast es doch erst in der letzten Woche mit Schaum bearbeitet, sagte Bettina.

Das leugne ich auch nicht, entgegnete Giggenbacher.

Findest du nicht, daß du ein wenig übertreibst, erkundigte sich Bettina und sie zog fröstelnd die Daunendecke über ihre Brust.

Ich habe nun einmal andere Vorstellungen von Reinlichkeit als du, erwiderte Giggenbacher.

Um eine Diskussion über Sauberkeit und Unsauberkeit zu vermeiden, verließ er eilig das Schlafzimmer und wischte mit dem Mehrzwecktuch sämtliche Klinken ab, die sich in der Wohnung befanden, ehe er sie zu polieren begann. Er hätte nicht einschlafen können, wenn er dies nicht getan hätte. Schließlich schluckte er noch eine Kapsel des stimmungsaufhellenden Beruhigungsmittels, das ihm sein Hausarzt unlängst verordnet hatte. Er konnte es sich selbst nicht erklären, warum er neuerdings unter Depressionen litt.

Nachdenklich trat er ins Schlafzimmer. Er stellte fest,

daß Bettina bereits eingeschlafen war. Minutenlang betrachtete er ihr ein wenig aufgedunsenes, energisches Gesicht. Er fand, daß sie auch nicht jünger wurde.

Schon Strützels wegen müßte sie sich mehr pflegen, sagte er sich, ehe er sich fröstelnd in dem feuchten Bett langstreckte.

Er fühlte, wie die Feuchtigkeit durch das Laken und durch seinen Pyjama bis zu seinem Rücken drang. Er sagte sich, daß er von Glück reden konnte, wenn er sich keine Erkältung zuzog. Gähnend wälzte er sich auf die Seite. Er dachte an das Kind, das Bettina erwartete. Fast war er sich sicher, daß es wie Josephine rote Haare haben würde. Er bezweifelte nicht nur, daß Bettina und Strützel die Zeit haben würden, dieses Kind großzuziehen. Er sah voraus, daß ihm diese Aufgabe zufallen würde. Er hatte die Absicht, sein Bestes zu tun, um dem Kind die Eltern zu ersetzen. Er wollte Josephine und Strützels Kind wie Geschwister behandeln. Unter keinen Umständen wollte er Josephine Strützels Kind vorziehen. Miteinemmal erschien es ihm wichtig, daß er Bettina schon jetzt bewies, daß er Strützels Kind nicht als ein Kuckucksei betrachten würde. Er fragte sich, wie er seine Vorurteilslosigkeit demonstrieren sollte. Plötzlich kam ihm der Gedanke, daß er für das Baby ein Jäckchen stricken könnte.

Morgen werde ich Wolle besorgen, sagte er sich.